風月傳說

卷·4

問鼎中原

無極——著

風月傳說 卷4 問鼎中原 (原名:風月帝國)

作者：無極
出版者：風雲時代出版股份有限公司
出版所：風雲時代出版股份有限公司
地址：105台北市民生東路五段178號7樓之3
風雲書網：http://www.eastbooks.com.tw
官方部落格：http://eastbooks.pixnet.net/blog
Facebook：http://www.facebook.com/h7560949
信箱：h7560949@ms15.hinet.net
郵撥帳號：12043291
服務專線：(02)27560949
傳真專線：(02)27653799
執行主編：朱墨菲
美術編輯：許惠芳

法律顧問：永然法律事務所 李永然律師
北辰著作權事務所 蕭雄淋律師

版權授權：蔡雷平
初版日期：2014年2月
初版二刷：2014年2月20日
ISBN ：978-986-5803-53-7

總 經 銷：成信文化事業股份有限公司
地　　址：新北市新店區中正路四維巷二弄2號4樓
電　　話：(02)2219-2080

行政院新聞局局版台業字第3595號 營利事業統一編號22759935

定價：280元　特價：199元

國家圖書館出版品預行編目資料

風月傳說 ／ 無極著. -- 初版-- 臺北市：風雲時代，
2013.07 -- 冊；公分

ISBN 978-986-5803-53-7（第4冊；平裝）

857.7　　102020708

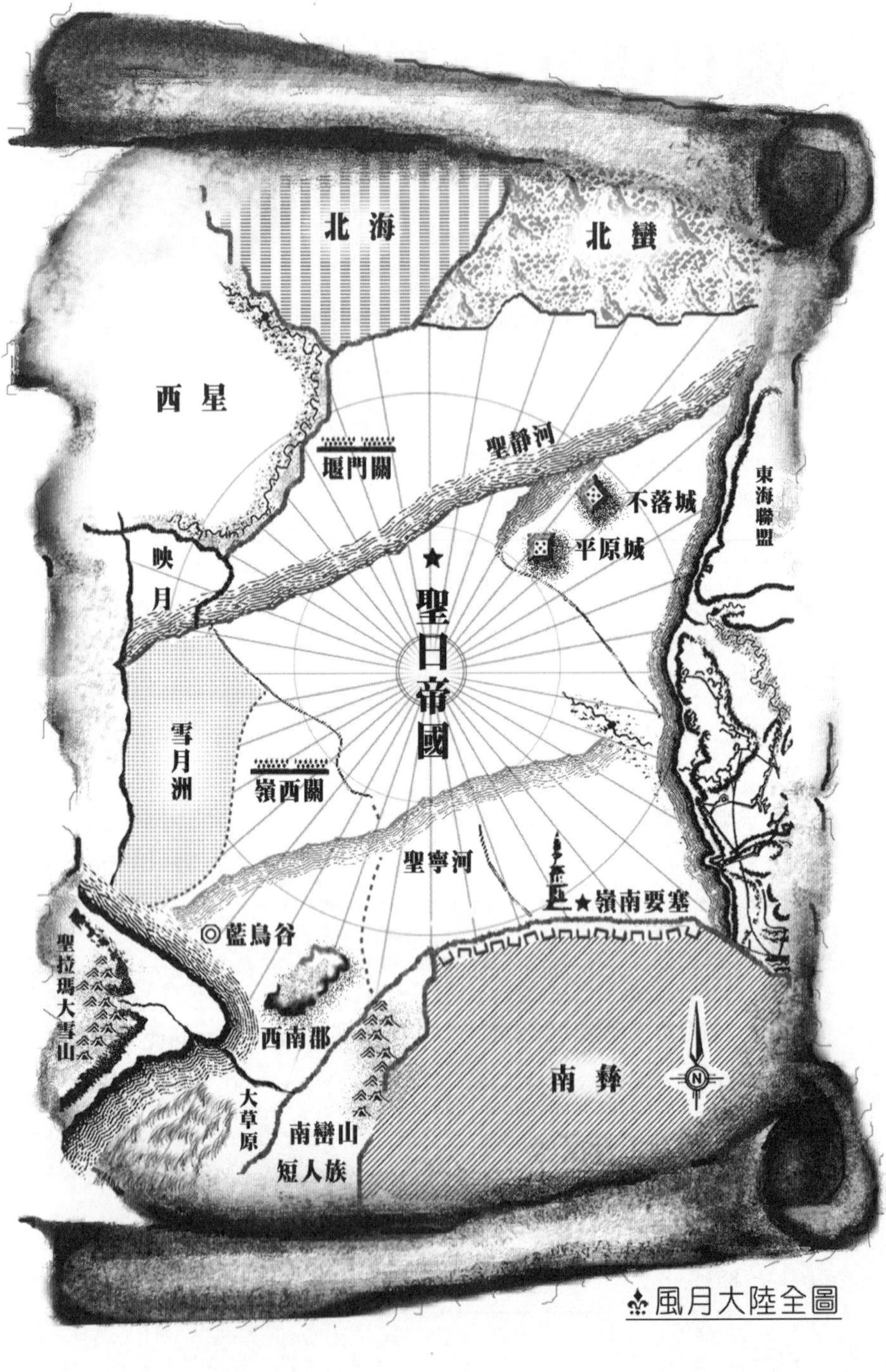
北海
北蠻
西星
堰門關
聖靜河
不落城
平原城
東海聯盟
映月
聖日帝國
雪月洲
嶺西關
聖寧河
嶺南要塞
藍鳥谷
聖拉瑪大雪山
西南郡
大草原
南巒山
短人族
南彝
N

風月大陸全圖

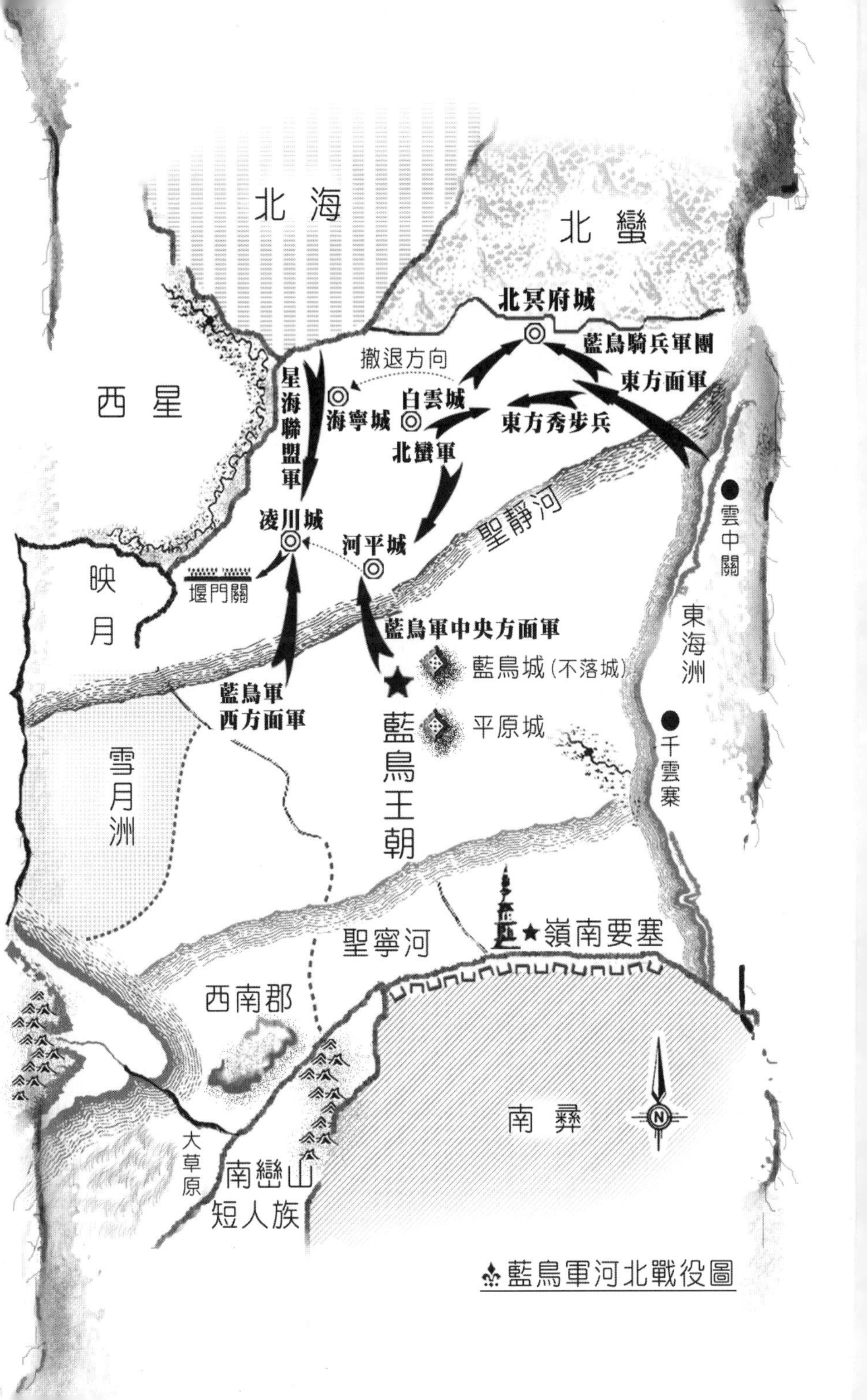
北海
北蠻
北冥府城
藍鳥騎兵軍團
撤退方向
東方面軍
星海聯盟軍
海寧城
白雲城
東方秀步兵
西星
北蠻軍
凌川城
河平城
聖靜河
雲中關
映月
堰門關
藍鳥軍中央方面軍
東海洲
藍鳥城(不落城)
藍鳥軍
西方面軍
藍鳥王朝
平原城
千雲寨
雪月洲
聖寧河
嶺南要塞
西南郡
南彝
N
大草原
南巒山
短人族

藍鳥軍河北戰役圖

第一章 揮刀望月

八月二十五日，天雷就率領雙月兵團來到了望南城，秘密會見了雅星、雷格，就六國聯軍進攻嶺西一事做部署，根據南彝百花公主的情報，知道騰格爾所走的路線、時間。

藍羽雷格部、藍鳥騎士團、第十五、十七騎兵軍團於酈陽城東部，讓神武營全力配合藍爪封鎖消息，藍衣眾爲預備隊，三十二萬騎兵把酈陽城封鎖得水泄不通。

在酈陽城外，天雷命令騎兵隱蔽在青稞中間，臥馬等待攻擊命令，任命雷格爲主帥，藍鳥騎士團爲前鋒，左右第十五、十七騎兵軍團，藍羽爲中部主力，計算著騰格爾的位置發起突然攻擊。

在出發前，天雷叫過雅藍與雅雪姐妹，緊緊地盯著二人說道：「我把藍鳥騎士團交給妳們倆，用妳們的才華贏得人們的尊重，用戰功削平心中的自卑，不論結果如何，妳們都是我最心愛的將領和女人！」

「謝少主！」

天雷柔聲說道：「去吧，我已經叫楠天爲妳們準備了五百名親衛，他們會保護妳們，就像保護我一樣。」

九月天已經進入初秋，騰格爾元帥立在馬上，愣愣地望著一望無垠的田野，前行有一百餘里，沒有發生意外。

騰格爾抬頭看看天空，豔陽已經近午，士兵也勞累不堪，於是傳令各部休息，士兵忙碌著把物資從大車上卸下，準備做飯。

突然從西方傳來凌亂的馬蹄上，馬上的騎士用力地喊著：「敵人，騎兵，騎兵，快準備，敵人騎兵！」

騰格爾元帥心下一緊，迅速跳上戰馬，向西馳去，在最西部，是他的前鋒騎兵軍團，士兵聽見遠處傳來的叫喊聲，立即上馬有序地列好防禦陣形，速度之快。

幾乎在騰格爾到達騎兵軍團前的同時，斥候也來到他的近前，斥候大口地喘著氣，用不很連貫的話描述著：

「敵人，騎……兵，重……騎兵，是重騎兵！」

騰格爾沒有在聽斥候說的話，他放眼向西望去，在連綿的莊稼中間，閃現出無數的騎兵，高高地挑起一面大旗，藍色的旗幟上用曲線繡著一隻飛翔般的藍鳥騎士圖案，正中間繡著五個大字「藍鳥騎士團」，大旗在微風中輕輕飄揚，越來越重的轟鳴聲粉碎了他所有的夢想。

在旗角下，整齊地排列著五萬重騎兵，全身的黑色頭盔重甲，黑色的猙獰面具，黑色的長大騎槍，每一個人的左臂上扣著一面黑色的小巧盾牌，馬匹的身上也是同樣黑色的護甲，整個騎士團如九天外來的幽靈，殺氣沖天，衝擊速度越來越快。

在隊伍的最前面，明顯地可以看出是兩員女將，並肩前進，同樣的黑色裝束，而有所不同的是在她們周圍有五百名騎士，個個身材高大，雙手各提一支同樣黑色重劍，嚴密保護著兩員主將，在他們的外側，左右是兩支小一點的隊伍，前方各一員小將，同樣的黑色盔甲，手提騎槍，盾牌稍微大些，而兩眼中流露的殺氣卻是最重，他們左右穩定著兩側騎士陣形，快速衝上。

在藍鳥騎士團的左右兩翼，各飛揚著一面大旗，上書「藍鳥第十五騎兵軍團」、「藍鳥第十七騎兵軍團」，士兵穿著黑色的輕甲，手舉長刀，緊緊地護衛著兩翼。

而在藍鳥騎士團的後面，更高地懸掛著一面旗幟，藍色的羽毛圖案襯托著「藍羽」兩個大字，十五萬輕騎兵高舉著彎刀，緊緊地拱衛著主帥雷格，這個映月人的「煞神」，惡夢般的人物。

騰格爾望著滾滾而來的騎兵隊伍，眼前一陣陣發黑，心中一遍又一遍地詛咒著雪無痕這個惡魔，映月人永遠的剋星。

但不管騰格爾願意不願意，他的意志卻阻擋不了前方快速接近的三十萬敵人騎兵，這幾乎是他手中所有兵力的總和，而敵人就是敵人，他用盡全身的力氣大吼道：

「步兵列陣，步兵列陣，騎兵準備出擊。」

映月士兵驚恐地跑到自己的隊伍中間，長槍手抬起了長槍，弓箭手立即把長箭搭在弦上，盾牌手緊緊地護衛在周圍，而其餘的人則快速地把所有的車輛佈成一個防禦圈，擋在最外側。

雙方遠來越近，幾乎在騰格爾元帥下令出擊的同時，從藍羽騎兵中傳出一個清晰的聲音：

「攻擊！」

為了給後面的步兵爭取佈陣的時間，騰格爾元帥用手中僅有的騎兵下達了出擊的命令，月照士兵忠實地執行了騰格爾的命令，他們把生的希望留給了後方的步兵兄弟，不畏死亡般地狂衝而上，雙方很快地撞在了一起。

雅藍、雅雪姐妹兩條騎槍互相掩護，左右五百名重劍手緊緊地把她們護衛在中央，盡可能地不讓她們受到傷害，但映月騎兵軍團主將也是把她們放在了攻擊的重點，無數騎兵好手不計傷亡般地向她們衝來，重劍劃著寒光不斷起落，把映月騎兵斬在馬下，零星衝進來的騎兵在姐妹倆騎槍下倒下，左右布萊、卡斯拼命地向中間擠，減少主帥的壓力。

重騎兵以巨大的衝擊力撕開騰格爾防禦圈，衝向步兵。

騰格爾元帥雙眼通紅地看著敵人重騎兵撕開自己脆弱的防線，撥馬向後而去，他心痛地望了一眼後方，果斷地下令：「保持隊形，後撤，注意保持隊形！」

但不論映月騎兵多麼的勇敢，首先以輕騎兵對重騎兵就是不堪一擊，更何況敵人有三倍以上的兵力，重騎兵很快就衝過映月輕騎兵的防禦圈，藍羽迅速圍上，把敵人包圍在中間，快速斬殺，雷格並不停留，催馬向前。

騰格爾元帥既要保持步兵陣形，又要抵抗從兩翼圍上的輕騎兵，速度自然就快不起來，不久，正面的藍鳥騎士團就衝過了騎兵防禦圈，快速向步兵接近。

望著森嚴的重騎兵方陣，騰格爾從頭涼到了腳底，他仰天長歎一聲，向身邊的親衛看了最後一眼，說道：

「向四周逃命去吧！」

眾親衛動也沒有動一下，騰格爾看著鋪天蓋地而來的敵人騎兵，再次下令：

「命令士兵各自逃命去吧，能逃多少是多少，告訴他們想辦法回國，中原不是我們該來的地方，去吧！」

「大帥！」

「去吧，這是我最後的命令，把兄弟們帶回去，這才是你們應該做的事情，快去！」

「大帥！」

「快走！」騰格爾元帥雙眼圓睜，暴怒地吼道。親衛雙眼流淚，各自散去，整個步兵軍團不久後向四野而逃，鑽入莽莽的青稞中間，向東惶惶逃命。

騰格爾元帥矗立在大路中央，手舉長刀，雙眼裏充滿血絲，僅剩餘的十幾名親衛緊緊地跟在他身後，凜然不懼。

雷格快速越過藍鳥騎士團，大手一擺，重騎兵衝出很遠後緩緩停下，雷格立馬在騰格爾前方的不遠處，打量著這位敵方的統帥片刻後，抬手摘下掛在馬鞍上的天罡刀，向騰格爾元帥輕輕地點了下頭。

騰格爾元帥催馬快速向雷格衝去，手中大刀在天空中劃過一道閃電，劈開渾濁的空氣，斬向雷格。

雷格暴喝一聲，天罡刀吐出三尺晶芒，帶著戰馬巨大的衝擊力和騰格爾撞在了一起，在震天的聲響中刀芒閃了一閃，雷格騰空而起，刀芒再閃，向四方擴散，騰格爾上身斜分兩半，四周圍十幾名的親衛零亂地倒在地上，兩匹戰馬也臥倒在地口吐鮮血。

雷格輕輕落地，懷抱長刀，單膝跪倒，向騰格爾深施一禮後站起，吩咐藍羽衛道：「厚葬他，騰格爾是個英雄！」

戰敗後的映月軍隊在秋天的莊稼地裏慌忙而逃，一股股人數多少不等，他們順著大地向東，淒慘的景象可想而知，不時地有嶺西郡的騎兵從大路上而過搜尋潰軍，使惶恐而逃的士兵躲藏在田地裏，小心前進。

嶺西郡的騎兵分成小隊，從四方包圍態勢搜尋，他們順著莊稼的壟溝前進，把敵人趕出莊稼地，然後再消滅。

以映月為首的六國聯軍第二次遠征嶺西郡，以騰格爾的戰死而告終。

天雷無聲無息地出現在雷格的身邊，嘴裏輕聲說道：「不錯，秋水神功已至第七重，神罡初成，真不錯！」

雷格激動地說：「大哥，真的嗎？」

「是的，雷格，沒想到你已經達到初罡境界，大哥恭喜你了！」

「謝謝大哥！」

「雷格，我要進京城一趟，了斷一些私事，你告訴軍師，我沒事，讓他放心。」

「大哥！」

「不放心大哥嗎？憑我的武功相信沒有人能傷得了我，你放心！」

「好吧，大哥！」

天雷看了一眼雷格，騰身向東而去。

以天雷的腳程，自然不用擔心搜索部隊，半天時間就已經接近錦陽城。

這時候，天空已暗下來，灰黑的夜色籠罩大地，四周圍大地裏一片灰黑色，輕輕刮過的微風吹得莊稼葉子發出沙沙聲響，他沒有進城的打算，就在城外找個地方簡單地休息了一會兒，吃些乾糧，繼續向不落城趕路。

從錦陽城到京城的大路，天雷一共走過兩次，與以往不同的是，這時候心情更亂，興奮、惶恐、迷茫、甜蜜、淒苦、擔心都有，就是他自己也不知道自己究竟爲了什麼強烈地想到京城去，也許是對盛美公主的牽掛吧。

朦朧的月光使人心醉，殘月讓人心苦，天雷展開全力向東狂奔而去，速度之快，就像一團虛影急刮而過，半夜時分，不落城闊大的輪廓就出現在眼前，而城外彷彿與天相連一般的帳篷並沒有減慢天雷的速度，在黑夜的掩護下，天雷身影不斷地在帳篷間晃動，而且並沒有引起巡邏士兵注意，不久就來到城牆下。

天雷晃動身形，掠過寬大的護城河，雙手在城牆上連點，身體漸漸地拔高而起，然後穩穩地停在城樓上。

城樓旁一小隊巡邏士兵迅速地把天雷包圍在中央，在火把亮光照耀下，天雷的身影立即顯現了出來，一個隊長模樣的人沉聲問道：

「什麼人？」

天雷低聲回答道：「我是雪無痕！」

「雪將軍？」

「小點聲，暫時不許把我來的消息傳播出去，我有事情辦。」

「是，雪將軍！」

天雷一邊脫下映月士兵的服裝，一面對著隊長模樣的人說道：「你可知道盛美公主住在何處？」

「知道！」

「那麼帶我過去。」

「你真是雪無痕將軍？」

天雷點了下頭，心中暗讚他的謹慎，然後從懷中拿出一顆虎頭金印交給了隊長模樣的人。

隊長模樣的人用顫抖的手接過金印，借著微弱的火光細看，只見上面刻著四個大字：「雪無痕印」。

「小人見過雪無痕將軍。」

周圍的士兵愣愣地看著他們倆人，見隊長拜倒，這才一起跪倒行禮：「拜見雪無痕將軍！」

「兄弟們都起來吧，辛苦你們了。」

「你吩咐兄弟們不要把我回來的事情傳出去，然後你帶我過去。」

「是，將軍！」

隊長模樣的人抹了把淚水，對周圍的人一陣吩咐，然後來到天雷的面前，小聲地問道：「雪將軍，我們走吧。」

天雷低聲道：「再見，各位兄弟！」

隊長模樣的人帶著天雷從城上下來，城牆的馬道上到處堆積著滾木、石塊，城下不遠處，巨大的投石車正列開陣形，保持裝機狀態，天雷看見士兵在附近的帳篷裏休息，一隊巡邏兵保持著戒備狀態，從服裝和神態上，可以看出是剛剛組建起來的士兵。

兩個人七扭八拐地來到原來的太子府，十幾名士兵筆直地站在府門前，從肋下跨著的寶劍標誌上，可以看出是日炎騎士團的人員，隊長模樣的人上前低聲地和衛士交涉著，很快，他們用驚異的目光看著天雷，一個人快速的向內奔去。

不久，一個管家模樣的人衣衫不整地奔出，他快步來到天雷的身前，用疑惑的目光看著天雷，天雷把虎頭金印交給他，他快速地看了一眼，翻身跪倒，激動地說道：「小人不知道將軍深夜進城，多有怠慢，請將軍原諒，將軍請！」

天雷伸手扶起管家，平靜地說：「深夜打攪，深感不安，快快請起！公主可在？」

「在，公主正在府內，小人已經叫人通知公主了。」

管家聽完天雷的話，起身吩咐門前的士兵幾句，帶領天雷向內院走去。

太子府仍然像從前一樣，沒有什麼大變化，雖然是深秋晚上，但借著微弱的月光，仍然可以看清院內的花草樹木，幽雅別致，走過四重院落，管家在第五重院落的門前停住腳步，兩名侍女已經等候在門前，她們用驚異的目光打量著走近的天雷。

管家對著侍女說道：「這位是雪無痕將軍，從嶺西郡遠道而來，求見公主，不知道公主可曾起身了嗎？」

「小女子拜見雪將軍，公主吩咐小人爲將軍帶路。」

天雷對著管家說道：「深夜驚擾，深感抱歉，多謝管家了。」

然後，他在侍女的帶領下走進盛美公主的寢宮院內。

盛美公主的寢宮顯然和外間院落大有不同，白玉石鋪成的石甬路，平坦寬敞，路的兩旁到處是奇花異草，錯落有致，在夜空中飄著芳香。

在甬路的不遠處，一座兩層高的精巧小樓矗立在百花中，雕樑畫棟，精美異常，小樓門洞開，上方懸掛著兩串明亮的大紅燈籠，在小樓前，盛美公主一身白色便裝，立在樓前，另有兩名侍女站在身後，三人注視著前方，靜靜地看著走近的天雷三人。

盛美公主再也抑制不住激動的心情，撲在天雷的懷中，無聲地哭泣。

天雷緊緊地摟住她的雙肩，用手撫摸著她的脊背，用無聲的關懷安慰著哭泣中的盛美公主，兩個人站在夜空下，星光撒滿庭院，照在他們的身上，呈現出一種淒慘的美麗。

一會兒，盛美公主抬起頭來，雙眼凝視著天雷，用溫柔的聲音說道：「無痕哥哥，我好想你！」

「我也是，我這不是來看妳了嗎？」

盛美公主眼裏流露出幸福的光輝，她把頭輕輕地靠在天雷的胸前，用更加柔和的聲音說道：「這裏真好，又安全，又溫暖！」說完，她輕輕地閉上眼睛。

天雷淒然地望著懷中的盛美公主，滿心的疼愛、辛酸、愛憐。

過了許久，盛美公主從天雷的懷中站起，她拉著天雷的手說道：「無痕哥哥，我們進去吧！」

然後，她輕聲吩咐道：「詩霜，妳帶她們爲無痕哥哥準備飯。」

「是，公主！」

盛美公主拉著天雷直接來到二樓的房間，這是她一個人的住處，四名侍女住在一樓，天雷沒有說話，只用目光打量著盛美的房間。

寬敞的房間內飄著醉人的香氣，一張寬大的繡床上掛著粉紅色的帳篷，床前一個大衣架，上面懸掛著一副銀白色的盔甲，邊上掛著一口寶劍，對面一座精緻的梳粧檯，上面擺放著銅鏡和粉紅、首飾，地上鋪著鮮紅的錦繡地毯，再無別的東西，整個房間既簡潔又典雅。

天雷微微有些心酸，如果不是戰爭的原因，像盛美公主這樣的女孩，哪裏用在自己的房間裏懸掛著戰甲和利器，同時，他也感覺到盛美公主絕對不像表面上這般柔弱。

盛美公主主動解下天雷的外衣，輕輕地放在旁邊的錦凳上，然後她拉著天雷的手，坐在床前，頭靠著天雷的肩上，閉上雙眼，享受著無限的溫馨。

天雷渾身發熱，動也不敢動一下，臉一陣陣發紅，不久，輕輕的敲門聲把盛美公主從沉醉中驚醒，侍女在外說道：「公主，熱水已經準備好了，請雪將軍梳洗吧。」

盛美公主微微一笑，拉著天雷來到外間的室內，把天雷推了進去，然後轉身出去。

梳洗後的天雷容光煥發，一路上的疲倦一掃而空，他用藍色錦條把頭髮攏在腦後，白色的絲綢內衣外罩著一件藍袍，輕鬆地推門而出，盛美公主等人已經等候在門外。

夜宵擺在盛美公主的房間內，四名侍女已經退了下去，房間內只剩下兩個人，盛美公主親自為天雷斟滿美酒，交到他的手中，輕起朱唇說道：

「無痕哥哥，盛美感謝你，我們乾一杯！」

「盛美，我也惦記妳，為我們的重逢乾杯！」

盛美公主不停地為天雷挾菜，有時直接放到天雷的口中，兩個人默默地凝視，沉醉在兩人的世界裏。

吃喝了有一會兒，天雷放下手中的筷子，輕聲問道：「帝君可好？」

盛美公主沉默了一會兒說道：「好什麼好，帝國都成這般樣子了還有什麼好！」

「二殿下仍然掌權嗎？」

盛美公主搖了搖頭說道：「誰還敢信任他，帝國萬里江山只剩下一座孤城，百萬雄兵損失殆盡，如今滿朝文武沒有一個人理他。」

「森德不是他的心腹嗎？」

「森德華而不實，無什麼大才，自從敗退聖靜河後，就再也沒有聽虹傲的話，如今京城防務主要依靠他的城防軍和民眾。」

「如今是帝君在掌權嗎？」

「是的，父君生性軟弱，不善軍事，在如今帝國將亡的時刻把大權掌握放在他的手中，不是自取滅亡？」

天雷沉默無語。

一會兒，盛美公主看了天雷一眼道：「無痕哥哥，你怎麼進城了？」

「六國聯軍一百餘萬分三路進攻嶺西郡，我剛剛擊潰中路騰格爾部，心中惦記著妳，就趁亂進城來看妳。」

「謝謝你，無痕哥哥！」

「盛美，我想接妳出去。」

「無痕哥哥，你能擊潰六國聯軍嗎？」

天雷略微沉吟一下說道：「給我兩年時間，我想可以！」

盛美公主苦笑一聲說道：「兩年，京城哪裏能堅持住兩年！天意如此，豈可逆天，聖日氣數已盡，盛美怎可丟下父君獨活！」

「盛美！」

「無痕哥哥，你不要多說了，我明白你的心事，今生今世，盛美能遇見你這個知己足矣，豈敢多求，我們喝酒！」

她爲天雷和自己斟滿酒杯，與天雷一起，一飲而盡，天雷看盛美不願意提及此事，也放開情懷，暫時不再想，兩個人坐在一起，連乾數杯，邊吃邊談，微微有些醉意。

盛美公主拉著天雷的手，來到床前，兩個人凝視一眼，盛美撲入天雷的懷中，兩人倒入床內。

第二天，太陽高高升起的時候，兩人起床，盛美公主幫助天雷穿戴整齊，兩人吃飯，侍女知道公主與天雷的事情，也不奇怪，個個替她高興，盛美放開情懷，有說有笑。

飯後，盛美公主問天雷道：「無痕哥哥，你可要見見父君？」

天雷略微沉吟後說道：「我來京城主要是接妳出去，這是我們個人的私事，但作爲聖日的臣子，我當然需要叩見帝君，但帝國如今形勢艱難，見帝君也是徒增他煩惱，我看先見見平安王爺吧！」

「也好，先與王叔談談，看看有什麼好辦法。」

「我也是這麼想的，先瞭解一下情況，看王爺怎麼說，如有可能，我想帶帝君出去！」

「謝謝無痕哥哥！」

「哎，無痕無能，不能解帝君危難，實在有愧，如果帝君願意前往嶺西，無痕定全力扶助，匡復聖日，平定中原。」

盛美無限感激地對天雷說道：「無痕哥哥，不管事情結果如何，盛美今日能親耳聆聽到無痕哥哥此言，此生已無憾！」

「盛美，妳不要這麼說，這也是我應該做的。」

「好吧，無痕哥哥，我們怎樣去見王叔？」

天雷想了想道：「管家可靠嗎？」

「當然可靠了！」

「那好吧，就讓他先到王府走一趟，就說嶺西郡派人進來，想與王爺談談。」

盛美公主點頭，吩咐人叫管家進來，然後叮囑他到平安王府，管家知道事情重大，如今京城安危繫於雪無痕一身，一點也不怠慢，快速前往平安王府。

第二章　大浪淘沙

盛美公主幫助天雷找了一副盔甲，略微化裝後前往平安王府，平安王爺早就在家中等候，他接到太子府管家的傳訊，心情激動，焦急萬分地在書房內焦慮地等待。

盛美與天雷一路無阻地進入書房，平安王緊緊地盯著天雷，天雷跪倒施禮：「雪無痕叩見平安王爺！」

平安王萬萬也沒有想到天雷會親自前來，他激動萬分，渾身顫抖，用顫抖的手扶住天雷，老淚縱橫地說：

「無痕，真是無痕嗎？」

天雷站起，摘下頭上的盔甲，露出本來面目，平安王在仔細地打量天雷的同時，天雷也細細地看著平安王爺，就見他人老了許多，額頭的皺紋增加了不少，頭髮花甲，臉色蒼白，只是那雙眼睛仍然炯炯有神。

「無痕，坐！回來就好，回來就好！」

「王爺，你一向可好？」

「哎，有什麼好，帝國已經日落西山，危亡在即，只有你苦苦支撐著嶺西郡，很難吧？」

天雷點了下頭說道：「是，不久前，六國出兵百萬人馬，分三路進攻嶺西郡，我已經擊潰中路騰格爾部，相信不會有什麼大問題。」

「無痕，真難爲你了。」

三人落座，平安王爺平靜地看了天雷一眼，然後說道：「無痕，相信你這次來一定是懸掛京城的安危，惦記盛美吧，可是？」

「是，王爺！」

「盛美能遇見你是她的福氣，聖日家族也只有她算是有眼光，不說了，無痕，你來見我，可是有什麼良策，以解京城之危？」

「王爺，京城外六國聯盟兩百萬大軍，有帕爾沙特及各國主帥坐陣，嶺西郡彈丸之地，雖剛剛與東方兵團、南方兵團及中央兵團會合，進行整編，但實力仍然不是六國對手，出兵京城實非良策，況且，六國分兵百萬進攻嶺西郡，自身勉強自保，無痕實在無力解京城之危。」

平安王沉默一會兒說道：「我理解你的難處，就憑你孤身進京，我可以感到你的無奈，帝國走到今天這般地步也是咎由自取，怨不得別人，實乃天意，無痕，你想怎麼做？」

「無痕不知道京城內的情況，不敢斷語，但如給無痕兩年時間，無痕定能解京城之危，擊潰六國聯軍，平定中原。」

平安王仰天長歎道：「無痕，你的雄才大略我一點都不懷疑，帝國早重用你何至於走到今天，如今你文有豪溫家族相助，武有四方兵團將士，羽翼漸豐，但事情並不是你一個人能說了算數的，仍然需要考慮聖瑪民族的利益，我很理解你的難處，聖瑪民族早已經拋棄了聖日家族，這也是虹傲做的孽。」

天雷張了張嘴，沒有說出一句話，平安王理解般地看了天雷一眼，接著說道：「如今京城內民眾百餘萬人，能作戰的都組織起來，說兵力也有六七十萬人，但一座孤城又能如何？被圍困已有半年，糧食告盡，不久將不攻自破，如何能堅持二年？如要突圍，不知要死傷多少百姓，況且，能否成功還說不定呢。」

天雷低聲說道：「但不突圍也是等死。」

「說得也是，無痕，你能否接應一下，我不求聖日家族如何，但求百姓能平安！」

「好吧，我盡全力接應就是，王爺，如有可能，請從南門突圍，我儘量聯繫南彝放行，保證百姓安全。」

「無痕，謝謝你！」

「應該的！王爺，無痕想求你件事情！」

「說吧！」

「我想帶帝君出去，請王爺先與帝君商量一下，如有可能，無痕定將盡全力保護帝君安全。」

「無痕，看來你還需要磨練，好吧，既然你有這份心意，我就幫助你試試！」

「無痕謝謝王爺了！」

「無痕，看來你是不想在京城露面了，你什麼時候走？」

「王爺，無痕無奈，這些進京純屬私情，如帝君同意，無痕會帶帝君前往嶺西郡，如不同意，則無痕後天晚上將動身回轉嶺西！」

「好吧，我明天給你答覆！」

天雷與盛美又坐了一會兒，與平安王談了些事情，然後，回轉太子府，盛美公主珍惜時光，把天雷牢牢地困在房間，片刻不讓離開，一晃就是兩天。

第三天傍晚，平安王秘密來到太子府，見過天雷，天雷看平安王懷中抱著一個兩三歲的幼兒，不明白是怎麼回事情，忙問帝君。

平安王長歎一聲說道：「無痕，帝君很感謝你的情誼，但作爲聖日家族的家長，帝君是無論如何也不願意拋棄祖先的基業，獨自逃生，可以告慰祖先的是虹日還有點骨氣，我也感到安慰，但是，無痕，帝君拜託你一件事情。」說著，他緊緊地盯著天雷。

「王爺請說，如無痕能辦得到，赴湯蹈火也再所不辭！」

「聖日帝國也許會就此滅亡，但聖瑪民族一定不會滅亡，帝君希望能給聖日家族留下一脈，這個孩子就交給你了，我們不希望他榮華富貴，只求他平安一生。」

「王爺請放心，無痕絕不會有負所託，如違背誓言，無痕將永無後代！」

盛美公主跪倒在地，哽噎地說道：「無痕哥哥，盛美也拜託你了，請你看在我的份上，善待這個孩子，就像看到我一樣！」

天雷也流下淚來，他雙手攙扶起盛美公主道：「妳放心，我會像兒子一樣待他，在我的心中，他就是妳的化身。」

「謝謝無痕哥哥！」說罷，盛美公主撲入天雷的懷中。

天漸漸地暗了下來，天雷身穿黑色盔甲，把孩子緊緊地綁在懷中，小心地用戰甲裹好，他和平安王、盛美公主一起來到城上，盛美公主最後在天雷的臉上親了一下，轉過身去，天雷再次向平安王拜別，平安王也是淚水滿衣襟。

天雷展動身形，如大鳥一般凌空而起，展開輕身功夫，身影慢慢地消失在茫茫的夜色中。

半夜時分，天雷走出城西敵軍大營，向錦陽城而去。

一路上，天雷悲憤交加，把全身力量都用在雙腳上，飛速向西奔去，天剛濛濛亮的時候，天雷已經越過了錦陽城，減慢了速度，但是，他的心仍然異常沉重，頭昏昏沉沉，機械地向前走著。

不久，從路邊的莊稼地裏閃出幾人，他們跪倒在路上，神情激動地對天雷說道：「少主，你回來了，可擔心死我們了！」

天雷木然地問：「楠天，你們怎麼來了？」

「少主，自從你離開後，軍師和雷格少主就吩咐我們在各地監視，接應少主，深恐少主發生意外，今日見少主平安歸來，不知大家怎麼高興呢！」

「謝謝兄弟們了，讓他們回去吧！」

「是，少主！」

「傳令各處，就說少主安全返回，讓各位兄弟暗中保護！」

「是！」

楠天看了天雷懷中一眼道：「少主，這是……」

天雷解開盔甲，露出孩子熟睡的臉，他帶著苦澀表情笑了笑，說道：「楠天，好好照顧這孩子，回到路定城後，你親自把他送到藍鳥谷去，交給明月夫人，好生撫養，就說是我收的義子！」

「是，少主！」

楠天伸手接過孩子，有人牽過戰馬，天雷縱身上馬，帶領藍衣眾向酈陽城而去。

天雷回到酈陽城，雅星、雷格都在，雅星自從知道天雷進入京城後，命令藍衣眾全體出發，監視京城到西方的各條路線，一旦發現京城有變化，立即發起攻擊，暗中埋怨雷格怎麼讓天雷孤身進京，雷格想想也是害怕，急忙派出藍羽、藍鳥騎士團等騎兵部隊向錦陽城方向運動。

雅星和雷格看天雷神情頹喪，知道他京城之行沒有什麼結果，但二人暗中也替他高興，天雷終於放下包袱，以後必將全心全意帶領嶺西軍民，逐鹿中原，了無牽掛，未嘗不是件好事情，所以，也沒說什麼。

天雷吩咐雷格加強力量，監視京城不落城南門地區的情況，一旦發現京城百姓突圍立即支援，同時，秘密命令比雲潛入平原城，與百花公主聯繫，請求對京城百姓留情放行等事情，雅星、雷格立即照辦。

雅星畢竟不比雷格粗心，暗中吩咐雷格，一旦發現京城王室成員立即斬絕，絕對不可留下後患，雷格也知道事情重大，加緊監視，對前往嶺西郡方向的人嚴加盤查，不漏一人。

雅星看天雷神情大有恢復，立即勸天雷回轉路定城，天雷無法，只有聽從雅星的話，帶領藍衣眾回到路定城休養，同時，楠天親自前往藍鳥谷走一趟，把孩子的事情辦妥。

聖拉瑪大陸通曆二千三百九十二年十月二十五日，京城不落城軍民從南門突圍，六國聯軍趁勢攻城，南彝與東海聯盟軍隊並沒有多管突圍的百姓，全力攻入城內，聖日帝國帝王宮在熊熊大火中化爲烏有，帝君虹日與公主盛美在大火中殉國，二殿下虹傲生死不明，京城守備長官森德在保衛帝王宮的戰鬥中戰死，聖日帝國滅亡。

消息傳到嶺西郡，雪無痕帶領文官武將身穿重孝，向東叩頭，拜別帝君，然後，盡全力營救京城突圍的百姓，藍羽等部隊日夜不停地忙碌，雷格深入到最前線，對京城突圍的人員嚴加盤查，歷時近月，然後回轉酈陽城，共接收百姓六十餘萬人。

一個月內，雅星積極活動，向西南郡的騰越、比奧、維戈發出急件，秘密會見了雷格、越劍、秦泰，派人到銀月洲去，同時與郡北的列科、凱武、凱文、文嘉、文謹通信，秘密商討成立帝國的大事情。

對於成立西方帝國，推舉雪無痕爲帝國之主的事情，西南郡騰越、比奧、維戈是完全同意，並積極支持，統領以上的將領全部支持，大草原、短人族更是表態同意，爲了穩妥起見，騰越、比奧準備親自動身前往嶺西路定城，大草原、短人族也派出了代表，敦促聖子天雷稱帝，確立中原新主。

至於青年兵團、凌原兵團則全體軍官全部同意，並積極支持，越劍、秦泰派代表向雅星上書，表示堅決支持雪無痕的決心，而在郡北的幾位老將軍，相對與少壯派就穩妥得多，列科、凱文、凱武完全同意，文嘉、文謹則僅僅點頭，沒有說什麼，但也沒反對。

相對於整個中原西部地區的火熱，銀月洲內的熱情就不是那麼的高漲，驚雲自從接到雅星派去的人員後，暫時沒有表態，只把代表安排在賓館內休息，然後，驚雲召集所有的將領開會，討論雅星提議立雪無痕爲新帝國之主的事情。

銀月洲自從藍羽撤回之後，經過了一段困難時期，由於要補充第三軍團和藍羽撤回後留下的空缺，驚雲大量擴軍，提拔選用自己人，使預備隊和民團增加四十多萬人，同時，在原有沉雲兵團的基礎上，重新調整部隊防線，一時間，驚雲兵團實力大增，軍隊達六十餘萬人。

驚雲及沉雲兵團是建立在原嶺西第一兵團的基礎上，天雷當時爲了加強嶺西關的軍事力量，鞏固現有的軍事實力，以發揮出最大的作用，而讓原第一兵團的人組成沉雲兵團，後來沉雲兵團也確實在穩定嶺西防務中發揮了關鍵性的作用，在遠征銀月洲時，天雷考慮到沉雲兵團對銀月洲比較熟悉，所以讓驚雲率領兵團遠征，如今，沉雲兵團可以說是驚雲家族自己的力量，整個兵團將領都是特男家族的人，外人幾乎無一插手。

既然沉雲兵團的人都是原嶺西關第一兵團的將領，考慮事情當然就要爲驚雲打算，銀月洲經過驚雲近三年的經營，情況基本穩定，且由於中原移民數量大，兵員充足，百姓滿意，自然驚雲的威望很高，就是雷格在時，也沒有驚雲的威望高，如今雷格藍羽回歸嶺西郡，銀月洲就成爲驚雲的天下，一切驚雲說了算。

會議由驚雲主持，他大致把雅星的意思說了一遍後，就有人表示反對，嶺西郡原爲特男家族的領地，雪無痕是後來任命爲嶺西郡的將領，雖然驚雲爲副將，但嶺西郡是特男家族經營百年的根據地，絕對不能讓給雪無痕；第二，驚雲是里雷特將軍的唯一公子，嶺西郡的真正主人，在嶺西郡的威望不亞於雪無痕，如今要尊雪無痕爲主，讓人想不通；第三，聖日帝國新滅，如今驚雲坐擁銀月洲，手下兵精糧足，何必尊別人爲主，自稱爲臣，完全有能力和力量獨立，雪無痕願意稱主，我們自然不管，但我們也可以自己擁立驚雲爲主，自己打天下。

驚雲在眾多將領的反對聲中猶豫不決，憑他自己和雪無痕的感情，他是支持雪無痕的，但一旦涉及到家族的利益，驚雲就又有所猶豫。

驚雲原不是這樣的一個人，他辦事果斷，自有魄力，只因被手下將領的話擊中要害，而猶豫不定。但只猶豫不行，他仍要給雅星一個答覆，只好抱病不出，派出手下前往嶺西郡，祝賀雪無痕稱主，看看形勢再說。

雅星接到驚雲的代表，嚇了一跳，他沒有想到驚雲在大事情上如此的糊塗，但驚雲既然已經有所決定，他自然不會說什麼，反正這件事情目前還不是最主要的事，雅星的事情多的很，驚雲只不過是一小部分罷了，先擁立雪無痕坐上主位再說。

幾天後，雅星以國不可一日無主爲由，帶領嶺西、西南兩郡的文官武將力勸天雷爲主，天雷再三推遲，但雅星等人不爲所動，以民族大義爲由，推選天雷爲帝國之主，

三次後，天雷經受不住雅星等人的苦勸，答應下來，但天雷說什麼也不答應稱爲帝君，雅星等人無法，經過反覆研究，經天雷同意，稱爲「聖王」，成立藍鳥王朝，最後，定於聖拉瑪大陸通曆二千三百九十三年元月一日登基，同時與雅靈完婚，各部

主將到路定城朝賀。

離天雷登基的日子還有一個月的時間，聖拉瑪大平原西方的各部主將都接到了通知，維戈留下溫嘉駐守西南郡，與父親騰越、叔叔比奧一起動身前往路定城；青年兵團主將越劍也是高興異常，放下手中的事情，一方面命令官兵加緊修建防禦工事，一面向路定城趕來；秦泰、雷格也從酈陽城向路定城趕來，同時派出大量的黑爪監視京城不落城方向的動靜，只有銀月洲沒有什麼動靜。

而在嶺西郡北地區，各人心中滋味各異，凱文、凱武兄弟自然替天雷高興，列科也沒有什麼，文嘉心頭翻滾，文謹滿心不是滋味，但他們畢竟也阻擋不了大局，帶著滿腹辛酸，趕往路定城。

大草原各部、短人族、奴奴族也派出了強大的代表團，代表本族祝賀天雷登基為「聖王」，同時表示臣服，嶺西郡、西南郡的軍民更是空前的高興，他們終於有了自己的君主，有了一個嶄新的時代，一個全新的王朝，他們是這個王朝的臣民，在聖王的帶領下，為了自己的生存而戰鬥。

聖拉瑪大陸通曆二千三百九十三年元月一日，二十六歲的天雷在路定城內正式登基。鮮紅的羊毛地毯從府內一直鋪到城東門外，城內的大街上墊上了新的黃土，牆全部重新粉刷，各處都懸掛上大紅燈籠，人人一身新裝。

上午八時，在隆隆的禮炮聲中，天雷頭戴王冠，身穿黃袍，兩肩繡著飛翔的藍鳥，胸前盤龍，腰紮藍色錦帶，腳穿藍色靴，在雅靈的陪伴下緩緩來到大祭臺上，向天祈禱，三拜九叩後，穩穩地坐在臺上，以雅星為首的文臣武將緩緩拜倒在台前，口稱：

「拜見聖王，祝聖王萬歲、萬歲、萬萬歲！」

天雷環視全場，王者風範不怒自威，他額頭上緩緩放出金光，從每一個人的身上掃過：

「各位卿家平身！」

「無痕承蒙天意，各位卿家擁護，以挽救中原百姓危難為己任，與各民族和平相處，帶領大家走向強盛，無痕在此立誓言：收復中原，平定四海，以後絕不有負於大家。」

「聖瑪危難，困難重重，嶺西乃彈丸之地，不足以支撐大局，以後將逐鹿中原，揚我藍鳥雄威，把王朝發揚光大，希望各位愛卿同心協力，共同開創大陸的新時代。」

「從今天起，藍鳥王朝暫為軍事一體化形式，實行軍事化管理，一切以服從軍事管制，以收復中原爲首要任務。軍隊統稱爲藍鳥軍，以腦部爲最高指揮中心，額部爲參謀部，負責各項事務，協調軍隊及民政，另外成立法制部、情報部、檢察部、民政部、商務部和教育部、後勤部，各郡最高長官稱爲總督，以下爲城主、各部主薄，管理藍鳥王朝的領地。」

「從今天起，藍鳥王朝將進入一個嶄新的時代！」

天雷面帶微笑：「雅靈何在？」

雅靈身穿大紅衣裝，頭戴黃金鳳冠，雙肩繡藍色飛鳥圖案，胸繡彩鳳，她飄然來到台前，緩身下拜：「雅靈拜見聖王！」

「現封雅靈爲藍鳥王朝聖王正妃。」

「謝聖王！」

百官齊道：「恭喜聖王，恭喜聖妃！」

天雷和雅靈一起說道：「謝謝各位了！」

「文謹、文嘉、凱武、列科！」

「臣在！」

「四位都是王朝棟樑，軍中肱骨，現封爲王朝元帥之職，暫列腦部，同時加封爲藍鳥王朝侯爵位！」

「謝聖王！」

「凱文何在！」

「臣在！」

「本王多承凱文先生教誨，收益良多，今後仍需要先生教我，現封爲聖王師，隨侍左右，同時列入腦部，封藍鳥王朝侯爵位！」

「謝聖王！」

「騰越、比奧！」

「臣在！」

「本王從小多承二位照顧，並爲藍鳥王朝作出巨大的貢獻，是藍鳥谷的奠基人之二，現封騰越爲藍鳥王朝西南郡總督，管理西南郡政務，列腦部，封藍鳥王朝侯爵位！比奧爲嶺西郡總督，管理嶺西郡政務，列腦部，授藍鳥王朝侯爵位！」

「謝聖王！」

「兀沙爾！」

「臣在！」

「封兀沙爾爲藍鳥王朝元帥，統領新月兵團，轄第十八、十九軍團，列入腦部，加封藍鳥王朝侯爵位！」

「謝聖王！」

「雅星！」

「臣在！」

「現封雅星爲藍鳥王朝軍師之職，列入腦部，主持額部事宜，加封雅星爲藍鳥王朝子爵位！」

「謝聖王！」

「托尼何在！」

「臣在！」

「加封你爲大將軍之職，列腦部，統領平原兵團，轄第十一、十二、十三、十四軍團，領藍鳥王朝子爵位！」

「謝聖王！」

「維戈、雷格！」

「臣在！」

天雷看著從小生活在一起的兩位兄弟，聲音格外地溫柔道：

「加封維戈爲藍翎主帥，大將軍之職，列腦部，轄藍翎第六、七、八、九、十軍團，享受藍鳥王朝子爵位；加封雷格爲藍羽主帥，大將軍之職，列腦部，轄藍羽第

二十、二十一、二十二、二十三騎兵軍團，享受藍鳥王朝子爵位！」

「謝聖王！」

「越劍、秦泰、驚雲！」

「臣在！」越劍和秦泰急忙出列，驚雲派來的代表也慌忙站出。

天雷瞥了一眼驚雲的代表後，緩緩說道：「加封越劍爲青年兵團主帥，大將軍之職，列入腦部，轄藍鳥第二十四、二十五、二十六、二十七軍團，藍鳥王朝子爵位！加封秦泰爲凌原兵團主帥，大將軍之職，列入腦部，轄藍鳥第二十八、二十九、三十、三十一軍團，藍鳥王朝子爵位；加封驚雲爲銀月洲總督，統領軍政，同時爲驚雲兵團主帥，大將軍之職，列腦部，轄藍鳥第三十二、三十三、三十四、三十五軍團，授予藍鳥王朝子爵位！」

「謝聖王！」

「溫嘉、商秀、亞文！」

「臣在！」商秀和亞文跪倒在地，維戈代溫嘉受封賞。

「加封溫嘉爲藍翎兵團副統帥，將軍之職，列額部，藍鳥王朝男爵位；加封亞文爲藍羽兵團參謀長，領將軍銜，授予藍鳥王朝男爵位；加封商秀爲藍鳥第一軍團副統帥，代領統帥職務，授予將軍銜，藍鳥王朝男爵位！」

「謝聖王！」

「越和、海東！」

「臣在！」

天雷望了兩位老人一眼，笑呵呵地說道：「兩位老先生辛苦了！加封越和為神武營主將，將軍銜，列額部，藍鳥王朝二等侯爵位；海東先生為神武營副將，將軍銜，藍鳥王朝二等侯爵位！」

「謝聖王！」

「雅雪、雅藍！」

「臣在！」

「封你二人為藍鳥騎士團主將，將軍銜，列額部，藍鳥王朝男爵位！」

「謝聖王！」

「楠天、風揚！」

「臣在！」

「楠天為藍衣眾主將，列額部，領督統軍銜，藍鳥王朝男爵位；風揚為王府主管，本王隨身參軍，督統軍銜，列額部，領藍鳥王朝男爵位！」

「謝聖王！」

「里騰、烏拔！」

「在！」

天雷看著兩位草原漢子，語氣平穩地說道：「里騰、烏拔，現任命你們爲藍羽兵團副統帥，兼任軍團長職務，將軍軍銜，列額部，授予藍鳥王朝子爵位！」

「謝聖王！」

「希望你們二人協助雷格管理好藍羽，幫助我平定中原，我不會忘記大草原給予我的幫助，以後，大草原人將與聖瑪族人一樣，可以到中原定居，和平相處！」

「是，聖王！」

天雷繼續叫道：「卡萊！」

「聖王，卡萊在！」

天雷笑著對卡萊說道：

「卡萊，短人族永遠是我們的盟友，我們與短人族永遠和平相處，以後，短人族可以到中原定居，共享和平，現在，我任命你爲短人族戰斧團的軍團長，領將軍軍銜，列額部，授予藍鳥王朝子爵位！」

「多謝聖王大恩，卡萊永遠不會忘記聖王的恩情，短人族將永遠遵從聖王的旨意，爲聖王效勞！」

「多謝你了！」

「不敢！」

天雷讓卡萊退下，他接著說道：「好了，以下各軍團的長官由雅星軍師宣布！」

「遵旨！」雅星上前兩步，站在第一層臺階下，高聲宣布著藍鳥王朝各軍團長的任命情況，隨後，他又宣布了各部的長官，最後，雅星又對額部的參謀進行了公布。

藍鳥王朝任命的第一批高級將領及有爵位的人五十六人，其中軍銜以元帥最高，爵位以一等侯爵最高，以下將領需要在今後的作戰中立下戰功，才能封官進爵。

時間已經接近中午，藍鳥王朝對各級官員的任命已經完畢，隨後，文武百官又為聖王天雷和王妃雅靈舉行了盛大的新婚典禮。

如今嶺西郡已經成為歡樂的海洋，路定城裏裏外外都被歡樂所淹沒，對於聖王登基和大婚的慶典，雅星花了很大力氣，各種佈置完美，人員到位，同時，無論是軍隊還是百姓，都得到獎賞，軍民同樂，在中原最困難的時候，聖瑪民族有這麼一次大喜事也是天意，大家都非常的珍惜，另外，無論是大草原的各個部落還是短人族，都深深地認識到，只有聖王才是他們真正的救世主，真正的王者。

熱鬧了十天，藍鳥王朝又在路定城舉行了盛大的閱兵儀式，各個軍團都抽調幾百名精兵組成儀仗隊，接受聖王檢閱，聖王天雷和王妃雅靈坐在檢閱臺上，接受各個軍團軍官士兵的敬禮，同時爲各軍團加勁。

百姓把路定城南門外的檢閱場圍得水泄不通，人人精神振奮，群情激昂。

第三章　新朝氣象

三天後，聖王天雷和王妃雅靈在路定城王府內舉行了盛大的酒會。

紅氈地毯鋪滿庭院，彩綢和鮮花妝點得格外豔麗，左右兩邊方桌中央點綴著名貴的花草，這些是雅靈王妃最喜歡的東西，在靠近殿門的一端，一張寬大的圓桌上鋪著黃色的錦緞，上面擺放著名貴的酒具，在庭院的各處，男男女女三三兩兩地扯著話題，等待著主人的開宴。

聖王天雷從接管嶺西郡以來，從沒有開過什麼宴會、酒會、舞會之類的招待會，就是他初掌嶺西郡時也沒有，所以，這次的酒會引起了各部門人員的高度重視，特別是他剛剛登基，所邀請的人今後將成為藍鳥王朝的重臣，所以各世家都派出了代表，特別是送請柬時，聖王特意讓人通知說各家未婚女孩必須參加，使大家都有了特別的想法。

就著剛剛升起的驕陽，聖王天雷挽著王妃雅靈的手臂走出殿外，禮儀官高聲地喝喊著，在「飛翔吧，藍鳥」的音樂聲中，他們來到了主位前，如雷鳴般的掌聲響起，聖王面帶微笑，向四下裏打著招呼，看見眾人都已經就位，他緩緩說道：

「各位，本王自從來到嶺西郡，這還是第一次開辦酒會，承蒙各位多年來的幫助，本王才有了今天的地位，在這裏，我和王妃一起向各位表示感謝，乾杯！」

「幾年來，中原群雄並起，殺伐不斷，聖瑪民族百姓水深火熱，嶺西郡承各位鼎力支撐，實力大增，如今，藍鳥王朝初立，根基未穩固，但是，各國絕對不會讓我們平穩地發展，必將要把我們勒殺在搖籃裏，這是我們每一個人都不會答應的事情，對此，我相信在各位的共同努力下，我們一定會克服困難，戰勝一切來犯之敵！」

「今後，藍鳥王朝將有一連串的行動，逐鹿中原，收復家園，讓我們一起預祝勝利，乾杯！」

「請坐！」

在主位上，聖王天雷自然坐上首席，餘下是文謹、文嘉、列科、凱武、凱文、托尼、騰越、比奧及越和、海東先生，在左側的第一席上，是雅星、維戈、雷格、秦泰、越劍等兵團長官，再下面是各軍團長等，右側第一席主位上坐著王妃雅靈，餘下的是各位侯爵夫人，以及各家的小姐等。由於藍鳥王朝分封的爵位比較少，加上多位將領沒有成家，所以只有幾位年長的夫人及雅星的夫人。

主席上老帥多，聖王天雷自然就多喝了幾杯，天雷雖然不願意喝酒，但許多場合下也沒有辦法，所以酒量也是增加了不少，加上今天高興，祝酒的人自然就多些，天雷難免多喝了點。

王妃雅靈可知道天雷的酒量，擔心地看著天雷，但在今天的場合下，她也沒有辦法阻止，特別是維戈、雷格、越劍等很少和天雷一起喝酒，雅靈就是再關心天雷，也不敢出面阻止維戈等人及大草原的兄弟，所以擔心的表情掛在了臉上。

正巧嘉莉過來向雅靈敬酒，雅靈大喜，她知道嘉莉可是有過阻擋天雷喝酒的記錄的，所以私下裏，悄悄地讓嘉莉過去阻止眾人向天雷敬酒，哪怕是讓天雷少喝幾杯也行。

嘉莉人單純，見王妃求自己出面阻止眾人，她仍然像在東原城時一樣，沒有一絲懼色，緩步來到天雷的桌前，嬌聲說道：「天雷哥哥，你可不能再喝了，否則就又要喝醉了。」

文嘉元帥知道自己這個寶貝女兒沒有什麼心機，見她過來知道不好，但也沒有辦法阻止，這時候聽嘉莉如此說話，忙臉色一沉道：

「嘉莉，妳在胡說什麼？」

「父親！」

天雷一聽哈哈大笑，對著文嘉說道：「元帥，不要說嘉莉了！」

「就是啊，人家是爲天雷哥哥好嘛！」

「讓各位見笑了，小女不明事理，請各位原諒！」

凱文笑道：「老元帥，難得這孩子一片純真，這是你的福氣，不要客氣，沒關係的。」

眾人點頭道：「正是！」

天雷其實知道是雅靈出的主意，但因他十分喜歡嘉莉，所以並不以爲意，見大家並沒有因爲嘉莉的話引起不快，忙轉變話題道：「文嘉元帥，不知道嘉莉小姐可曾許婚？」

文嘉元帥見天雷動問，心中一動，忙站起道：「聖王，還沒有！」

天雷點手讓文嘉坐下，忙喊道：「維戈！」

維戈在左邊的席上，聽見天雷的叫聲忙過來，躬身道：「聖王。」

「維戈，這位是文嘉元帥的女兒嘉莉小姐，你們見見！」

「維戈見過嘉莉小姐！」

嘉莉自然一福，然後臉帶奇怪的表情說道：「你就是維戈哥哥嗎？我可是早就聽說過你的大名了，你很厲害嗎？」

維戈臉色一紅，旁邊的人聽後哈哈大笑，天雷笑著對騰越說道：「維戈也不小了，應該成家了。」

騰越臉色一正道：「是，聖王！」

「文嘉元帥，我可要代騰越向你求婚了，如果維戈和嘉莉兩人不反對的話，希望你能成全他們。」

「謝聖王，文嘉高興還來不及呢，那裏會反對，騰越親家，以後小女就多承你的教誨了！」

「謝謝文嘉大哥了，你放心，我一定像對待女兒一樣待嘉莉這孩子的！」騰越轉臉對天雷說道：「謝聖王成全！」

天雷點頭後對維戈說道：「維戈，你也聽見了，你可願意？」

維戈臉色大紅，看了嘉莉一眼後，跪倒在地道：「維戈聽聖王安排！」

天雷大喜，忙問嘉莉道：「嘉莉，妳可願意？」

嘉莉傻傻地站著，眼睛卻緊緊地盯著維戈，文嘉在旁叫道：「嘉莉！」

嘉莉這才回過神來，看著文嘉道：「我聽父親的就是！」說完，快步跑向了右側酒席中間。

天雷大喜道：「恭喜兩位大人，恭喜維戈了！」

騰越和文嘉站起身道：「多謝聖王！」

同桌的幾位老帥也同時向兩人道喜，維戈回到自己的席上，免不了受到大家的恭賀，一時間，整個酒會上一片道喜和歡樂聲。

嘉莉跑回席間，臉色羞紅，幾個同桌的姐妹拉住她不放，又是恭喜又是倒酒，更顯得熱鬧。

其實，天雷和雅星早就考慮到王朝內年輕的將領如今多是單身，特別是藍鳥谷出身的就更多些，他們沒有身世背景，一心想著爲聖王天雷辦事，從沒有考慮自己的終身大事，特別是聖王天雷也一直沒有成婚，所以就更加的沒有人敢提這件事，天雷成婚後，這事情就擺在了天雷的面前，尤其是他們許多人都比天雷大一兩歲，早就到了成婚的年齡，加上爲了維護各個勢力之間的平衡，拉好關係，天雷和雅星特意讓奧卡對統領以上單身將領進行了調查，當然也對各個勢力家族未婚女孩子也進行了調查，這才有了酒宴會上賜婚的情況。

眾人在喝酒祝賀中明白了聖王的意圖，各家族都有自己的打算，如今的藍鳥王朝是年輕一代的天下，特別是藍鳥谷中的人多是大隊長級以上的將領，這些人與聖王的關係非同一般，且每一個人都掌握實權，帶兵的帶兵，沒有帶兵的不是在聖王的身邊，就是在額部參軍處，真正的中間力量，對於後投靠到藍鳥王朝的人來說，用聯婚的形式鞏固自己的地位，爲家族謀取好處是最好的辦法，所以紛紛在心中盤算，聖王天雷更是樂意看到這種情況，但他必須進行推動。

酒喝了有一會兒，天雷看著文謹有些尷尬的臉，心中暗笑，對於文謹來說，如今的情況最爲尷尬，同爲聖日之臣，卻是年輕的天雷坐了聖王的位置，他這麼大的年紀還必須向新主君效忠，雖說他沒有另外的想法，但心情低落是必然的事情，天雷也明白這個道理，所以爲了籠絡這些人，聯婚也是必要的手段。

當下，天雷笑著對文謹說道：「文謹元帥，聽說令女也是難得一見的才女，不知道那一位是令女？」

文謹元帥聽後大喜，知道聖王可不是隨便問問那麼簡單，當下連忙回答道：「小女名叫麗娜，如今正在酒會上，臣立即叫她過來拜見聖王。」說罷，忙對女席喊道：「麗娜！」

麗娜小姐聽到父親的叫聲，忙起身過來，施禮道：「父親！」

文謹笑著道：「還不見過聖王！」

麗娜小姐飄飄萬福道：「麗娜拜見聖王！」

天雷見麗娜小姐長相俊秀，氣質高雅，一派大家氣度，心中滿意，他笑著回答道：「麗娜小姐免禮！」然後，對著文謹說道：「文謹元帥，令小姐可曾許婚？」

「稟聖王，還沒有。」

天雷笑著說道：「常言說得好：好事成雙，今日難得大家高興，那麼我就再做一次主，代比奧向元帥求婚，把令小姐許配給雷格，你可願意？」

「憑聖王做主，臣願意！」

天雷向雷格喊道：「雷格！」

雷格在旁邊的席上，這時候剛向維戈道過喜，也很替他高興，聽見聖王的叫聲，忙起身過來，躬身施禮道：「聖王！」

天雷對他說：「這是文謹元帥的女公子麗娜。」

「雷格見過麗娜小姐。」

天雷見兩人見過後，對雷格說：「雷格，我想替你做主，定下麗娜小姐這門親事，你可願意？」

雷格跪倒道：「全憑聖王做主，臣願意。」

天雷大喜道：「麗娜小姐，你可願意？」

麗娜小姐顯示出大家小姐的風範，飄然大方地對天雷施禮道：「小女多謝聖王成全！」

比奧這時候忙站起身向天雷行禮：「臣多謝聖王恩德！」然後對著文謹說道：

「多謝親家，比奧感激不盡！」

文謹也站起施禮：「親家客氣，以後小女要仰仗親家照顧了。」

維戈和雷格兩人如今的身分地位可是非同小可，他們不但本身武藝高強，學識深厚，家世更是不同，與聖王的關係可以用兄弟兩字形容，深得聖王信任，掌握實權，每一個人都是一方的主將，手下是藍鳥王朝最精銳部隊，地位不在雅星之下。

而文嘉、文謹兩人也是舊聖日的大將，家族勢力龐大，關係複雜，如今依附於聖王，但並沒有安心，文嘉好些，文謹相對就差一些，如今與騰越、比奧聯姻，勢力得以鞏固，自然就安心許多，其意義也是非常重大。

聖王天雷這時候站起身來，大聲宣布道：「各位，藍鳥王朝初立，各部將領沒有成家的眾多，本王現在宣布從即日起，沒有成婚的要立即成婚，沒有對象的自己找，無論是士兵還是軍官，只要是要成家的，立即批准，民政處要全力支持，有困難的幫助解決。」

酒會後，聖王和王妃舉行了盛大的舞會，爲各部將領創造機會，年輕的將領和各家族的小姐們更是興致勃勃，尋找著自己心中的佳偶。

舞會一直開到第二天天亮才收場，從這一天起，在藍鳥王朝內，展開了轟轟烈烈的求婚風潮，無數的將官、士兵成婚，民政處撥出許多金錢、物質，對沒有住處的將領、士兵進行補助，提供借貸，無數的新居拔地而起，成爲一個個愛情的小巢。

幾天後，天雷在府內接見了前來的軍師雅星。

聖王天雷首先問道：「如今的情況怎麼樣？」

軍師雅星笑道：「好得不得了，各個世家都在積極尋找心目中合適的佳婿，已經報告的統領級將領有二十七人，還在陸續增加，另外，下級軍官和士兵也是有無數人成婚，對穩定形勢發揮了重要作用。」

「太好了！」

雅星接著笑道：「但是有人另有看法，認爲這樣一來會影響士兵士氣，造成局部混亂，對大局不利，就連幾位老師也在提醒我。」

天雷笑道：「他們坐不住了，看著眼紅嗎？不過這樣也好，能暴露出一些問題，傳令各部不許耽誤士兵訓練，加強防禦工事修建，整頓各部。」

「是！」

「傳令所有兵團的主帥、副帥、參謀長一個也不許離開，全部參加將領們的婚禮，讓他們好好休息一下，我想沒有多少時間了。」

「是！」

「雅星大哥，你對驚雲的事情怎麼看？」

雅星略微沉吟後說道：「這次驚雲抱病不來，問題十分嚴重，但要說驚雲謀反也不確實，以當前大陸的形勢，對他一點好處也沒有，不過驚雲有脫離的想法是一定的，只是目前還不至於這麼嚴重。」

天雷點頭說道：「也好，誰有想法我不阻攔，把驚雲的家眷送到銀月洲去，另外，把他們直系的人也陸續派過去，我倒想試試看他到底能怎樣，同時，讓列科負責訓練十萬預備隊，在嶺西關一帶訓練，以防意外。」

「好的！」

「我想有兩年時間足夠我們平定兩河之間，回頭再處理此事，你要把握好分寸，既不讓他反，又讓他反，把特男家族的勢力從嶺西郡連根拔除，杜絕後患。」

「我明白！無痕，出兵中原的事什麼時候開始？我好有所準備。」

「這要等帕爾沙特出來再說，全力防守河原城、酈陽城和原陽城一線，消耗其兵力，然後出兵搶佔堰門關，切斷西星的咽喉，讓帕爾沙特退軍河北，分割與南方聯盟的聯繫，各個擊破，郡北的事情我已經讓商秀準備了。」

雅星聽後大喜道：「無痕，你早有計劃了？」

「已經開始了，只要帕爾沙特出兵嶺西郡，我們立即攻佔堰門關，以郡北預備隊五十萬人和第一軍團、第十五、十七騎兵軍團為主力，水軍和神武營配合，我想不成問題，只要他們堅守兩年，兩河間即可平定。」

「太好了，無痕！只要帕爾沙特退軍河北，鞏固後防線，南北聯盟就會瓦解，兩河間只剩下南彝與東海聯盟，京城以西即為我所有，兩年內平定兩河間平原，我想不成什麼問題。」

「我想也是！」

「無痕，我即刻準備，你還有什麼吩咐嗎？」

「雅星大哥，我想讓你主持兩件事情，第一，平定兩河間後，局勢將逐步穩定，制定聯盟法律尤其重要，我們要制定出一部這樣的法典；第二，我想成立聖神殿，統一宗教，以聖拉瑪大神為主神，主導民族思想，為王朝服務，並把神殿納入王朝管理之下。」

雅星臉面嚴肅，沉思片刻後說：「這件事我會召集人手去做，你一心一意放在軍事上即可，等我們收復中原後，這兩件事情就能初具規模了。」

「好吧，雅星大哥，這事我就交給你了，過兩天我要召開軍事會議，討論出兵中原的事情，如果不給他們找點事情做，說不定又說些什麼閒話呢。」

雅星點頭後說：「東海聯盟和南彝合兵一百餘萬，也是不好對付的事情，如果我們損失較大，對平定河北極爲不力，無痕，你可要好好想想。」

「我不會與南彝和東海聯盟硬拼，我想讓藍羽偷襲東海，扯他們後腿，然後分割南方聯盟，迫使南彝投降，再徹底解決東海聯盟問題，說不定有意想不到的效果。」

雅星笑道：「得了，你那天馬行空的想法我可摸不著邊際，看來你已經有了詳細的計畫，對平定兩河間充滿信心，我擔心是多餘的，無痕，你放手施爲就是，後方的事情我會解決，保證你在兩年時間內沒有問題，至於驚雲的事情，我會小心處理。」

天雷大笑，心情寬敞了許多，不管什麼事情，只要他與雅星一說，兩人就會輕易解決，對總攬全局大有好處，至於一些細節，讓手下照做就是。對於逐鹿中原戰略，天雷早已思考了許久，天王殿中的《戰略》一書，這時候顯示出了它的價值。

三天後，聖王天雷和王妃雅靈率領藍鳥王朝文武百官參加了維戈與嘉莉、雷格與麗娜的婚禮，雅星把婚禮辦理得十分隆重熱鬧，特意在城中爲他們撥出兩處府宅，並精心佈置，參加婚禮的每一個人都十分滿意，以後幾天，陸續有一些軍團長、督統領等人舉行了婚禮，天雷也是一一參加，雅星也是盡全力幫助。

不知不覺已經進入了二月天，軍團長以上的將官大婚告一段落，聖王天雷經過一個月的熱鬧，好似把什麼事情都忘記了，幸好有風揚在身邊，把事情辦理得井井有條，商秀利用這一個月的時間，對郡北預備隊，不，如今稱為第一軍團預備第一至十軍團，進行了裝備，標準決不亞於正規軍團，並展開了實戰訓練。藍鳥第十五、十七騎兵軍團也已經調入小山城休整，水軍攻擊準備工作已經展開。

嶺西郡的二月天仍然是冬末，但今冬不是很冷，這給郡北軍民創造了許多方便條件，民政處在無形中加強了對郡北的管理，後勤部的物質源源不斷地運入，大戰的氣氛悄悄地展開，就是民眾也能感覺到臨戰的氣氛，至於幾個老帥，心中多少已經有所準備。

在嶺西郡東部的河原城、酈陽城、原陽城一線，大軍和百姓利用秋後和冬天的時間，修建了許多防禦工事，戰壕交叉，層層疊疊，完全擺出了一派防禦的架勢，各部軍團都進行了調整和補充，訓練更加的嚴格。

在軍團級別的將官心中，已經知道王朝要出兵中原的事情，但對於戰略部署仍然不清楚，就是到如今，額部也沒有說明怎麼打，軍官在加強士兵訓練的同時，對修建防禦工事感到疑惑，既然要出兵中原，修建這麼多防禦工事做什麼用，但在額部的嚴令下，仍然把工事修建得完整無缺。

至於高級將領，一個個心中已經開始焦急，額部既然在去年底就有消息說出兵中原，但看當前的架勢完全是一派防禦，有人忍不住開始向額部反映，雅星總是笑呵呵地給予最合理的解釋，平息將領的疑問，但在暗中，仍加緊對郡北的補充。

路定城內，聖王是最輕鬆的一個人，依照慣例，每三天開一次軍事研討會，討論出兵中原的事情，各個兵團參謀長官以上的將領全部出席，討論最激烈的是年輕的將領們。說怎樣打的都有，風揚和幾個參謀官在旁一一記錄，聖王天雷從沒有多說一句話，幾位老元帥也是保持沉默。

有時候，聖王在會上拋出一些問題讓大家討論，但無非是一些戰術上的問題，對各個兵團之間的配合進行溝通，磨練將領間的協調合作，多是些越劍青年兵團與秦泰凌原兵團的配合，藍羽騎兵兵團與青年兵團、凌原兵團配合，凌原兵團與平原兵團配合等，對中原兩河間的地形盡心詳細分析，並漸漸涉及到東海聯盟地區和南彝地區，範圍漸漸擴大。

二月底，天雷再次召開了軍事會議，但這次會議明顯與以前不同，參加軍事會議的，除在外的兵團級長官外，全部參加，列席的有額部的全體參謀官，聖王天雷和軍師雅星主持了會議，而藍衣眾則把會場包圍得水泄不通，保密程度達到了一級。

聖王天雷笑呵呵地說道：「各位，一段時間以來，大家對出兵中原進行了長時間的討論，各種各樣的方案都有，好壞各異，經過參謀處的整理，綜合各種方案，我們有了初步的想法，但是，幾位老元帥還沒有發表意見，我們今天就是要聽聽幾位老帥的想法，然後定下一個方案，下面就由幾位老元帥談談。」

凱武元帥看了幾人一眼，見他們都沒有先說的意思，就笑著接過聖王的話道：「王朝既然已經決定出兵中原，仗是一定要打了。在京城一帶，河北聯軍和南方聯軍總兵力已經達到兩百萬人，硬打對我們是一點好處都沒有，那麼就需要出奇兵，分化瓦解南北聯盟和分解聯盟內部，引蛇出動，消滅一路才是上策。」

列科元帥看凱武說完道：「我贊成凱武的觀點，但引蛇出動也不好打，這要我們選擇南北聯軍一路，如果我們選擇弱方南方聯軍，則北方聯軍必然不會坐視不理，反而會牽制我們，形成明弱暗強，如果我們選擇北方聯軍，則必是一場惡仗。」

文謹元帥點頭說道：「我們可以以西南藍翎牽制南方聯軍，切斷其後方線，造成主攻的架勢，然後迫使南方聯軍兼顧南部戰場，對帕爾沙特北方聯軍給予打擊，如果引蛇出動做得好，加上我們有利的地形，設下圈套，相信可以擊潰北方聯軍，但後期階段情況會十分艱難。」

「同時，我本人也與西星作戰多次，其部隊戰鬥力極強，裝備精良，我們的損失也一定不會小，所以不管怎麼打，損失四成是保守的估計。」

天雷笑道：「看來幾位老師都贊同引蛇出動，配合南北夾擊，先去其一路的方案，但是，在作戰的後期，京城一帶必然會十分艱難，並沒有完全瓦解南北聯盟。」

凱文王師接過話道：「引蛇出動實質是殲滅敵人的部分主力，並沒有徹底瓦解南北聯盟，如果說要徹底做到使南北聯盟分離，就必須另外配合一定的手段，採取離間之計策，但這也不是件容易的事情。」

雅星看維戈等年輕的將領都沒有接話，聽叔叔凱文如此說法，當即說道：「我們前一段時間已經從各個方面加以考慮了，但說的都是些戰術上的問題，對於戰略的大局問題，大家談的較少，只今天幾位老元帥才涉及此事，我想我們最根本的問題是要使南北聯軍分離，然後各個擊破，如果能讓北方聯軍退軍河北，那麼，南北聯軍分離就成爲事實，我們所有的問題自然都迎刃而解了。」

天雷在旁笑道：「正是！首先，我們並不想與北方聯軍決戰，以影響實力，讓南方聯盟坐大，那樣即使我們最後取得了勝利，對於爭奪兩河間也是沒有任何好處的，既然如此，我們就必須抓住帕爾沙特的咽喉要害，給予他致命一擊，迫使他不得不退軍河北，然後我們再分化瓦解南方聯盟，達到以最小的代價，取得最大的勝利目的。」

眾人聽聖王天雷的話，都沒有言語，誰都知道如能達到這樣的效果當然最好，但問題是，怎樣去做才能達到這樣一個戰略目的，特別是維戈、雷格、商秀幾人，他們依賴天雷慣了，反正天雷怎樣部署他們就怎樣打，不願意自己動腦筋，雖然前一段時間大家都進行了討論，談了自己的看法，但他們卻不管行與不行，單從自己的觀點上談一談，最後的結論還得天雷和雅星決定。

幾位老元帥當然知道天雷和雅星說得有理，但要達到這樣目的談何容易，天雷和雅星如此說法，必然還有下文，所以誰也沒有說話。

天雷看了大家一眼，然後對風揚說道：「風揚，你來說說。」

風揚站起身來，走到寬大的地圖前，指著堰門關說道：

「堰門關是映月、西星通往中原的要道，一切補給都必須從這裏經過，如果我們奪取堰門關後，西星如果想對帕爾沙特部進行補給，必須經過北海，而北海遠離中原，要把人員、物質運到河平城，無論是時間，還是人力、物力都是個問題，帕爾沙特如得不到國內的補給，長期作戰是不可能的，加上我們佔領堰門關後積極向前推進，只要不越過北海的佔領區，北蠻就不會有太大的動作，所以帕爾沙特必然會回軍河北，鞏固後方，映月、北海必然跟隨撤回，只剩下北蠻是抵抗不了南方聯盟的，所以就必須自己考慮撤軍的問題，這時候，就是我們出兵兩河間的最好時機。」

天雷看著眾人沉思的樣子後說道：「出兵兩河間是必然，但我們首先聲東擊西，拿下堰門關，造成帕爾沙特措手不及，然後鞏固堰門關防線，切斷帕爾沙特後路，這就看誰堅持的時間長，如果帕爾沙特挺不住了，我們再予以打擊，就是他回軍河北也不會有什麼大的作用了。」

天雷頓了一頓：「這樣做的好處是：一可以牽制河北聯軍的力量，如果他們不回軍，我們就趁機收復河北，如回軍，則達到了瓦解南北聯盟的目的；二是如果我們平定了兩河間後，在北方仍然有一處立足之地，便於以後出兵河北。堰門關距離郡北很近，方便我們長期堅守，並勒斷西星的咽喉，可以爲我們贏得時間。」

文謹元帥沉思後說道：「這個方案是上上之策，只是我們要面臨二線作戰的境地，兵力是否充分是個問題。」

天雷笑道：「對於兩河間我們暫不去攻擊，作出全力防守的架勢，等帕爾沙特春季出兵後，我們利用這一時機搶佔堰門關，並用防守消耗其有生力量，減少我們自身損失，然後趁其回軍之機，收復京城以西地區，帕爾沙特必然會把這一地區交給我們，以鞏固三足鼎立之勢，然後，在河北地區展開全面防禦，在兩河間展開攻擊，縮小南彝佔領地，利用藍翎做掩護，藍羽偷襲東海，迫使東海聯盟回軍，包圍南彝、彝雲松部，解決中原兩河間的問題。」

第四章　運籌千里

眾人聽後大喜，特別是越劍等人，聽聖王天雷說的如此胸有成竹，臉上都露出欣喜的笑容，凱武元帥微笑著點頭，文嘉元帥不住稱是，整個會場頓時出現了活躍的情景。

聖王天雷見大家有了信心，這才又說道：

「至於兵力問題，我想也不是難事，以藍鳥第一軍團十七萬人，加上郡北預備十個軍團五十萬人、騎兵第十五、十七軍團十萬人，配合神武營二萬、水軍三萬，足可佔領堰門關，然後建立堰門關、堰關城、臨河三角防線，中間駐守騎兵軍團，伺機出擊，一擊即走，採取敵進我退，敵退我攻戰略，再加上郡北的支援，堅守兩年不是問題！」

他喝了口茶水，接著說道：「在河陽城、酈陽城、原陽城一線，河陽城部署越劍青年兵團二十萬人，酈陽城部署凌原兵團二十萬人，原陽城部署平原兵團二十萬人，藍羽騎兵軍團、第二、三、四軍團爲預備隊，藍鳥騎士團、藍衣眾爲策應部隊，採取全面防守戰略，消耗帕爾沙特部，然後視機反擊，以騎兵爲突擊力量，搶佔京城以西地區。」

天雷說到這裏，看了大家一眼，接著說道：「如果帕爾沙特退軍河北，藍翎部在短人族戰斧團的配合下，必須全部佔領聖寧河以南地區，同時從河北發起攻擊，掩護藍羽兵團和平原兵團隱蔽運動，順河而上，我會把新月兵團配給你部，要不惜一切代價保證藍羽行動。」

「大家看看這樣的安排可行否？」聖王天雷在最後問。

文謹元帥首先回答：「我沒有意見，聖王的安排是目前最好的戰略，且說得十分詳細，我聽從安排就是！」

維戈、雷格、越劍、秦泰等人紛紛表態，最後，文嘉元帥笑著說道：

「聖王早已經成竹在胸，中原已經囊括在手中，單等帕爾沙特出兵就展開行動，同時把每一個人的私事早已經安排妥當，真是高瞻遠矚啊。」

聖王天雷笑道：「幾位老元帥這回也閒不著，都要親自出馬，我想把堰門關三角防禦地區交給文謹元帥、文嘉元帥和凱武元帥，協助第一兵團長商秀攻擊，守不住我可不答應！」

三人立刻站起身來說道：「聖王放心，我們一定完成任務，決不讓聖王失望！」

聖王天雷點頭說道：「好，我是信得過三位老元帥的，要不然，也不會把堰門關這麼重要的地方交給三位，保證堰門關的安全是整個部署的前提，決不能有絲毫的差錯，交給別人我還真不放心呢。」

「聖王放心吧！」

「列科元帥要在嶺西關訓練十萬民團，駐守嶺西關，保證嶺西郡西方的絕對安全！」

「是，聖王放心！」

「凱文王師要隨在本王身邊，隨時提醒本王，監察各部，任何人不得有絲毫閃失，嚴格按照額部作戰計畫行事，並絕對保密。」

「而雅星軍師則負責各部的後勤工作，保證各部的補給，一切以作戰為第一，任何違法亂紀者就地斬首。」

「好了，下面由商秀將軍公布堰門關地區作戰計畫！」

風揚換好堰門關一帶地圖，商秀沉穩地對河北堰門關一帶進行了介紹，並就各種可能發生的情況做以說明，同時，對攻取堰門關的作戰部隊加以分配等等，會上對堰門關的攻擊部署全部完成。

最後，額部參軍對酈陽城等防線部署做了詳細的安排。

會議一直開到了傍晚時分才結束。

在嶺西郡路定城召開軍事會議的同時，遠在京城不落城內，帕爾沙特也正就春季攻勢進行積極部署。

不落城自去年被六國聯軍攻破後，如今情景淒慘之極，整個「井」字中心地區被大火化爲烏有，周圍地帶也略有波及。

六國軍隊進入不落城後，南彝與東海聯盟軍隊佔領了整個南城區，沒有向「井」字中心地區發展，而西星、映月、北海則佔據西、北部地方，北蠻自然是佔據了東部地區，由於不落城被圍困半年以上，糧食基本上所剩無幾，重要物資等在大火中化爲灰燼，加上百姓突圍時帶走一些，幾乎沒有剩餘什麼，只留下一個空殼，六國聯軍在名義上攻陷了不落城，實質上並沒有得到想像中的好處。

映月自從出兵中原以來，經過藍鳥軍團的多次打擊，實力損失殆盡，在京城不落城一帶僅有的殘兵敗將十萬人左右，加上在堰門關南臨河城駐守的十餘萬人，如今兵力不足三十萬，攻陷不落城後，官兵佔據一角，把佔領區翻了個遍，也沒有得到多少好處，只是百姓慘遭殺戮，苦不堪言，映月士兵自入城後整個情緒低落，思鄉心切，積極要求回轉國內，但得不到西星帕爾沙特王子殿下的同意，誰也走不成，十萬人懼怕帕爾沙特，只能用醉生夢死來形容，對前途一片渺茫。

映月聖皇月影多次要求中原僅餘的軍隊回國，但由於嶺西關及銀月洲之路被封鎖，只能從堰門關經西星回國，得不到西星的同意，他也只有乾著急的份，一點辦法也沒有，如今的映月可不比從前，在聯軍中稱為老大，現在是西星人說了算，西星之主星晨再也不會給月影什麼面子了，要不是中原戰局沒有平定，說不定西星已經出兵映月，月影也深知其理，所以也不敢與西星翻臉，只苦了這二十餘萬士兵。

映月國內的情況也不好，自從丟失銀月洲後，映月失去了最為富饒的地區，無論是糧食還是物資等都非常緊張，國內百姓民聲鼎沸，反戰聲浪高漲，多有不滿，但是，有識之士懂得最大的危險還在後頭，如不能及時恢復國力，亡國之期不遠，埋頭發展國力，只有期待時間的流失，讓下一代儘快成長起來。

西星之主星晨自然明白映月帝國的難處，但映月已經不能夠威脅西星了，而且很聽話，雙方的主次之位從根本上顛倒過來，星晨很滿意，躊躇滿志，一心一意埋頭在中原的爭霸中。

如今西星國內歌舞昇平，好得不能再好了，自從佔據中原北部地方以來，糧食基本上得到了保證，從中原運回的大量物資讓百姓們開了眼界，琳琅滿目的布匹、綢段、珠寶等，更加讓貴族的虛榮心得到了滿足，星晨的威望蓋過了有史以來歷代國主，對發展軍事就更有利了。

西星原本就是以武派立國，國人多好武技，習武成風，再加上以帕爾沙特王子殿下為首的遠征軍節節勝利，更激起民眾愛國習武之風，從軍的浪潮一浪高於一浪，從未成年的孩子到五六十歲的老人，無不以入軍隊為榮，少年們整天吵吵嚷嚷，堅決要求加入帝國軍隊，在帕爾沙特王子殿下的軍中為帝國、為家人贏得榮譽，星晨眼看著新一代的熱情，老懷大慰，在積極安撫的同時，廣收門徒，為未來佔領整個中原做準備。

帕爾沙特攻佔不落城後，西星人的榮譽感達到了頂峰，就連星晨也感到爭霸中原近在咫尺，為期不遠。帕爾沙特殿下這顆西星歷史上最明亮的星終於名副其實，幾乎是所向披靡，戰無不勝，再有三五年時間佔領整個中原應該不是問題，所以西星帝國對在中原兵力的補充提高到一個新的高度。

西星帝國的男人任意一個都會些基本武藝，兵源品質自然不是問題，但不論兵源素質怎樣好，人員少卻是個不爭的事實，從進軍中原到現在，一百餘萬青壯年人投入到中原的戰場上，雖然損失沒有映月那麼大，但是至少也損失五十餘萬人，如今帕爾沙特殿下麾下有八十萬人，加上在堰門關、北方佔領區駐守的軍隊，達到一百二十餘萬人，帝國幾乎沒有什麼青壯年可以投入進去了，雖然形勢大好，但從根本上來說也是國內空虛，沒有什麼閒置的青壯年人了，兵源已經達到了極限。

帕爾沙特自然明白國內的困難，只是自己不說而已。他手中掌握著西星帝國幾乎所有的軍事力量，是實際上的西星之主，但他自不會把西星帝國之主位置放在心上，他時刻也不會忘記雪無痕交給他的半個「天下」兩字，他要成為中原之主、大陸之主、天下無雙的霸主，所以征服雪無痕是他爭霸中原的首要任務。

自從不落城淪陷後，聖日帝國滅亡，嶺西郡雪無痕自主藍鳥王朝，雄心壯志不問可知，帕爾沙特已經從死衛、密探中得到這個消息，心情就從沒有好過，聖日帝國在時，有虹傲說了算，還輪不到雪無痕，如今形勢大變，雪無痕自稱「聖王」，一切事情均可自主，可以說放開了手腳，加上大草原、短人族相助，他怎能不急。

如今雪無痕羽翼漸豐，但還沒有到達與六國聯軍抗衡的地步，趁著他勢弱之時，把雪無痕消滅在搖籃中，是當前的首要任務，如果讓雪無痕緩過氣來，帕爾沙特真不知道會是什麼樣的結果。

聖日帝國久居中原，倫格大帝一代名君，經過二十年的休生養息，實力自然不弱，要不是虹傲無才無德，聖日帝國決不會走到今天的這般地步，讓六國趁勢圍攻，淪入滅亡，但聖日雖滅，聖瑪民族仍在，俗話說，瘦死的騾駄比馬大，整個中原百姓西移，雪無痕利用三千里大轉移之機會，又把沒有淪陷地區的百姓全部帶走，為他們找到了一個安身立命之所，又整合東、南、西、北、中五大兵團，軍隊百餘萬人，只憑這些，帕爾沙特已經不是雪無痕的對手了。

但雪無痕無論多麼強大，也不可能是六國的對手，帕爾沙特也有自己的優勢，且不說本身強大的兵力，只南方聯盟就能讓藍鳥軍元氣大傷，加上北海、北蠻，藍鳥軍絕對不能與之抗衡。

北海軍有北海明坐陣，兵少而不亂，北海明一代大將之才，把僅有的二十萬人管理得井井有條，且訓練有素，幾年來中原大戰，北海明兢兢業業，小心謹慎，把北海軍鍛煉成為精兵，作戰自有一套，他作戰時儘量保持實力，沒有大的損失，北海國內又能及時給予補充，軍隊始終保持在二十萬人左右，而北海明不驕不躁，遇事不出風頭，撿些小利，就拿這次進入不落城來說，雖沒有得到太大的好處，但也足可以讓他名垂青史。

北海明很滿足，至少他沒有得到騰格爾那樣的下場，如今北海在中原的實力再也不是最後一位了，至少比映月處境好多了，有映月人在，帕爾沙特有氣不會發在北海人身上，北海人再也不用戰戰兢兢，腰板比以前直多了，帕爾沙特至少明白還得利用北海人。

在北方四國聯軍中，最不聽話的就是北蠻人，這也是帕爾沙特最頭痛的事情。二十九萬北蠻人進入不落城以來，展開了野蠻行動，露出了禽獸本色，整天在城內到處搜尋，什麼好的東西都要，就是別國看不上眼的東西也要，成車往城外運，時常與別國士兵發生矛盾，爭吵不休，不落城內百姓苦不堪言，女人更是淒慘，整個城東地區成為禽獸大本營，北蠻人仍然惦記著別人的佔領區。

既然北蠻人惦記著他國的佔領區，自然會找一些麻煩，到別人的地盤上找事情，搶劫之中自會與別國士兵發生矛盾，好在帕爾沙特盡力約束部隊，彝雲松、東方闊海還不想與北蠻人開戰，北蠻主蠻龍也知道事情不能太過分，所以小打小鬧則有，大戰事倒沒發生。

南彝與東海聯盟的關係如今更加緊密，自從進入不落城地區後，南彝與東海聯盟見識了北方聯軍的裝備和戰鬥力後，更加小心。北方聯軍在不落城一帶兵力一百二十餘萬人馬，而南方聯軍只有一百一十萬人馬，且戰鬥力比不上北方聯軍，形勢迫使兩國關係更緊密，合作愉快，而年輕一代彝凝香、東方秀等人更是如此，整天在一起討論中原局勢，深深認識到了當初天雷對各國實力分析的正確性，其精闢之處，使眾人深感欽佩的同時，更加心驚。

既然南方聯盟使以帕爾沙特為首的北方聯軍深感不安，南北聯盟合作的事情自然能推就推，能不辦就不辦。如今東海聯盟佔據中原東部地區，南彝佔據中原南部地區，要說佔領的地盤，自然比北方聯盟大許多，再加上認識到了北方聯盟強大的實力後，兩國更是小心，對目前的形勢深感滿足，維護三足鼎立之勢是當前最好的結局，一旦打破，對南方聯盟是一點好處也沒有，東方闊海和彝雲松倒不是怕與北方聯盟開戰，至少在暗中南方聯盟與藍鳥軍是盟友，但能維持現狀當然更好。

帕爾沙特也不是不想吃下南方二國，但是，南方聯盟一百一十萬軍隊也不是擺設，開戰只能是兩敗俱傷，讓雪無痕坐大，同時，在帕爾沙特心中，雪無痕的藍鳥軍始終是頭號敵人，在沒有消滅雪無痕前，他還不想自己有絲毫的損失，所以對南方聯盟是安撫與聯合，至少目前他們還是盟友。

藍鳥王朝的成立，對於六國來說，無論是誰都是不小的衝擊，只是沒有帕爾沙特認識的那麼深刻而已，因為只有帕爾沙特才深知明月公主領導的映月軍隊強大實力，在經過藍鳥軍三番五次打擊後落成如今的局面，藍鳥軍團作戰實力不是那一支軍隊可以比擬的，特別是他們的裝備得到短人族的改造後，精良的程度是別國沒有的，就是映月、西星依賴的戰車在短人族接觸後，也已經開始裝備藍鳥軍，而弩車、弩機其強大的洞穿力和覆蓋率，真可以說是士兵永遠的惡夢，目前帕爾沙特還仿造不出來，如果給雪無痕時間，那麼，六國今後的結果只能用悲慘來形容，帕爾沙特是越想越怕。

儘管帕爾沙特想早一點出兵消滅雪無痕及藍鳥軍，但是條件一直還沒有成熟。首先，現在是冬季，天氣雖然不是很寒冷，但對行軍作戰來說仍然是十分不力的，士兵要在簡陋的帳篷裏過夜休息，體力不能得到很好的恢復，對作戰大有影響；其次，帕爾沙特儘量說服南方聯盟和北蠻人參加對嶺西郡藍鳥王朝的進攻，以減少自己的損失，一直沒有成功。

帕爾沙特苦口婆心，苦苦勸說，闡述了種種理由，但是南方聯盟就是不爲所動，最後，南方聯軍兩位主帥承諾：在帕爾沙特出兵後，仍然堅守在現有的勢力範圍，決不搶佔京城不落城的任何利益，保持聯盟道德，帕爾沙特沒有辦法，只得又與北蠻人商量，在西星出兵後，把不落城的西、北一帶交由北蠻人暫管，但條件是監視南方聯軍的動靜，一旦情況有變化，要及時通知西星，並堅決出兵抵抗，蠻龍聽後大喜過望，這個條件可以說不算什麼條件，如南方聯軍出兵，自然是要先攻擊北蠻人留守的部隊，出兵與否也由不得他們，作戰是必然的，最後，帕爾沙特要求蠻龍要時刻保持警惕，蠻龍自然是一口答應。

帕爾沙特經過近三個月的周旋，事情終於有些眉目，能夠調動使用的兵力有本國的八十萬人馬，其中包括十五萬騎兵，其餘全部爲步兵軍團；北海國現有兵力二十萬人，其中騎兵五萬人，步兵十五萬人，北海明倒是深明大義，積極配合帕爾沙特，其實北海明知道北蠻人不可靠，且兵力少，早晚是西星的天下，北海始終要依靠西星生存，所以沒給帕爾沙特添什麼難題，這令帕爾沙特感激不盡。

至於映月，現在不落城仍然有兵力十萬人，完全聽從帕爾沙特調度指揮，從騰格爾元帥戰死後，映月殘兵仍有十萬人敗退回不落城，帕爾沙特幫助他們整合後，成立了兩個軍團，用西星的物資裝備了他們，映月士兵儘管很懼怕藍鳥軍團，但其心中的仇恨也是很深重的，西星要攻擊藍鳥軍，他們自然是無話說。

一百一十萬大軍被帕爾沙特分爲三部，仍然是左、中、右三路出兵，攻擊的路線與上次幾乎相同，所不同的是在左路由原先的南方聯軍改成西星軍隊，右路則由北海及映月人負責。

中路爲主攻方向，由帕爾沙特親自掛帥，星智爲前軍先鋒，兵力六十萬人，包括西星的十萬騎兵；右路爲二十萬人馬，騎兵五萬人，由星慧任主帥；右路由北海明任主帥，兵力三十萬人馬，騎兵五萬人，左右二路實行牽制作戰，同時掩護中路突破，與帕爾沙特保持一定的距離，整個計畫避免了被各個擊破的可能性，攻擊面比較集中。

整個出兵計畫在四月中旬展開。

大平原的冬天非常暫短，就是在真正的冬日裏也不是很冷，而四月裏就已經進入了春天。

不落城以西平原地區已是春意盎然，春天氣息讓人感到春天的美麗，新的感覺讓人精神振奮，對未來充滿了希望。

帕爾沙特王子殿下更是精神飽滿，對勝利充滿信心，經過一個多月的精心策劃，一百一十萬遠征嶺西藍鳥王朝的軍隊，已經調整到最佳狀態，各種裝備已經齊全，北海明、星智、星慧率領先頭部隊已經出發，前鋒已到達錦陽城，而帕爾沙特後軍才剛剛從不落城動身。

這次是河北聯軍第三次遠征嶺西郡，帕爾沙特在出發前，對不落城的事情進行了詳細安排。由於西星、映月、北海大軍幾乎傾巢出動，留守不落城的人很少，帕爾沙特明白一旦他們離開不落城，京城必然會落入北蠻人或南方聯盟的手中，所以他也沒有打算再回來，只是把不落城內好東西儘量的運走，但帕爾沙特與北蠻人不同，他進城後，首先讓部隊沖進帝國軍事學院，把一切書籍等全部掠奪在手，然後才掠奪物資，可以說，在京城內的精華幾乎全部落入帕爾沙特手中。

帕爾沙特既然不想再回來，那麼三國大軍開拔後，只留一些外交性的官員及部分密探，以監視南聯軍動靜，同時他也不懼怕北蠻人，畢竟北蠻人少，思想單純，只一身野性罷了，在他的心裏，最好是北蠻人與南方聯軍在不落城內開戰才好，以消耗三方的實力，爭取幾方平衡，所以，留守人員其另外的一個任務，就是挑起北蠻人與南方聯軍的矛盾，越亂越好，以解除自己的後顧之憂。

帕爾沙特既然要安排不落城的事宜，動身自然就晚了一些時間，但部隊前鋒卻已經開始了行動，畢竟出征越早越好，在最短的時間消滅雪無痕，所以左右兩路及中路前鋒已經向錦陽城方向運動了。

五日後，帕爾沙特率領三十萬大軍趕到錦陽城，會合星智留手的人員，開始了對嶺西郡藍鳥王朝全面進攻。

左路大軍在星慧元帥率領下，出錦陽城直奔原陽城方向攻擊前進，爲了配合帕爾沙特中路，星慧行動不是很快，力求穩紮穩打，前鋒五萬騎兵也保持一定的距離，時刻接應後軍，而右路大軍，在北海明率領下也保持一定的距離，速度也不快，這是計畫好的，始終保持三十公里的距離，騎兵一個時辰就能感到。

中路軍在帕爾沙特率領下一路向西攻擊前進，前鋒主帥星智元帥吸收騰格爾的教訓，一路小心推進，斥候、哨探比平時多出十倍，消息每隔半個時辰就能夠傳達一次，並時刻注意周圍的地形情況。

從錦陽城到凌原城，距離一千公里，就是較近距離的酈陽城也有三百餘公里，中間隔著許多荒蕪的城鎮。但進入酈陽城附近就又是一種景象，地裏有耕種的痕跡，由於是初春，新翻的地裏空無一物，空蕩蕩的，一眼就能望出數里。在整個的冬季，田野裏稍微厚一點的雜草都被居民割爲柴薪，莊稼也被刨的幾乎殆盡，即方便了百姓引火之用，又爲初春的春播打下了基礎。

經過五天長途跋涉，前鋒星智部靠近了酈陽城一線，雖距離酈陽城仍有三十餘里，但藍鳥軍的防線已經歷歷在目。遠遠地望去，寬大的戰壕交叉成網，層層疊疊，在二十里距離內，就有四道壕溝，而藍鳥軍團的旗幟飄揚在戰壕的上空，士兵站在戰壕裏，嚴陣以待。

雖然星智元帥早就得到了情報，知道藍鳥軍團構築了防禦陣地，但如今親眼看見，他還是深深地吸了口氣，按照星智的軍事經驗，要想攻破這樣的防禦陣地需要損失大量的兵力，但如不攻擊，就不能靠近酈陽城，看來雪無痕是早有準備，以防禦抵抗六國的聯軍了。

既然星智元帥看出藍鳥軍團是以防禦爲主，他也就不急於進攻，在距離藍鳥軍陣地十里外選擇一處地勢較高處安營紮寨，等待著後軍帕爾沙特，他想利用步兵突破防禦陣地才是最明智的選擇。

同時，在星智元帥的心裏，也有一種不好的感覺，藍鳥軍團以作戰勇猛而著稱，其強大騎兵有三十餘萬人，比聯軍騎兵要多些，以騎兵為優勢的雪無痕，卻在酈陽城一線擺出了完全防禦架勢，其必然另有目的，況且，雪無痕歷來詭計多端，作戰不按常理出兵，這次又說不定搞什麼陰謀詭計呢。

星智元帥在小心謹慎的同時，也在積極地思考雪無痕率領藍鳥軍到底要幹什麼，怎麼作戰，他考慮了左右兩路的情況，經反覆研究，也認為沒有什麼異常的情況，但是，為了穩妥起見，星智還是派人提醒兩路主帥，小心再小心，但左右兩路同時傳回消息，情況基本相同，沒有特別的變化，星智元帥既然想不出雪無痕的用意，只好全力戒備，同時加強與左右兩軍協調，時刻保持聯繫。

帕爾沙特率領後軍三天後趕到酈陽城外，會合了星智部，傳令大軍紮營休息，自己帶著星智等將領出現在高坡上，向西觀望著藍鳥軍的防禦陣地，考慮著種種作戰方案，準備休整二天後發起攻擊。

在帕爾沙特前軍出現在錦陽城的時候，遠在路定城內的聖王天雷就已經得到了確切消息，同時也在積極備戰。

按照三月初額部召開軍事會議上確定的計畫，東部防線將領已全部到位，中路先期防禦以步兵為主，由秦泰將軍全權負責，雷格協助，而作戰進入反擊階段後，由雷格任前軍主帥，以藍羽騎兵為主，秦泰凌原兵團為副，步騎兵協助，這時，藍鳥軍各部已經各就各位，藍羽、藍鳥騎士團、藍鳥第二、三、四軍團已經在酈陽城一帶整裝待命，隨時準備投入戰鬥，而左右青年兵團、平原兵團由越劍、托尼任主帥，組織防禦作戰，抵抗敵人左右兩翼，各軍團已經在河陽城、酈陽城、原陽城進入臨戰狀態，部隊把各種軍用物資全部運抵到位，隨時反擊。

爲了加強青年兵團的力量，爲跨河攻佔堰門關做準備，聖王天雷早些時候就已經命令三萬人的神武營轉移到河陽城，隨時聽候命令準備渡河。越和與越劍父子倆人難得地在一起待上幾天，單等帕爾沙特出現在河陽城時，神武營才從河陽城渡口悄悄渡河，接應從赤河口、清河口和靜河口渡河的部隊，先期搶佔堰關城。

而在郡北，三萬名水軍已經進入緊張的準備階段，由於水軍平時訓練就在聖靜河南岸地區，河北駐軍久已爲常，水軍大營沿河而建，船隻平時都順河而列，所以並沒有太大的變化，只是例常訓練，如今，在堰南城內訓練的列科部第一、二預備軍團已經悄悄地轉移至清河城，與文謹元帥第五、六預備軍團會合，而在巒河城的凱文元帥第九、十預備軍團也已經秘密進入靜河城，與凱武元帥的第七、八預備軍團會合，赤河城內的文嘉元帥第三、四預備軍團已經進入先期的準備階段，藍鳥第一軍團已經進入清河城一帶，隨時發起攻擊。

第五章　問鼎中原

郡北大軍已經悄悄地完成了作戰部署，以赤河城文嘉元帥部十萬人越河後搶佔堰門關，由藍鳥第一軍團重步兵營威爾部配合完成，然後由文嘉元帥全權負責堰門關防務；以文謹元帥部二十萬人攻佔堰關城，神武營全力配合，然後由文謹元帥主持堰關城防務；以凱武元帥部二十萬人配合藍鳥第一軍團長槍營掃清敵人殘餘部隊，然後由凱武元帥部在聖靜河北岸構築防護城，由郡北民政處徵集三十萬民工幫助完成，構成堰門關、堰關城、河北防護大營三角防禦圈，互相支持。

而藍鳥第一軍團在完成任務後，配合由水軍搭建的三座浮橋上過來的騎兵第十五、十七軍團向前攻擊，以最快的速度攻擊凌川城，掃清河北敵人的殘餘勢力，打擊映月、西星和北海移民勢力，但不得越過北蠻人的勢力範圍，然後在帕爾沙特部撤退前迅速回軍，鞏固三角防禦圈，支撐河北根據地。

整個計畫總兵力八十餘萬人，其中騎兵十萬，步兵六十五萬，水軍三萬，配合的民工三十萬人，成立藍鳥王朝北方面軍，由商秀將軍任方面軍主帥，主管各項事務，文謹元帥、文嘉元帥、凱武元帥為副，負責三角地區防禦，並採取集體負責制，大事情由腦部幫助完成，並提供支援。

整個後勤工作由軍師雅星負責協調。

藍鳥王朝元年四月二十八日，帕爾沙特王子殿下經過兩天的休整，出動二十萬步兵，計八個步兵軍團對酈陽城防禦陣地進行了第一次試探性攻擊，十萬騎兵隨時準備策應，一旦發現藍鳥軍陣地有鬆動現象，立即投入攻擊。在早上八時左右，西星八個軍團一字排開，以百人縱隊的形式發起了首輪攻擊。

目前，藍鳥王朝酈陽城一線的形勢非常嚴重，由於帕爾沙特集結了六十萬人馬進攻酈陽城，守軍凌原兵團秦泰部二十萬人負責前兩道防禦陣地，藍鳥第二、三、四軍團駐守在第三、四道防線，並隨時支援秦泰部，新月兵團十三萬人仍然駐紮在酈陽城內，步兵總兵力四十八萬人，而騎兵藍羽和藍鳥騎士團駐紮在酈陽城西門外，沒有投入到防禦作戰中。

秦泰將軍作為先期跟隨聖王天雷的將領之一，在少壯派將領中年歲最大，他為人忠厚耿直，行事穩重，性格謹慎，用軍師雅星的話說，是防守性將領，在作戰上攻擊不足，防守有餘。幾年來，在歷次嶺西郡會戰中，秦泰沒有打過什麼硬仗，但在穩定局勢等方面，卻發揮了不可估量的作用，深受大家的尊敬和愛戴，這次由於帕爾沙特進攻的主要方向是在酈陽城，正好是凌原兵團駐地，加上整個作戰指導思想是以防守作戰爲主，正符合秦泰的特點，聖王經過認真的考慮，還是讓他擔任前線的主帥，明顯地可以看出聖王與軍師知人善任。

但秦泰也知道自己沒有打過什麼大仗，就是前一段時間擊潰映月騰格爾部時，凌原兵團也沒有發揮出什麼大的作用，這次機會可以說是天賜良機，讓自己發揮所長，立下戰功，爲今後的地位打下基礎，所以整個凌原兵團格外的賣力。

面對著敵人的進攻，秦泰心裏稍微有些緊張，但外人看不出來，他略微偏頭看了一眼在身旁的雷格，見他沒有注意自己，只目視前方，觀察著西星軍隊的移動，秦泰的心中忽然生出一種豪情，雷格年歲比他小，而面臨大戰的態度卻坦然自若，一點也不爲所動，而他年歲比雷格長，不能在雷格面前表現出一點的懦弱，他是前線的總指揮，要用自己的能力證明自己是優秀的軍人，最好的將領。秦泰提起精神，傳令各部準備。

在第一道防線，秦泰部署十萬人，兩個軍團，士兵以弩車手、中弩手爲主，配合弓箭部隊，幫助保護士兵，交叉的立體戰壕把士兵保護得很嚴密，受到攻擊面小許多，士兵弓上弦，刀出鞘，備用箭羽擺在身體的兩側，保護的士兵手提著盾牌，防護著箭雨。

西星攻擊部隊前鋒由高大盾牌手組成，嚴密盾牌構成防禦陣形，防護著防守部隊的箭支，以減少損失，而後面是三排重型步兵，再後二排是弓箭手，然後是跟進的攻擊士兵，攻擊以弓箭爲先導，拉開了衝擊的序幕。

雙方距離有三百餘米，藍鳥軍各個大隊長就開始喝著口令，讓弩車手準備開始攻擊，兩個軍團兩百輛弩車發出轟鳴聲響，巨大的弩箭發出厲哨聲劃破空氣，破空而出，西星士兵前排盾牌手在巨大的弩箭衝擊力下轟然倒地，弩箭穿越盾牌，洞穿士兵身體，把後面的重步兵連在了箭尖上，由盾牌組成的防禦陣形出現了缺口，後排士兵立即上前兩步填補，他們越過倒下的士兵，拾起地上的盾牌，然後再重新組成防護陣形。

藍鳥士兵利用西星士兵重新組陣的空隙時間，拉弦手重新裝上弩箭，等待發射命令，這時候，西星士兵已經前進了有十步距離，部分陷坑開始發揮作用，西星前排士兵開始掉入陷阱，出現局部混亂，盾牌陣形頓時出現空隙，藍鳥軍陣地上立即傳出口令，弩箭第二次進行攻擊，穿越盾牌手的空隙，直接把弩箭射入後排士兵中，立即就有人倒下，但西星士兵推進的速度並沒有爲之停下，前方陷阱一個個塌下，西星士兵仍用果敢與堅毅，證明了他們是最優秀的部隊，前進的腳步並沒有受到絲毫的影響，繼續向前推進。

經過弩車四輪齊射，西星士兵雖然損失幾千人，但也推進了一百五十餘米遠距離，藍鳥軍弩車比較少，作爲對戰車和重型裝備的攻擊力量，弩車是最好的武器，但在以步兵人海爲主要攻擊面前，弩車的殺傷力畢竟就小些，而這時候，中弩手就顯示出了巨大的攻擊力。

一百五十米距離是中弩有效殺傷距離，兩個軍團一萬名中弩手分成兩部輪番發射，密集的弩箭把西星士兵成排射倒在地，然後，第二排弩手開始發射，交叉攻擊，不給敵人喘息時間，但西星攻擊部隊雖然受到陷阱及中弩手的阻截，仍然有多人越過百米的距離，繼續向前推進。

第三波的攻擊在近距離內以弓箭手爲主，這時，弓箭就開始發揮出威力，雙方弓箭手互相發射，把成千上萬支羽箭射向敵人的陣地，由於藍鳥軍有戰壕爲防護，加上盾牌手的保護網，損失較小，但仍然有部分士兵負傷，但西星士兵卻成爲弓箭手最好的靶子，在箭雨下，沒有人再向前逾越一步，這時在弩車、中弩手的配合下，給予敵人巨大的殺傷，使西星軍隊第一次攻擊受到了沉重的打擊。

帕爾沙特和星智率領各部軍團長官及參軍站在高處觀戰，銀白色的盔甲顯示出帕爾沙特應有的英姿與魅力，顯著位置顯示出他的地位和尊貴身分，陣地上士兵們捨生忘死的戰鬥熱情沒有讓帕爾沙特熱血沸騰，他冷酷的臉色上鎮定自若，凌厲的眼神讓所有跟隨在他身邊的人感到王子殿下的大將風度和不為外力所動的風範。

在見識過凌原兵團的防禦力後，帕爾沙特微微回身，命令中軍官道：「傳令各部收兵。」然後，他對著站在兩側的將領們說道：「這就是藍鳥軍的作戰力，各位，經過這陣觀察，有何感想？」

星智元帥微皺眉頭說道：「藍鳥軍的弩箭威力巨大，攻擊距離遠，中弩也有一百五十米的距離，我們的弓箭根本就達不到這樣的距離，首先在攻擊上，我們就要先付出傷亡，對士氣大有影響。」

「不錯！」星輝兵團第一軍團長蒙提塔接過話道：「敵人以陣地為依託，以遠距離攻擊為主，配合弓箭手防禦，以這樣的防禦陣地來說，不付出大量的傷亡，根本就靠近不了敵人，但如果我們畏縮不前，就永遠也不能靠近酈陽城，即使我們在付出巨大傷亡後拿下了酈陽城，但以後的近原城、凌原城等我們怎麼辦！」

「是，殿下！」星智道：「我們付不起這樣的傷亡代價，如以這樣的代價，即使我們攻下了整個嶺西郡，我們的兵力也將損失殆盡，再無與南方聯軍抗衡的力量了。」

帕爾沙特沉著臉說道：「這些我都知道，我們必須想一個有效的辦法打破目前這種局面，雪無痕以防禦為主，不出擊，他等待的就是我們退軍，為自己贏得時間，如給雪無痕三年的時間，他大量裝備部隊，以後我們還拿什麼與他抗衡？必須在最短的時間內消滅他，使藍鳥軍沒有喘息時間，否則我們將後患無窮。」

蒙提塔臉色陰沉地說道：「最可氣的是，南方聯盟和北蠻人還認識不到這一點，如果讓他們看看今天藍鳥軍的防禦作戰，不知道他們又怎麼想。殿下，攻擊藍鳥軍不只是我們的事情，也是整個聯軍的事情，為什麼不讓他們參加，如果雪無痕強大了，受害的不只我們自己。」

帕爾沙特苦笑著說道：「我何嘗不知道這個道理，但我已經盡了全力，南方聯軍與雪無痕暗中有所勾結，北蠻人目光短淺，沒有爭霸大陸的雄心，對嶺西郡沒有興趣，所以把事情扔給了我們，但我們可不能與他們有一樣的想法，否則將死無葬身之地。」

眾人面面相覷，臉色大變，帕爾沙特雖說得比較嚴重，但隨著時間的流失，雪無痕極有可能達到殿下所說的情況，那時，不論是西星還是南方聯盟，必將沒有好的結果。

帕爾沙特知道眾人的想法，他安慰地說道：「但目前雪無痕還沒有達到那般可怕的地步，我們是要損失些人馬，但這也是必然的事情，作戰那有不損失的，只要我們戰略運用得當，戰術上採取克敵措施，找出雪無痕的弱點，仍然可以戰勝他，要不我們出兵嶺西幹什麼！」

「是，殿下！」

「今天就到此爲止，各位回去後都想想，看怎麼打，明天我們再進攻，要制定一個有效方案，找出藍鳥軍的弱點，一擊即中要害。」

帕爾沙特和各位軍團長官從高坡上下來往回走，這時候，星碧從後面趕過來，他對著帕爾沙特說道：「殿下，末將有一事一直沒有想明白。」

「什麼事？」

「殿下，以末將淺見，自認爲嶺西雪無痕騎兵多達三十萬人，是我們的一倍，以其強大的騎兵力量，雪無痕自然深知，但如今沒有一點騎兵的痕跡，這說明雪無痕必然別有用意，殿下，騰格爾覆滅的教訓，不得不引起我們高度的重視，三十萬騎兵，雪無痕絕對不會一無用處。」

帕爾沙特讚賞地點頭道：「星碧，你說得不錯！如今大陸各國論及騎兵的力量，已經沒有那一國可以與雪無痕抗衡，依靠西南郡及大草原爲後盾，騎兵自是不缺少，而各國則不同，雪無痕利用步兵防禦爲手段，一定是掩蓋什麼目的。」

他回頭說道：「傳訊給北海明元帥和星慧元帥，保持距離，不可過於鬆散，同時注意敵人的騎兵動向！」

「是，殿下！」一名參軍立即記下，然後快速傳出命令。

然後，帕爾沙特對著星碧說道：「以你之見，雪無痕騎兵會如何部署？」

星碧沉思片刻後道：「目前，鄷陽城一帶防禦陣地交叉縱橫，極其不利於騎兵作戰，雪無痕等人自深知其理，但他們既然構築了防禦陣地，就沒有打算使用騎兵，這對我們十分有利，但敵人龐大的騎兵絕對不會閒著，極有可能要首先殲滅那一路，利用上次對付騰格爾的戰術，左右兩路必須小心，同時我們騎兵必須保持戒備，隨時準備支援。」

帕爾沙特臉上帶著讚賞的表情，語氣肯定地說道：「很好，星碧，沒有想到你有此見識，既然如此，從現在起，整個騎兵軍團就歸你指揮，多派出斥候、哨探，監視左右動靜，一旦發現情況，可自行決定支援！」

「謝殿下信任，但雪無痕騎兵有三十餘萬人，一旦有情況發生，只怕我方不能夠達到很好的效果，兵馬必將有大量的損失。」

「我理解你的想法，盡你的力量就是，戰場上情況瞬息萬變，誰也沒有把握，況且雪無痕如利用騎兵優勢先擊一路，想不受損失是不可能，但你要把它減小到最低水準。」

「是，殿下！」

帕爾沙特側身對星智元帥說道：「我認爲星碧分析得很有道理，雪無痕既然在酈陽構築防禦工事，就不需要在此利用騎兵，至少暫時是如此，這就給了我們機會，要儘快突破酈陽城防線，打亂雪無痕的部署，看他還有什麼花招！」

星智元帥回答：「是！如果我們在最短的時間內突破酈陽城防線，也許會令雪無痕措手不及，不得不重新調整部署，這樣一來，就能從種種跡象上看出其意圖。」

帕爾沙特恢復自信般地說：「雪無痕有所圖謀是一定的，但我們要儘快迫使其露出水面，越快越好，以減少損失，同時找出其弱點，重點攻擊，要不惜一切代價使雪無痕無緩手之力，爲今後決戰創造有利條件。」

不知不覺間，幾人已經停止了腳步，紛紛議論，蒙提塔見帕爾沙特停止了說話，忙上前說道：「殿下，我倒有個想法！」

「說說看！」

「殿下，既然要儘快突破酈陽城防線，我們就要出奇兵，雪無痕構築的防禦陣地是死的東西，而我們進攻卻是活的，想怎麼打就怎麼打，由我們說了算，這樣一來，我們就變得主動了，雪無痕當然希望我們全面推進，他好利用防禦工事有效地阻擊我們，減少自己的損失，但他也不是神仙，如果我們只攻擊其一點，集中優勢兵力，連續不斷地攻擊，以點帶面，則我們就能化被動爲主動，直擊其要害。」

帕爾沙特聽後大喜道：「不錯，不錯！以點帶面，直擊要害，我們可以集中兩個兵團的重步兵和盾牌手，盡全力攻擊其一點，兩翼則實行牽制作戰，必可突破其一點，然後再向兩翼發展，其防線就會不攻自破，第二次我們以中央牽制，兩翼突破攻擊，然後再向中央合圍，先消滅其一部，必可突破整個鄽陽城防線。」

星智元帥笑道：「這個釘子戰術好，我們想釘那裏就在那裏，由不得雪無痕說了算。」

蒙提塔聽見兩位主帥誇獎，臉上放光，然後主動請戰道：「殿下，就把明日突破敵人防線的任務交給我們第一軍團吧！」

帕爾沙特經過幾位將帥的討論，心情大佳，笑著對蒙提塔道：「怎麼，心癢了吧，好吧，星輝兵團是我們的王牌軍團，這樣的榮譽非你們莫屬，明日攻擊就交給你了，同時，我會調集其他軍團的重步兵支援你，星智王叔，這事情由你來辦！」

「是，殿下，沒問題！」

正好幾個軍團主將都在，星智元帥立即傳達了帕爾沙特殿下的命令，對星輝、星照兵團進行了重新調整，幾位主將立即答應照辦。

星輝兵團第一軍團經過調整，人員增加至十萬人，其中重步兵及盾牌手就達到七萬人，完全形成了一個重步兵軍團。蒙提塔仍然擔任軍團長，但其指揮的兵力及作戰能力，已經達到了兵團級水準，而他過人的膽識與謀略爲自己創下了資本，爲職務的升遷打下了基礎。

帕爾沙特能夠得到手下眾多將帥的愛戴與支持，固然與其才華出眾有關，但其知人善任，兼聽則明則是關鍵，在他手下將領中，誰都有資格與他議論軍政，這是多年來養成的習慣，沒有人感覺意外，爲此，他才能得到大家的支持與信任，同時，帕爾沙特對有才能的人極其的重用，量才錄用，不偏不移。

帕爾沙特經過一夜的調整休息，其軍隊形勢大變，雖然是臨時組建重步兵軍團，但從其速度上就可以看出西星軍隊裝備上的優勢與實力。前一天的試探性攻擊雖損失了三萬人馬，但帕爾沙特一點也沒有放在心上，作戰那有不死人的，只要能找出敵人弱點，損失人馬就值得，所以第二天天一亮，西星軍隊就積極地行動起來，各個軍團長官雖知道是牽制性攻擊，但一點也不敢怠慢，沒有一絲一毫的懈怠馬虎。

秦泰將軍對第一天的反擊結果相當的滿意，他也知道帕爾沙特是試探性攻擊，但能消滅其三萬人也是不錯的戰績，天亮後，斥候報告說敵人大營有動靜，他感到新一天的激戰即將開始，又不知道有多少年輕士兵失去生命。

第一道防線十萬士兵立即投入到戰前的準備中，昨天一戰，兩個軍團傷亡不大，僅千八百人，雖有許多人負傷，但都是皮肉之傷，算不得什麼，仍能繼續戰鬥，吃過早飯後，士兵立即進入陣地，等待著敵人新一輪的攻擊。

帕爾沙特攻擊並不是很急，顯示出大軍從容不迫的樣子及對勝利充滿信心。首先，由左右兩翼各出兩個軍團，十萬人，中間蒙提塔部也是十萬人，但星輝第一軍團並沒有顯示出特別加強的樣子，仍保持一個正常的軍團水準，但是在後部，五萬名重步兵已經準備就緒，隨時投入到攻擊中。

首先發起攻擊的也不是蒙提塔星輝第一軍團，而是由右翼的星照兩個軍團先發起，而蒙提塔軍團的位置，則正好是昨天攻擊最遠距離的位置，這樣一來，就減少了陣地前的陷阱埋伏，方便進攻並提高其進攻速度，而昨日進攻的痕跡，距離敵人戰壕最遠距離也就是七十米左右。

星照軍團進攻與昨日的進攻大不相同，在進入距離敵人陣地三百米遠時，顯然放慢了節奏，以吸引敵人的注意力，同時有效地吸引敵人陣地上的弩車弩箭的注意力，爲星輝第一軍團進攻創造條件，然而，秦泰防禦陣地上的軍官顯然沒有注意到這些，依然如昨日一般，首先用弩箭發起了反擊，並吸引了周圍弩車的注意力，使其發起了配合性反擊，雖配合的規模不大，但對於戰場上來說，卻是致命的，往往一點疏忽就夠了。

蒙提塔第一軍團明顯地注意到了這一點，他和左翼星光軍團同時發起了衝擊。

爲了更加有效地分散敵人弩車的注意力，帕爾沙特特意抽調了二十輛戰車配給蒙提塔第一軍團衝擊，二十輛戰車在盾牌陣的掩護下，隱蔽於陣前，直到衝擊前，才從盾牌的後面出現在藍鳥軍的陣地前，巨大衝擊力帶動了後面的重步兵和盾牌手陣形。

藍鳥軍要首先解決敵人的戰車，所以幾乎同時，弩車上的弩箭全部向戰車發起了攻擊，本來弩箭就是爲了對付敵人戰車及重型攻擊準備用的，士兵們的反應也沒有錯，但這樣一來，就讓蒙提塔的盾牌方陣保持了完整的隊形，並且加快了進攻的節奏，等到蒙提塔第一軍團衝進百米距離時，藍鳥軍中弩手發起的攻擊就沒有達到預期的效果，讓盾牌方陣擋了下來，使後面的重步兵快速地衝上，並越過了倒下戰車，衝入敵人幾十米的距離內，並沒有受到多大的損失。

藍鳥軍陣地上弓箭對重步兵的威脅不大，憑藉堅固的盔甲防護，箭羽被有效地阻擋了下來，弓箭對重步兵的殺傷力很小，使雙方的距離越來越近，而蒙提塔的後軍，這時候，五萬名重步兵也加入了攻擊的行列中，形成了一股巨大的鋼鐵洪流。

秦泰將軍這時才發現情況不妙，由於昨日的反擊極其順利，雷格沒有在他身邊，而缺少大戰經驗的秦泰發現蒙提塔這部巨大的鋼鐵洪流時，雙方已經近在咫尺，只陣地前的部分埋伏影響了敵人的速度，但仍不能阻擋住敵人進攻的步伐。

秦泰將軍適時地調整部隊，命令所有弩箭參加對蒙提塔部的反擊，並組織人進行了反衝擊，但由於帕爾沙特充分的準備，雖有重大傷亡，但前鋒已經衝上陣地，開始了短兵相接。

源源不斷衝上來的敵人重步兵對戰地上的藍鳥軍進行了斬殺，往往幾名步兵才能對付一名重步兵，並且蒙提塔已經形成了局部的優勢，並開始向兩翼發展，秦泰見大勢已去，果斷地命令各部撤退，藍鳥軍開始了第一次撤退。

由於帕爾沙特攻擊部為一點，雖然帶動了秦泰整個防線，但真正戰場的面積比較小，藍鳥軍在局部有所損失，但整體上並不能形成潰退，在接到秦泰命令後，整個防線上立即燃起了大火，先期準備的油物發揮了阻擋敵人的作用，有效地阻止了帕爾沙特餘部的攻擊。

對於蒙提塔第一軍團，秦泰組織了多次的反突擊，爭取了一點點時間，但全部以失敗而告終，隨後，秦泰見左右已經完成了撤退，這才脫離，但談何容易，負責阻擊任務的士兵幾乎全部戰死，秦泰在第二條陣地前才穩住了腳步。

星輝第一軍團蒙提塔部隨後止住了進攻的步伐。

至此，酈陽城一線的攻防戰第一階段全部結束，以秦泰凌原兵團失敗告終，雙方的損失為：凌原兵團秦泰部損失四萬二千人，帕爾沙特西征軍損失六萬一千人，佔領鄺陽城外第一道防線，向前推進了五里。

在鄺陽城一線秦泰失利的同時，遠在鄺陽以北河陽城內的越和與海東兩位老先生，接到了聖王飛鴿傳書，要求神武營晚間渡河，發起河北戰役。

河陽城距離巒河城有三百餘里，中間的渡口有十幾個，距離堰門關有五六百里，聖王首先選擇神武營從較遠的距離開始渡河，一方面是力求隱蔽性，另一方面也是要求達到突擊效果。作爲武林人士，一夜之間行走幾百里不是什麼難事，所以從巒河渡口到河陽渡口幾乎部署了神武營的三萬人馬，要求在五月一日黎明時分準時搶佔堰關城，並配合渡河部隊。

越和前幾天來到河陽城，難得與兒子越劍相聚在一起，幾天來，老人心情大慰，越加的精神，海東先生自從與越和搭擋以來，兩個人是越處越熱呼，越處越近，關係已經非同一般，經過兩位老宗主的努力，藍鳥軍神武營有了良好的根基，以南越劍館和東海劍派爲基礎，加上中原各派武林人士的加入，神武營已經形成了一支特殊的打擊力量，他既不同於正規軍團，又有別於散亂的團體，真正成爲了一支以武林高手爲主的特種部隊。

海東先生既然與越和關係密切，對越劍自然是越看越喜歡，加上越劍本身就多有才華，人長得出眾，經過幾年的軍旅生涯，更顯得英姿勃勃，海東先生在高興之餘，與越和商量，把自己的侄女兒海雲燕許配給了越劍，越和自然是大喜，越劍也十分願意。

越劍比聖王天雷大三歲，如今已經二十九歲了，海雲燕小姐出身東海劍派，從小跟隨在海東先生身邊，受伯父海東先生的傳授，學得一身好武藝，人長得更不用說，聖王天雷接到越劍傳來的喜訊，也替他高興了幾天，單等河北戰役結束後爲他們完婚。

幾天來，聯軍北海明部出兵河陽城，海東和越和兩位老先生正想看看越劍打一仗，越劍將軍也想使父親及未婚妻看看自己的本事，不想北海明受到帕爾沙特的約束，行動十分謹慎，與中路保持幾十里的距離，距離河陽城仍然有一百餘里，再不向前挺進，只前鋒偵察部隊有小的接觸，發生了幾次小型的戰鬥，越劍十分洩氣。他受命鎮守河陽城，穩固北部防線，聖王天雷給予他的命令是穩守，所以他也不敢違抗命令，輕易出擊，以影響大局，加上神武營受命越河攻擊，由越劍部提供掩護，責任重大，越劍一點也不敢馬虎，只好多派出小股部隊騷擾，逗引北海明向河陽城方向靠近。

北海明本人十分謹慎，加上保存實力心重，又怕受到藍鳥軍強大的騎兵攻擊，接到帕爾沙特命令正中下懷，部隊始終行動緩慢，決不與帕爾沙特中路脫離很遠，越劍也無好的辦法。

第六章　急掠如火

北路軍由兩部組成，大部是北海人，三分之一是映月軍隊。北海軍團沒有與藍鳥軍團作過戰，興致很高，但北海明心中很清楚，藍鳥軍團作戰力十分強大，河北青年兵團越劍部是由原聖日帝國軍事學院的學生爲班底組成，原號稱「近衛青年軍團」，本身素質極高，加上裝備精良，是藍鳥軍主力之一，幾年作戰，使青年兵團積累了豐富的經驗，士兵很會打仗，兵團長越劍學識功底深厚，本身武藝超群，又有許多武林高手相助，聽起來就讓人頭痛，而映月軍士兵久受藍鳥軍團打擊，畏縮心大，作戰情緒不高，更使北海明加深了對青年兵團的戒心，所以行動更小心了。

大仗既然打不成，海東和越河也只有苦笑，沒有見到兒子一展身手，越和雖有遺憾，但隨即而來的確是自己出兵了，接到命令後，海東和越和兩人趕緊準備，晚間動身，海雲燕跟隨在伯父的身邊，是神武營內主要助手之一，這次也是要動身參戰，越劍雖然捨不得父親及未婚妻子，但軍令還是要遵守，只好在晚間爲父親等人辭行，準備了豐盛的酒宴，祝賀父親和未婚妻馬到成功。

海東和越和兩人雖年歲大些，但深明大義，要不也不會在如此年紀時還從軍作戰，二人知道越劍與海雲燕要說些話，打發二人出去，自己兩人喝酒吃飯，等待天黑下來後出發。

越劍和海雲燕兩人來到院內，並肩向前走去，默默無語。天空灰暗，灰濛濛的星光照射在兩人的身上，顯露出一股離別的淒情，一會兒，越劍深情地說道：

「雲燕妹子，妳要小心啊，多照顧父親和伯父一點！」

「我知道，越劍哥哥，你也保重！」

越劍重重地點頭，然後他抬起頭來，凝望著星空，深情地說道：「等到平定中原後，我們就結婚，在中原找一僻靜處，遠離戰場，我們會生許多兒女，看著他們長大、上學、練武！」

海雲燕也抬起頭來，一往情深地說：「好的，越劍哥哥，我會陪在你的身邊，教育孩子們，看著他們長大、習武！」

「謝謝妳，雲燕妹子！」

海雲燕嫣然一笑，對著越劍說道：「我們會等到那一天，是嗎，越劍哥哥？」

「是的，我們會等到那一天！在聖王的領導下，沒有人可以戰勝我們，藍鳥軍是戰無不勝的，中原始終是我們的家園！」

「中原是我們的家園！」

兩個人默默地在庭院內漫步，不覺天已經完全黑了下來，越劍看時間已經差不多了，這才對海雲燕說道：「該出發了，雲燕妹妹，一路小心！」

「我會的，越劍哥哥，你保重！」

「保重！」

二人回到室內，海東和越和已經用飯完畢，準備俐落，海雲燕趕緊把武器等取來，帶在身上，站在海東身邊，海東和越和互相看了一眼，點了下頭，然後向外走去。

星光下的河陽渡口已經顯現出不平靜，船隻百餘艘，人員幾百人，列著隊形，靜靜地等待在原地，每一個人都是一身緊身黑衣，腰懸利器，在黑夜的微風中一片肅殺。

海東、越和兩人來到河邊，越和低喝一聲道：

「出發！」

眾人默默無語，按秩序地起身上船，幾分鐘後，百艘船隻在越劍的注視下，消失在河南岸。

在神武營沿巒河渡口至河陽渡口間十幾處展開渡河的同時，郡北赤河城內，聖王天雷、軍師雅星、西南軍主帥維戈正和北方面軍主帥商秀、副帥文謹及第一軍團將領做臨別前的最後動員，北方面軍的將帥們筆直地站在聖王面前，等待著聖王天雷的訓話。

聖王天雷看了一眼心愛的將領們，語氣顯得有些輕鬆地道：

「各位，河北戰役馬上就要展開，佔領堰門關的重要意義我就不再提了，但是，河北戰役對我們出兵中原有著重大的作用，一絲一毫也馬虎不得。」

「對於各位的能力，我是信得過的，更相信爲了聖瑪民族的生存，各位必然會盡心竭力，各位的任務，相信每一個人都已經清楚，我不希望那一個人出現問題，這不是一個人的問題，是關係到幾十萬弟兄生死的大問題，關係到王朝存亡的大問題，我更不希望動用軍法！齊心協力是我們的目標，佔領堰門關是我們最終目的，堅守住陣地就會爲中原爭霸打下堅實的基礎，平定中原你們是首功！」

「商秀！」

「在，聖王！」

「你年紀輕，經驗少些，要多依靠幾位老帥，多向他們請教，聆聽他們的教誨，凡事要多向他們詢問，以減少不必要的錯誤，這次之所以由你來擔任統帥，並不是你的能力比幾位元帥強，而是因爲你年紀輕，精力充沛，凡事能多做些，同時也是給你鍛鍊的機會，你要珍惜這次機會，爲今後的大戰積累經驗，爲王朝出力！」

「謝聖王的教誨，我會記住聖王的話！」

「你明白就好！」聖王說完後，對著文謹說道：「文謹元帥！」

「在，聖王！」

「你是前輩，中原名將，多次參加過對西星作戰，對河北堰門關一帶極其的熟悉，凡事你要多操勞，啇秀年輕，你要多監督提醒，幫助後輩。元帥，河北戰役意義重大，不得有絲毫閃失，老帥你多辛苦些，只要你們能堅守住兩年，我們的困難期就會過去，以後將是藍鳥王朝興旺發達的階段，爲後世子孫萬代昌盛而努力，歷史會記住你的！」

「謝聖王，文謹明白！聖王能給予文謹如此的機會與榮譽，文謹深表感激！河北戰役文謹將竭盡全力，請聖王放心！」

「多謝元帥了！」

「幾位大哥，全靠你們了！」

「誓死捍衛王朝，請聖王放心！」

「謝謝各位！」

軍師雅星見聖王有些傷感，忙接過話道：「各位在前方作戰，後方請儘管放心，我會全力支持你們，以郡北如今的實力，加上距離較近，穩定堰門關不是問題，我對勝利充滿信心！」

「謝軍師！」以商秀爲首的將領們向雅星道謝。

維戈自從回到路定城開始，就一直沒有他的事情，但南方戰線的穩定，維戈功不可沒，如今雖大戰將起，但先期仍然沒有他的事情，所以聖王就留他在身邊，這次一起來到郡北，見到各位兄弟都將投入作戰，又是羨慕，又是傷感，他激動地說道：「各位兄弟，你們保重！中原作戰馬上就要開始，維戈在這裏向各位保證，一定在最短的時間內拿下中原兩河間，不讓各位久等！」

「謝將軍！」

「中原混戰，南北戰區關係聖瑪民族生死一線，維戈不敢稍有懈怠，以後，我們雖相隔千里，但南北呼應，並肩戰鬥，爲王朝的強大而奮進，我們是生死的兄弟！」

「將軍！」幾位年輕的將領多出身藍鳥谷，與維戈關係密切，就是威爾、尼可也是同學，如今聽見維戈如此鼓勵的話語，心潮澎湃，越加激動。

時間已經過了午夜，東方已經漸漸泛白，距離天亮已經很近了，聖王天雷見時間差不多了，這才說道：「各位，河北戰役馬上就要開始了，祝各位馬到成功！」

「謝聖王！」

「開始吧！」

「是！」

各部將領依次走出室外，回到自己部隊中。聖王天雷帶著軍師雅星、將軍維戈及隨從來到河邊，縱目觀看。

赤河城外，赤河渡口，藍鳥第一軍團十七萬人和二十萬預備隊已經準備就緒，各種船隻沿河一字排開，將士們悄悄地上船，在低喝聲中，緩緩地離開南岸。

商秀帶領藍鳥第一軍團首先渡河，威爾部五萬名重步兵爲前部，船隻破開波浪，快速向河北岸靠近。威爾屹立在船頭，鎮定自若，在河北敵人漸漸增大的驚呼聲中，首先衝上了河岸，緊隨其後的是數不盡的鐵甲戰士。

聖靜河北堰門關一帶如今駐守兵力約三十萬人，在臨河城一帶，主要駐守的是映月十四萬軍隊，主將塔吉爾；在堰門關上，駐守著西星軍隊一個半軍團，約七萬餘人，在堰關城內，駐守著西星軍隊兩個軍團，十萬人，主將星天。

由於帕爾沙特出兵嶺西藍鳥王朝，一百一十萬人馬向西攻擊，藍鳥軍正與之血戰，所以相對在堰門關一帶防禦就多少有些鬆懈。

星天雖然也是一位年輕有爲的將領，但年輕人有時也會有惰性，對雪無痕藍鳥軍的防範心自然小些，而在臨河城駐守的十餘萬映月軍隊，一方面是由於帕爾沙特的進攻造成大意，另一方面也是藍鳥軍水軍活動歷來就如此，也沒有特殊的注意，加上士兵回鄉心切，不思作戰，從而造成了懈怠心理，幾年來，沿河一帶的防守主要依靠映月軍隊，由於京城不落城映月兵團主將騰格爾元帥不斷地抽調部隊，使臨河城的兵力逐漸減少，在長八百里的順河防線上，十四萬軍隊自然顯得少些，所以映月軍長官塔吉爾將軍把全線防守改為重點防禦，只在幾個重要渡口安排軍隊，從而造成了防線上的多處漏洞。

藍鳥軍進攻是在拂曉前展開，士兵都在休息，巡邏的少數士兵也沒有認真地履行職責，等發現大軍渡河時，慌忙叫喊，自然就顯得很混亂，這時，威爾的前鋒重步兵營已經衝上了岸邊，展開了防禦陣形，鞏固陣地，掩護後續部隊，同時，前部在威爾的率領下，有一個萬人隊展開了向前攻擊。

赤河口映月軍隊在一陣慌亂後醒悟過來，組織起一個軍團對威爾部發起了反衝擊。威爾前鋒部雖只有一個萬人隊，但都是重步兵，也不顯得吃虧，後續部隊不斷加入，使威爾兵力漸增，緩步向前推進，這時候，藍鳥第一軍團幾乎已經全部登陸，並逐漸展開了攻擊。

拂曉的河北打破了寧靜，雙方士兵捨生忘死地廝殺，重步兵的身影緩慢地向前推進，五萬人組成的鋼鐵洪流把河北染成了血紅色，後面藍鳥軍的藍色軍衣把大河的北岸覆蓋成一片深藍。

就在塔吉爾將軍組織反衝擊的時候，在軍隊的後部發生了一陣大亂，大約有五千名黑色衣甲的敵軍在後面悄悄地展開了屠殺，有人到處放火，大火在軍營上空熊熊燃燒，照映得天空一片火紅。這五千人並不與敵人纏鬥，專找軍官斬殺，在混亂大軍中如入無人之地，神出鬼沒，殺得映月軍頓時大亂。

商秀登上北岸，眼望著遠處燃起的熊熊大火，知道海東先生的神武營已經到位，並展開了行動，敵人漸漸地減弱了反擊，商秀很滿意，立即傳令各部加快行動，向前推進。

在藍鳥第一軍團和神武營兩面夾擊之下，駐守赤河口的敵人首先形成了潰退，重步兵營立即分成兩部，由三萬名重步兵組成的西進軍直撲堰門關方向，而剩餘二萬人在槍兵營的掩護下，直接向前攻擊，取最直線距離撲向堰關城。

藍鳥第一軍團從赤河口直取堰關城，把整個映月軍隊分成左右兩部，左部開始向堰門關方向潰退，右部則向堰關城方向潰退，大軍在黎明前混成一團，敵中有我，我中有敵，遇見就斬殺，憑藉著天亮前微弱的天光，只要辨別出是敵人，就是圍殺，藍鳥軍佔據兵力上的優勢，向前不斷推進。

文謹元帥率領二十萬預備軍團跟隨在第一軍團後，前部兩個預備軍團配合藍鳥第一軍團衝向堰關城，而後軍兩個預備軍團則把臨河城包圍起來，大軍並沒有發起攻城，而只是把敵人圍在城內，就地修築工事，等待後軍攻城部隊。

這次河北戰役，聖王把第一軍團的四個攻城營大隊配屬給文謹部，除協助攻擊臨河城外，還有一個主要任務，就是協助佔領堰關城防務，鞏固三角地區防禦，確保安全，但是，攻城營裝備沉重，不可能一起跟隨大軍渡河作戰，只有等待第二階段橫河浮橋搭成後渡河，發起第二階段戰役，所以，文謹元帥的另外一個重要任務是迅速包圍臨河城。

在商秀、文謹赤河口發起攻擊的同時，西側的文嘉元帥部也同時在堰南城渡口發起了越河作戰。由於堰河城渡口敵人駐軍不是很多，文嘉元帥的壓力就小些，同時從堰南城渡口進攻堰門關是最近的距離，文嘉元帥的主要任務就是搶佔堰門關，同時得到由中路突進的第一軍團重步兵營從側翼的支援，計畫幾乎無懈可擊。

文嘉元帥重掌部隊，兩個預備軍團雖然只有十萬人，但都是從原中央兵團、東方兵團、南方兵團整編的士兵，多年來他們歷經大戰，個個都是有經驗的士兵，比他在東部戰區時的戰鬥力還強大，所以信心十足。

文嘉元帥發起攻擊的時間比商秀、文謹部稍微晚些，這是約定好的時間，但兩部相差不多，幾乎是同時發起攻擊。文嘉部預備第三、四軍團渡河比較順利，沒有受到多大的抵抗，由於映月軍隊兵力有限，在赤河口、臨河城駐守的軍隊占了大部，其餘幾個渡口只有幾千人不等，但由於堰南渡口距離堰門關、臨河城比較近，還是部署一萬人，但對於文嘉部來說，對付一個萬人隊不算什麼難事，渡河進展順利，前鋒登陸部隊就有一個軍團，在敵人反擊時，文嘉元帥看敵人較少，展開了兩翼包圍的陣形，形成了凹字陣，把敵人圈在中部，進行斬殺，在殺傷一半敵人後，迫使其向堰門關方向撤退，文嘉隨後跟進，天大亮後基本已經接近堰門關。

堰南渡口距離臨河城只有二十幾里，距離堰門關三十餘里，文嘉部兩個預備軍團達到堰門關的時候，星天已經得到了藍鳥軍渡河的消息，他知道雪無痕這次出兵河北，造成了河北聯軍的措手不及，帕爾沙特遠在酈陽城附近，距離遠隔幾千里，回援是不可能，所以他一方面立即派人通知國內，另一方面也積極派人與帕爾沙特聯繫，通報消息，以防不測，但帕爾沙特部得到消息至少需要半個月時間，而國內如完成兵力支援至少也需要三天的時間，只要他能在堰門關頂住三天，國內就會派出援軍。

星天積極部署防禦，但堰門關對東部的防守形勢十分不利，本來堰門關是爲了抵抗從西部向東部平原而修建的防護關口，其地形爲一長走廊形，狹窄，不利於大軍作戰，修建時，防禦工事全部向西，這樣一來，從東部的攻擊就形成了內部攻擊之勢，但其狹窄的地形對於防守部隊來說，無論如何也是有利的，況且堰門關駐守著七萬軍隊，要想從這樣一個狹窄地區正面攻擊，也是不容易。

文嘉元帥來到堰門關的時候，星天已經基本上完成了部署，他使用一切可以利用的東西向東布成一個防禦圈，利用地勢居高臨下，弓箭手全部到位，弓上弦，刀出鞘，嚴陣以待。

文嘉元帥可以說第一次見到堰門關如此地形，皺了皺眉頭，但他還是組織兵力進行了攻擊，一個大隊的攻城營把八十輛巨大投石車安排就緒，這是唯一配給先期渡河部隊的重型攻城裝備。

八十輛投石車發出了轟鳴聲，把巨大石塊投向敵人的陣地，大石在敵人士兵中落下，無數的士兵被砸死，但西星軍隊利用地形狹窄立即進行補充，飛石不斷落下，但西星士兵並不爲之所動，兩萬名攻擊士兵在兩名統領的率領下，憑藉著投石車及盾牌手的掩護，發起了連續衝擊。

堰門關地勢較高，西星士兵把成批箭射向攻擊的敵人，同時，利用敵人投石車落下的石頭進行了反擊，大石頭從高處砸下，造成攻擊部隊重大的傷亡，但在文嘉的嚴令下，士兵也沒有退卻，攻擊一波接一波，仍然沒有什麼進展，文嘉在連續發起二次攻擊後，只好傳令暫時停止攻擊，進行再次調整。

威爾率領三萬名重步兵支援堰門關方向文嘉部，從臨河城一路向西，重步兵追殺著撤退的映月敵軍，一路踏著血雨，艱難地向西前進，天大亮後，堰門關已經不遠，先頭映月部隊已經與文嘉部後軍接觸，文嘉元帥見二次攻擊無果，命令後軍一個軍團展開了對映月潰退軍隊圍殺，在預備第三軍團和威爾重步兵的兩面夾擊下，很快就消滅了映月潰退部隊。

威爾踏著血水，從中路衝殺來到了文嘉的面前，文嘉見一員大將全身重甲，一條混鐵大棍在敵人中上下翻飛，一路斬殺敵人來到自己身前，認識是第一軍團重步兵營的威爾，當下大喜，兩人見面，也不廢話，威爾當即問道：「元帥，情況怎麼樣？」

「情況不大妙，敵人利用地形，已經完成了防禦部署，我兩次攻擊無果，損失很大！」

兩人一面說話，一邊向前走去，不久來到關前，威爾抬頭觀看，就見在關前躺著幾千名士兵的屍體，在堰門關上，無數西星士兵嚴陣以待，一員大將站在大旗幟下，向東遙望，威爾隱隱約約可以看出是星天。

威爾皺皺眉說道：「元帥，先用投石車轟擊一陣，等我重步兵上來後再攻擊，你看可好？」

文嘉說道：「好，我正等待著你呢！」同時傳令：「攻城大隊，給我持續攻擊！」

攻城營大隊接到命令，投石車又發出轟鳴聲，把成噸的大石頭投向敵人陣地，並在連續不斷地攻擊。

文嘉和威爾站在關下，仔細觀看，持續有一頓飯的時間，基本上，重步兵已經肅清了映月潰軍，餘下零星人等已經離得很遠了，重步兵來到威爾的近前，損失不大，只有百十名士兵負輕傷，在三名大統領的組織下，正在整頓隊形。

「元帥看是否立即發起攻擊？」

「先等一等，休息一陣，讓攻城大隊再轟擊一段時間，我就不相信西星士兵是鐵打的，然後我們組織連續攻擊，你重步兵在前，預備軍團在後，一定要突破敵人的防線，迅速佔領堰門關，否則麻煩大了。」

「好吧！」威爾聽後，傳令三名大統領道：「先休息一陣，然後再攻擊！」

「是！」三名大統領立即傳令士兵休息。

重步兵經過數個時辰的戰鬥，體力消耗很大，得到命令後在原地休息，恢復體力，同時，文嘉後勤部隊立即爲他們送上乾糧。

文嘉、威爾及兩名預備軍團長在一起，仔細研究作戰方案，經過一個時辰的研究，最後敲定了攻擊方案，幾人迅速傳令準備，重步兵及預備軍團積極地行動了起來。

如今在堰門關前，文嘉部二個預備兵團經過天亮前的搏殺，損失不大，仍然保持九萬左右的兵力，威爾重步兵三萬人減員近千名，基本上沒什麼損失，經過一個多時辰的休息，士兵基本恢復了體力，而這時候，攻城大隊仍然在不斷地轟擊，把成車的石頭都投入到關前敵人的陣地上，經過攻城大隊連續不斷的打擊，關前幾乎沒有一塊好地方。

威爾三萬重步兵二個萬人大隊作爲攻擊的先頭部隊，一個萬人大隊爲預備隊，後面接著是預備第三軍團的四個萬人隊，其餘部隊爲預備隊，後期跟進，威爾作爲先頭部隊的前線總指揮，親自上陣，衝殺在最前面。

火紅的太陽已經掛起了老高，金紅色的霞光爲堰門關披上了彩衣，地上的血水在豔陽照射下泛著令人心悸的紅色，把堰門關掩映得格外紅。

威爾全身三層盔甲，手提大鐵棍，率領兩萬名重步兵發起了對堰門關的第三次衝擊。戰靴踏在鮮血染紅的泥土上，染紅了腳面，踏過戰友的屍體，威爾連眉頭也沒有微皺一下，兩萬名重步兵在威爾督統領的率領下，踏著堅定步伐，一步步向堰門關西星軍隊的陣地逼近。

經過攻城營大隊一個時辰連續不斷的轟擊，西星軍隊的反擊有些減弱，對於重步兵來說，弓箭的殺傷力不大，所以威爾接近的速度很快，這時候，敵人利用石塊對威爾反擊就起到了效果，但前鋒在威爾的率領下，百餘名大漢都是有名的軍中大力士，他們利用手中盾牌把石塊撥向一旁，以減少自己的傷亡，並不斷地向敵人陣地靠近。

星天額頭上青筋突起，臉上的汗已經流了下來，對於重步兵來說，衝擊敵人的防禦形陣地雖不是最好的辦法，但無疑是最有效的，文嘉和威爾利用重步兵衝擊，是沒有辦法中的辦法，但對於星天來說，卻是致命的，況且，經過剛才攻城營一個時辰的轟擊，星天防守部隊損失極重，威爾的衝擊，星天知道只能抵擋一段時間，但並不能從根本上解決問題。

威爾率領的重步兵經過三百米艱難的推進，終於衝入了關前的防禦陣地，雙方士兵撞在了一起，展開了士兵間的對殺。

後續的四個步兵萬人隊很快就投入了作戰，雙方在堰門關混戰成一團，文嘉元帥站在關下的一個高處，縱目光觀看全場，指揮著後續部隊不斷投入和攻擊的方向，星天站在堰門關高大的城牆上，指揮部隊一批批地投入，實施一次次反衝擊，雙方在不大的空間內，進行著殊死搏鬥。

激戰有半個時辰，文嘉元帥看時間和戰場上的形勢差不多了，把手中的一萬名重步兵預備隊投入了戰場，並從左翼重點攻擊，其根本任務上搶佔堰門關，有這一個萬人隊的加入，雙方形勢立即大變，星天七萬部隊在先期有所損失後，又要對付威爾率領的兩萬重步兵及四個萬人隊，已就很困難了，文嘉元帥適時地投入預備隊，立即星天就抵抗不住，很快形成了後退之勢，威爾見戰場形勢有所變化，立即加緊攻擊，步步進逼，很快就攻擊到關前，在兩面夾擊之下，堰門關漸漸移手，形勢對文嘉逐漸有利，到天黑時分，星天率領兩萬餘殘兵敗退出關外，威爾則完成了對堰門關的攻佔任務。

堰門關之戰，文嘉部預備軍團損失三萬四千人，威爾重步兵損失八千餘人，西星守關部隊星天部損失五萬人，丟失堰門關。文嘉元帥攻佔堰門關後，不敢有絲毫延誤，立即對堰門關進行了整修，並用石塊封死關門，五萬名預備隊士兵上關防守，攻城大隊也立即對堰門關進行了重點佈防，晚間的時候，郡北物資已經陸續運抵關前。

在文嘉和威爾攻擊堰門關最激烈的時候，啇秀率領第一兵團兩萬名重步兵和槍兵營等部隊也來到了堰關城外，映月士兵經過藍鳥第一軍團和文謹預備第五、六軍團的打擊後，已經四散，少量部隊潰逃到堰關城南門外，看見南門上飄揚的藍鳥軍旗，立即向北逃竄，啇秀隨後率軍攻入堰關城。

堰關城南門已經控制在神武營的手中，兩萬餘名神武營戰士正在與城內的反擊部隊進行激戰，在與啇秀率領的第一軍團會合後，越和等人這才放下了心來。

原來，越和與海東先生帶領神武營的士兵趁夜出發，半夜時分渡過聖靜河，一路上，海東和越和會合了各個渡口的渡河人員，向西急趕，在拂曉前到達堰關城外六十里的地方，略做休息，分配攻擊人員，海東先生率領五千人向南偷襲敵人大營，並分配少量人員支援其餘渡口，越和親自帶領兩萬餘人偷襲堰關城。

黎明前是士兵熟睡最香甜的時候，堰關城的守軍巡邏隊也不多，越和帶領先頭攻擊部隊趁機登上南城牆，悄悄殺死部分守城士兵，佔領了南門，引大隊人馬入城。越和留下五千人守護城南，並懸掛上旗號。

其餘人員立即向城內各個重要據點攻擊，趁機殺死大量敵人，解決了許多敵人將領，終於引起大亂，敵人在剩餘軍官的率領下，對神武營進行了反擊，畢竟敵人有十萬人馬，越和率領神武營只能攻殺一部分，又怕引起敵人的注意，動作也不敢十分大，就是這樣也斬殺了二萬餘守城敵人，引發了大戰，天亮後，越和派出人員接應商秀的第一軍團，終於與之會合，海東先生率領的五千人也跟隨入城，展開了對堰關城的搶奪。

藍鳥第一軍團重步兵營加上槍兵營七萬人馬，在戰車營弩箭手的支援下，進展順利，這時候，文謹部第三、四預備軍團也趕到，大軍在城內各處展開清繳，激戰至中午時分，基本上肅清了敵人，全面佔領了堰關城。

商秀把守城的任務交給了預備第三、四軍團，自己率領第一軍團和神武營休息一段時間後，出城配合凱武部參加消滅殘餘的敵人。

第七章　兵鋒似血

凱武元帥率領預備第七、八、九、十四個軍團主要負責清剿三角地區的敵人殘部，然後在靠近堰南城東南四十里處的聖靜河邊地區構築防護城。

由於清河渡口敵人駐兵較少，凱武渡河時沒有遭到什麼抵抗，二十萬人馬渡河卻費了許多時間，先頭部隊第七、八預備軍團上岸後向北攻擊，與神武營的千餘人會合，在其指引下很快就消滅了敵人，凱武知道商秀第一軍團不會出現太多的麻煩，所以立即命令預備第九、十軍團構築營地，準備防守事宜，至中午時分，得到消息，商秀已經全面佔領了堰關城，文嘉部仍然在繼續作戰，估計至晚間時分可以解決戰鬥，佔領堰門關。

在河北戰役進入最後階段時候，最爲忙碌的要算是水軍了，他們在運送部隊渡河後，要立即開始沿河搭建六座浮橋，工作量十分巨大，但郡北水軍發揚連續作戰的精神，克服困難，硬是在中午過後完成了搭建浮橋任務，首先從赤河渡口渡河的是攻城營二、三、四、五大隊，在軍團長的率領下，第二、三大隊立即加入到對臨河城的攻城準備中，等到任務完成後，劃歸凱武部，其餘大隊趕赴堰南城，加強防護，而從堰南渡口渡河的後勤人員立即把物資運往堰門關，支援文嘉部，從清河城渡口渡河大量民工、物質支援凱武部，修建防護城。

至晚間時分，騎兵第十五、十七軍團開始渡河，在軍團長法華爾、雲武的率領下，趁著晚霞的餘輝，騎兵士兵牽著戰馬，快速渡河，並趕赴堰關城，接受商秀指揮。

河北戰役展開之順利，使在赤河城中的聖王天雷和軍師雅星、大將軍維戈非常興奮，儘管剛得到酈陽城第一道防線被帕爾沙特攻破的消息，但仍然掩蓋不了整體戰略上的勝利。

本來，聖王十分擔心文嘉部對堰門關的攻擊，由於堰門關地勢險要，易守難攻，加上地勢狹窄，不利於大軍作戰，對攻擊方造成許多不利因素，文嘉部相當的困難，但是，晚間的時候，在威爾親自率領下，重步兵營依然強行攻取了堰門關，這個好消息對於在河南赤河城內的腦部人員來說無疑是最大的喜訊，一天一夜的激戰，河北方面軍基本上完成了預定的作戰任務，並取得了重大勝利，聖王在高興之餘，與兩位兄弟端起了酒杯，首先開始了慶祝。

聖王天雷說道：「來，為我們的勝利乾杯！」
「恭喜聖王！」
「哎，都是自己兄弟，又沒有外人，雅星大哥何必客氣！」
「是！」
「恭喜大哥了！」維戈見聖王高興，忙舉杯道賀。
「同喜，同喜啊！」
軍師雅星笑道：「這次也難為了商秀，與三位老帥初次合作，又是初擔大任，就能取得如此成功，也實在不容易！」
天雷點頭笑道：「可不是，這次商秀與威爾越河作戰，身先士卒，其精神與勇氣值得嘉獎，雅星大哥，你發出個嘉獎令吧！另外，對三位元帥也給予嘉獎，對各位將士給予適當的獎勵！」
「好的，無痕！」
「河北戰役大局已定，以後就看帕爾沙特和我們誰能堅持得住，堅持得時間長久，不過我認為，帕爾沙特作為一代帥才，必然不會在後方已失的情況下硬撐，十幾天後必然會退軍，維戈，就要看你的了！」
「大哥胸有成竹，軍師運籌帷幄，小弟只是按照大哥和軍師的計畫行事即可，中原大局已定，收復兩河間我想不算什麼問題，南彝五十萬人馬戰線過長，又不善於大集團作戰，就是加上東海聯盟六十萬人馬，我們如想硬打也不會出現異常情況，何況藍羽不久後將偷襲東海，東方闊海一旦退軍，我們首先平定南彝，然後兩面夾擊，東海必敗！」

雅星聽見維戈的話，笑著說道：「看來維戈兄弟已經勝券在握，我們兩人是白擔心了，呵呵，好吧，今天這麼高興，聖王在此，我們就此相約：把平定中原南部的任務交給你了，如果完不成任務，我們可是不答應！」

維戈大喜，這是名垂青史的事情，同時也是巨大的戰功，軍師雅星既然在此相約此事，看來機會來了，他立即接話道：「軍師此言可是當真嗎？」

「聖王在此，我豈敢胡言！」

維戈立即看向聖王天雷，以目示意。

聖王天雷笑道：「你看我幹什麼，施眼色也沒用，既然軍師答應了，我就沒有意見！」

「呵呵，太好了，謝謝大哥，謝謝雅星大哥！」

「只是謝謝沒有用，兩河間作戰，場面浩大，藍羽要完成攻擊東海的任務，還需要你的支援，這樣一來，你手中兵力就不夠用了，要想完成任務，也是非常困難！」

維戈點頭道：「雅星大哥，我知道，中原一戰，關係到全局，如果我不能圍殺南彝，讓其退軍南巒山以南地區，我們將後患無窮，同時影響東海作戰，中原必將陷入持久戰。」

雅星嚴肅地說：「你明白就好，不過今天聽你如此一說，我和聖王就放心多了，你對全局如此清楚，必然不會壞了我們的大事情！維戈，你記住，不要急於圍殺南彝，先期任務是掩護藍羽部完成對東海的攻擊，迫使其退軍東海，然後才是解決南彝問題！」

「謝謝雅星大哥的提醒，小弟明白！」

「維戈，大哥對你有信心，同時對平定兩河間也是有信心，只是爲了減少傷亡，保存實力而作出戰略的調整，以便後期對中原北部用兵！南方作戰，我和雅星軍師商量過了，知道你兵力不夠，對你部進行補充，我們要成立南方面軍，由你出任主帥，兀沙爾元帥和溫嘉爲副，所轄藍翎兵團、新月兵團和短人族戰斧軍團，並由西南郡出兵十萬人作爲你的預備隊！」

「是，大哥！」

「以溫嘉爲主將，成立聖寧河南方兵團，由第六、八、九、十軍團組成，短人族戰斧軍團配合，攻佔整個聖寧河以南地區，並抵抗南彝援軍！」

「我明白！」

「以藍翎第五、七軍團、新月兵團及預備隊三十四萬人組成聖寧河北兵團，在藍羽騎兵兵團、平原兵團的配合下，攻擊河北地區，前出至南郡的原城一帶，然後固守，掩護藍羽騎兵兵團和平原兵團東進！」

「我明白，大哥！」

「維戈，聖寧河兩岸作戰，你的兵馬較弱，如果溫嘉出現異常情況，你要全力支援，保證聖寧河以南的安全，如果彝雲松全力向南回軍，則不需要河南溫嘉部支援，則藍鳥第二、三、四軍團會全力拖住彝雲松部，藍鳥騎士團會緊急支援你部。」

「是！」

「京城以西地區估計不會有什麼大規模作戰，同時，有青年兵團、凌原兵團和藍衣眾在，不會出現大的變化，即使有，嶺西地區縱深已經形成，即使動用民團和預備隊作戰，相信也不會出現大的麻煩，你儘管放心就是。」

維戈笑道：「嶺西有大哥和軍師坐陣，我那用得著擔心！大哥放心，聖寧河兩岸作戰，維戈保證完成任務，如兵力不足，我會讓西南郡再補充，聖寧河與西南郡、大草原、短人族這麼近，想調動些兵力相信不是問題。」

「好，你有信心我就放心了，在這裏，我和軍師祝你旗開得勝，馬到成功！」

「維戈，我和無痕先祝賀你立此不世功業！」

「謝謝雅星大哥！謝謝大哥！」

三人就中原南部地區作戰及兵力安排、出現的異常情況處理等，進行了詳細的分析研究，然後，就藍羽攻擊東海問題進行了具體的討論。

聖王天雷對雷格不放心，用軍師雅星的話，說雷格是一把出鞘的長刀，鋒芒所向，戰無不勝，但是，對於防守卻是薄弱環節，其攻擊有餘防守不足，不像維戈，如一支連鞘的長劍，鋒芒所指，戰可力克，退如劍鞘，穩如泰山，是攻守兼備型的將領，但是，雷格有雷格的長處，其藍羽攻擊力是維戈藍翎無法比擬的，這次讓雷格遠距離偷襲東海，就是利用其強大的機動力及攻擊力，迫使東海聯盟退軍，如不成功，則藍羽也可以儘快退回中原。

聖王天雷深知雷格的脾氣及特點，在新年登基典禮上，他就已經想到了辦法，早做預防，把額部代理雅星主持工作亞文封爲藍羽參謀長，協助雷格工作，以補其弱點，雷格也深知其意，從心裏感激，另外，亞文的能力是大家公認的，他出身藍鳥谷，跟隨聖王天雷一起到帝國軍事學院學習，參加過所有嶺西郡作戰的策劃工作，他多有才華，性格穩重，有儒雅氣質，深受聖王信任和重用，雷格得到亞文的協助，實力大增。

即將展開的東海之戰，聖王天雷派出了平原兵團，也有協助雷格的重大意義。平原兵團主帥托尼，年紀較大，爲人老成持重，有大戰經驗，同時，平原兵團的部隊多爲東、南部的老兵，對聖寧河北一帶地形比較熟悉，有利於沿河偷襲，另外，東部士兵對東海地區比較熟悉，許多人曾經到過東海，又與東海部隊作戰多年，有豐富的經驗，也有利於東進。

由維戈支持雷格，還有另外一層意義，雷格性格倔強，不大願意聽從別人的勸告，但維戈不同，就是維戈急了打雷格，他也不敢還手，更何況是說說他，雷格從小與維戈一起長大，關係密切，有維戈看住雷格，聖王天雷大大放心，一旦有什麼重大變故，維戈距離較近，可以直接接管雷格，強行迫使其聽從命令，但這話不能說，真發生意外情況可以辦就是。

聖王天雷、軍師雅星和將軍維戈三人在興奮之餘，一夜沒有睡覺，一直談到天亮。

天亮時，雪藍帶人侍奉三人梳洗、吃飯，由於王妃雅靈不在，雪藍就跟隨在聖王天雷的身邊，天雷笑著留二人一起吃飯，不知覺太陽已經升起老高，河北傳來消息，風揚經過整理，向三人彙報。

「聖王，河北情況基本穩定，騎兵軍團昨夜已經全部渡河，正在休整；臨河城已經在我大軍的包圍中，文謹元帥正在準備攻城，估計敵人有三萬餘人，民團正在陸續進入，凱武元帥部防護城的修建工作正在展開，一切順利。」

聖王天雷點頭道：「好，告訴文謹元帥，小心用兵，並派新月的人過去，最好招降敵人。」

「我立即去辦！」

「河北各部損失怎麼樣？」

「堰門關方向文嘉元帥部損失較重，大約有一個軍團，第一軍團損失近一萬三千名重步兵，槍兵營損失近萬人，文謹元帥部和凱武元帥部損失不大，只有幾千人左右，神武營損失一千人左右！」

「很好，傳令給各部嘉獎，你叫額部準備一下，按照軍師的意思，立即送到河北各部！」

「是！」

聖王揮手讓風揚退下，然後對雅星說道：「河北戰局初定，先休整兩天，然後等拿下臨河城後，分一個軍團給文嘉部，命令商秀按計劃出兵攻擊！」

「好的，聖王！」

「酈陽戰役初戰不順，我怕秦泰、雷格冒進，另外河北進展順利，我要立即起身，河北就交給你了！」

「無痕，此時一別，不知道何年何月才能相見，你要一路小心，保重啊！」

「謝謝你，雅星大哥，你也小心，保重！」

「我會的，無痕！」雅星緊緊抓住聖王天雷的手，眼角有些濕潤。

聖王天雷拍了拍雅星的手，表示安慰，然後，雅星來到維戈面前，深情地說道：

「維戈兄弟，小心謹慎，一路保重！」

「謝謝雅星大哥，我明白，你也保重！」

軍師雅星奮力地點頭，他知道從此以後三人將各占一方，聖王要率領青年兵團和凌原兵團出兵京城以西地區，維戈藍翎部出兵西南，平定聖寧河兩岸，自己要坐陣郡北，協調河北作戰，三人何時相見，此時還真說不定。

聖王天雷命令楠天藍衣眾準備，近午時分，在將軍維戈的陪同下，聖王起身趕往酈陽城，軍師雅星率領郡北的官員十里相送，灑淚而別。

初春的嶺西郡已經開始了春播，許多百姓在田地裏忙種，看見聖王的旗幟在大路上飛揚，忙放下手中的活計，到路邊拜見，親眼看看心中的聖王。天雷見百姓如此熱情，心頭火熱，忙緩下腳步，有時停下來與百姓聊上幾句，詢問有什麼困難等等。

嶺西百姓的熱情可以看出人民對聖王的擁護，而平靜環境可以反映出嶺西郡的安定團結。幾年來，在聖王的領導下，嶺西郡經過歷次大戰，終於迎來今天平靜的生活，對於老百姓來說，在動亂年代裏這是十分難得的，中原能有如此一處安靜的生活環境，是聖王和無數將士用鮮血和生命換來的，是百姓們用無數的物質支持出來的、養活出來的，百姓們爲的就是讓聖瑪民族能夠生存下去，不被奴役。

聖王天雷理解老百姓的心情，並被百姓們默默無聞的貢獻所感動，在嶺西郡的各項政策中，就可以反映出聖王對百姓們的理解、熱愛和尊敬，他取消了貴族制度，重新建立平等的社會關係，用崇高的道德約束官兵對百姓們的作爲，用勞動自強鼓舞人民自主勞動生活，促使百姓繁榮昌盛，民族興旺發達。

一路上，聖王受到了百姓前所未有的歡迎，而歡迎的方式，無不是在默默勞作中表現出極大的熱情，聖王天雷在田野裏與他們談話，在地頭與他們暢談，用白水代酒，與百姓同甘共苦，用親自勞作爲百姓做表率，同吃一鍋飯，同飲一井水。

三天後，當聖王回到路定城的時候，受到了軍民最熱烈的歡迎，當他們知道河北堰門關已經被藍鳥軍隊佔領的時候，更是爆發出如雷般的歡呼聲，而這歡呼聲立即傳遍了整個路定城，給予廣大軍民極大的鼓舞。

晚間時候，聖王天雷接到風揚的報告，酈陽城第二道防線已經被西星軍隊攻破，帕爾沙特正揮軍進攻，藍鳥軍第二、三、四軍團已經投入了戰鬥，但規模不是很大，目前正在僵持階段。

聖王聽後，心中焦急，立即傳令藍衣眾準備，明天一早出發，向酈陽城轉進。

西星主帥帕爾沙特王子殿下率軍攻破酈陽城第一道防線後，心中大喜，命令全軍休息一天，於五月二日發起了對第二道防線的衝擊。

藍鳥軍酈陽城部主帥秦泰在第一道防線失利後，心中焦急，雖然給予敵人大量的殺傷，但自己也損失極重，這不符合當初的作戰意圖，如果不能給予帕爾沙特部重創，其後退軍河北，將給予北方面軍造成極大的麻煩，同時，秦泰初擔大任，在作戰初期就丟失第一道防線，臉面上也掛不住，所以對第二道防線的準備也是傾盡了全力，把凌原兵團餘下的三個軍團全部投入到第二道防線的防禦中。

藍羽主帥雷格見秦泰初戰失利，自己臉面上也是無光，好在酈陽城防線上精銳部隊多，藍鳥第二、三、四主力軍團還沒有投入作戰，藍羽仍然在後部休整，沒有傷動大的筋骨，秦泰投入凌原兵團他也沒有說什麼，只是命令第三道防線的三個軍團加強戒備，隨時能投入戰鬥，一旦發現秦泰部有異常，能夠及時給予支援。

果不其然，五月二日，秦泰將軍加強了對西星星輝第一軍團的監視，並準備對其進行重點打擊，但是，帕爾沙特這次的進攻仍然成功地造成星輝第一軍團爲主力進攻的假象，使秦泰判斷失誤，被其從兩翼突破，並向中間開始擠壓，使秦泰部損失極重，險些造成潰退，好在秦泰加強了對星輝第一軍團的重點防禦，兵力比較集中，承受住了中部的壓力，雷格及時地命令藍鳥第二、四軍團中弩手進行反擊支援，保證了秦泰中部的安全撤離，使雙方都受到了重創，暫時停止在第三道防線面前休整，以利再戰。

秦泰凌原兵團兩次失利，損失近半，但西星帕爾沙特也不好受，損失將近四個軍團二十萬人，藍鳥軍的弩車、中弩畢竟不是好對付的，況且是防守方，有陣地為掩護，想不受損失是不可能，好在帕爾沙特這次準備充足，付得起代價，實力仍在。

但不管怎麼說，經過幾天的作戰，軍隊士兵十分勞累，傷者眾多，都需要休整，另外，各個軍團經過反覆的抽調，已經出現建制上的差距，也需要重新調整，當然不能取消那一部的建制，造成軍官的不滿，所以帕爾沙特也需要調整的時間，雙方暫時在第三道防線前僵持不下，帕爾沙特經過兩次的推進，已經前進了十里，距離鄺陽城僅僅有十餘里的距離，高大的城牆已清晰可見。

如今，帕爾沙特反而加強了戒心，幾天的作戰，藍鳥軍騎兵始終沒動，在第三道防線前出現了藍鳥第二、三、四主力軍團的旗幟，並且，隱隱約約可以看出雷格藍羽主帥的身影，帕爾沙特十分懷疑雪無痕是否要對他進行什麼重點的打擊，這不是好兆頭，如果雪無痕以凌原兵團疲勞己方，消耗士兵戰鬥力，然後再進行重點攻擊，反而不美，所以也加強了戒備，命令部隊小心。

其實，帕爾沙特是發現了藍鳥軍的部分情況，並從種種跡象表明藍鳥軍隊有所行動，但他無論如何也沒有想到，雪無痕會在如此的情況下採取越河作戰，首先攻取堰門關，切斷自己的退路，造成中原與西星國內的聯繫中斷，從而在戰略上贏得主動，扭轉全局。

其次，帕爾沙特還是對藍鳥王朝的實力估計錯誤，認爲雪無痕暫時還沒有實力參與中原爭霸，造成河北兵力空虛，現在，他還不知道河北形勢大變，凌原兵團在此牽制他的作用，要不，他或採取主力決戰或採取迅速退軍，絕對不會在此安然休整。

休息了兩天，帕爾沙特對部隊重新進行了調整、整編，然後，對酈陽城第三道防線進行了試探性攻擊。

帕爾沙特知道，前兩次作戰的勝利，一方面是利用秦泰對自己判斷上的失誤，另一方面也是由於藍鳥軍隊在第一、二道防線上投入的兵力較少，以後，他將面對的是藍鳥主力軍團，前兩次的戰法已經失去了作用，對付雷格和秦泰兩個人組織由藍鳥主力軍團組成的第三道防線，無論如何也不會輕易的讓他突破，如果冒進，就有可能落入雪無痕佈下的圈套，導致全軍潰退的局面，所以，試探性的攻擊是必要的。

果然，在帕爾沙特地第三次攻擊的時候，受到了藍鳥第二、三、四軍團的強大阻擊，但由於帕爾沙特是試探性攻擊，雖有損失，但並不很大，隨即帕爾沙特停止了攻擊，重新進行調整部署。

帕爾沙特在大帳篷中背負著雙手，來回地走著，星智元帥坐在一旁，低頭沉思，兩個人誰也沒有說話。大帳篷中靜悄悄，就是外面的幾十萬大軍也感到了此刻的寧靜，全部平靜了下來，士兵們懂得主帥如果思考得成熟，他們就可以減少許多傷亡，其中也許就有自己，誰也不敢大聲喧嘩，怕影響主帥的思考。

「王叔，我有一種不好的感覺，心裏一陣陣的顫慄，雪無痕一定是已經採取了行動，而且取得了成功。」

「是嗎？」

「是的！王叔，如今鄺陽城雖然大戰正酣，但雪無痕大軍並沒有什麼大的行動，而且凌原兵團秦泰部的作用一定是牽制我們，爲他們製造時機，贏得時間，現在，藍鳥第二、三、四主力軍團已經可見，雷格藍羽也出現在鄺陽城防線，但始終沒有採取行動，一定是等待著什麼！」

「雪無痕一代俊傑，用兵歷來詭異，如今鄺陽城出現了凌原兵團、新月兵團、藍羽兵團、加上藍鳥第二、三、四軍團，如果藍鳥騎士團及藍衣眾也在，那麼，雪無痕一定是要有所行動，我們必須小心行事，嚴防意外變故！」

「是的！如今我方損失近二十萬人馬，中路只剩餘四十餘萬人，在兵力上已經不佔優勢，正是雪無痕反擊的最佳時期，如果雪無痕要有所行動，我想就快了！」

「暫時命令部隊繼續保持試探性攻擊，查看鄺陽城防線虛實，一旦發現藍鳥騎士團及藍衣眾，立即命令兩翼向中路靠近，雪無痕如想決戰，時間不會太久了！」

「不，王叔，立即命令停止攻擊，轉入休整，我想，雪無痕快到了，我有預感！」

「好吧！」

「另外，為了穩妥起見，命令兩翼收縮，防止被敵人分割！」

「好吧，帕爾沙特，我好像感覺到你有撤兵的打算，不知道對還是不對！」

「這個……王叔，你看雪無痕能採取什麼樣的戰略部署？」

「這可不好說，嶺西郡距離京城不落城較遠，又有南方聯盟和北蠻大軍在，如果雪無痕選擇這個時候與我們決戰，對他是一點好處也沒有，如果他從南北部出兵又顯得兵力分散，不夠集中，也不是最好的選擇！」

「等等，王叔，你剛才說什麼來著，對，南北方出兵，南北方出兵……啊！」

帕爾沙特大驚，立即叫道：「來人！」同時他立即抓起桌上的地圖，眼睛立即停止在堰門關上，臉色頓時蒼白，面無血色。

「殿下！」中軍官聞聲而入。

「迅速派人詢問河北的情況，要快，用最快的速度！」帕爾沙特有氣無力地吩咐。

星智元帥看帕爾沙特臉色大變，語氣中出現惶恐之意，問道：「帕爾沙特，你怎麼了？」

帕爾沙特沉吟了一下，說道：「王叔，我們一直在中原用兵，忽略了嶺西郡距離堰門關很近，如果雪無痕出兵河北，以你看，我們的情況如何？」

星智元帥聞聽帕爾沙特此言，立即感到事情嚴重，他略微思考了一下說道：「堰門關附近有駐軍近三十萬人，由星天駐守堰門關，兵力近兩個兵團，加上堰門關地勢狹窄，不利於大軍作戰，堅守一段時間不是問題，一旦情況有變，國內會立即支援，另外，堰關城有十萬駐軍，臨河城有映月十餘萬軍隊，如雪無痕想越河作戰，兵力至少要保持在五十萬人以上，那樣情況就不妙了。」

「一旦堰門關有失，我們後方就被切斷，必須回軍河北鞏固戰局，南中原就拱手讓給了南方聯盟了，王叔，希望不會如此！」

「雪無痕有如此的兵力嗎？藍翎在西南郡，驚雲兵團遠在雪月洲，藍羽、凌原兵團、青年兵團、平原兵團，藍鳥二、三、四軍團加上什麼新月兵團如今都在鄱陽附近，他那來的兵力攻擊河北！」

「藍鳥第一軍團、藍鳥騎士團、藍衣眾如今都沒有出現，如果雪無痕想攻擊河北，這些力量足夠了！」

星智笑道：「雪無痕不會用這些軍隊攻擊堰門關，那將是得不償失，除非他有另外的兵力！」

「但雪無痕與大草原、短人族關係密切，我們並不是很瞭解，加上他如想出兵河北，只要再召集些人就夠了，對了，對了，文嘉、文謹、凱武兄弟及南方兵團的餘部，這些人足夠了，王叔，郡北是否是他們幾個在訓練什麼預備隊？」

「是，正是他們在訓練什麼預備隊，大約有五十萬人左右。」

星智元帥說到此處，面色立即蒼白，他越說越害怕，如果這五十萬人加上藍鳥第一軍團及騎士團，出兵攻擊河北，那情況就不一樣了。

帕爾沙特臉色蒼白，恨恨地說道：「雪無痕以訓練為名，組織什麼預備隊，是預謀已久，早有目的，這些人那裏是什麼新手，分明就是正規軍士兵，他們與南方聯軍作戰多年，經驗豐富，稍加裝備，攻擊河北就足夠了，叔叔，都怪我們被不落城的利益沖昏了頭腦，忽略了堰門關，我們完了！」

他頹喪地坐在椅上。

「帕爾沙特，事情並非像你想像的那般，這只是我們的猜測，補救也許還來的急！」

「叔叔，沒有什麼補救之說了，酈陽城作戰，其目的很明顯的就是牽制我們，消耗我們的兵力，拖延時間，爲河北創造機會，我們晚了一步，想到此處已經遲了！」

「這個……那我們如今怎麼辦？」

「中原爭霸，枉費我一番心血，一招有失，事情還得從頭再來，叔叔，立即傳令兩翼靠近，回軍河北。」

「帕爾沙特！」

帕爾沙特斷然說道：「叔叔，沒有什麼好猶豫了，如果堰門關有失，雪無痕趁機出兵攻擊，河北平原必將大亂，我們就連從北海這條路補給都不安全，雪無痕如趁機糾纏，南方聯盟再乘機落井下石，那時候只有全軍盡墨，沒有一點出路了！」

第八章　烽煙不絕

星智元帥臉色大變後，立即傳出命令，整個大軍悄悄準備撤離，軍官士兵雖不知道是怎麼回事情，但人人心中已經灰暗。

帕爾沙特當然也不會對將領們說明此事，以免影響士氣，將領們見帕爾沙特臉色不對，也不敢深問，大軍立即行動，準備各種事宜，同時，帕爾沙特命令星輝第一軍團繼續保持試探性攻擊，以迷惑敵人。

酈陽城戰役，雖然以帕爾沙特的勝利而告終，但在整個戰略部署上，雪無痕完全掌握了戰爭的主動權，使河北堰門關掌握在手中，開闢了中原爭霸的新戰場，而帕爾沙特就落了下風，堰門關的丟失，促使他爲了保證後翼的暢通，回軍河北，爲爭奪後方而努力，從此走向了戰略上的被動。

堰門關的風火還沒有熄滅，堰關城外的北方面軍主帥裔秀已經開始了新一輪的攻擊。

從五月一日攻取堰門關爲止，兩天時間內，藍鳥王朝郡北就把源源不斷的物資及人員運往河北，在大量民工的協助下，聖靜河北岸凱武部防護城大營就已經初具規模，大營占地廣大，按照排兵佈陣的防禦陣形修建，在其正前方，三道二米寬、二米深的戰壕已經開始挖掘修建，北側直達堰關城，中間用木板搭建的小路可以通行，方便進出。

八十萬大軍及三十萬民工把堰門關、堰關城、防護城地區顯現得異常忙碌和熱鬧，軍民共建的熱情達到了頂峰，嘹亮的「飛翔吧，藍鳥」軍歌把這一地區掩映在歌的海洋裏，民工們脫下外衣，光著臂膀在奮力工作，挖掘戰壕，修建防護城，爲自己的子弟兵修建安全處所，爲未來的大戰提供保護，而在工地上少量的婦女、姑娘在爲著人們送水送飯偶爾傳出的笑聲，令場面更加的火熱。

就在昨天，在文謹元帥十萬大軍的包圍下，臨河城三萬六千名映月軍隊全部投降。說起來容易，但做起來卻很難，映月士兵本來拒不投降，臨河城畢竟較小，五萬人一個整編軍團防守綽綽有餘，但文謹元帥在攻城營大隊的支援下，四個大隊三百二十輛投石車發起了全面攻擊，巨大的石塊很快就把城牆上能活動的一切人物全部摧毀，而站在城下的新月士兵一陣又一陣的勸降終於起到了良好的效果，在損失一萬餘人後，映月守軍軍團長終於明白抵抗實在是沒有任何意義，徒增傷亡而已，經過大家的研究，最後終於決定投降。

文謹元帥並沒有苛待他們，只是讓他們放下了手中的武器，把他們全部交給了新月士兵看管，然後讓他們幫助凱武部修建防護城，他又分兵一個軍團給堰門關文嘉元帥部，自己率領餘下的人馬向堰關城進發。

藍鳥騎兵第十五、十七軍團在法華爾、海天率領下，已經安全地渡過聖靜河，踏上了河北的土地，經過一夜急行軍，達到堰關城與商秀會合，然後休息二天，於五月三日，開始了遠征。

按照當初的計畫，商秀在攻取河北堰關城後，休整兩天，然後把防守三角地區任務交給文嘉、文謹、凱武三人，立即率領騎兵軍團和藍鳥第一軍團遠征。

藍鳥騎兵第十五、十七軍團沒有參加越河作戰，當然就沒有什麼損失，戰鬥力保持完整，但藍鳥第一軍團經過前階段的作戰，有一定傷亡，加上士兵需要休息，所以休整兩天。

堰門關距離堰關城僅有十餘公里，威爾見文嘉部已經穩定，完成了防禦部署，率領重步兵向堰關城轉進，準備發起第二階段作戰。這次威爾立功極重，受到了腦部嘉獎，記大功一次，所部重步兵也受到額部的獎勵，官兵極其的高興，所以作戰熱情高漲，戰鬥欲望強烈。

如今在三角地區唯一休整的部隊，是騎兵軍團和步兵第一軍團，爲的是馬上展開的攻擊。本來按照原計劃還要延遲幾天，但無論是腦部還是額部都沒有想到河北戰役進展得這樣順利，傷亡也不是很大，比預期要小許多，所以，聖王在臨別赤河城的時候，已經命令軍師雅星要求商秀提前發起第二階段的攻擊，以儘快達到戰略目的。

在計畫中，藍鳥第十五、十七騎兵軍團要出堰關城向北發起攻擊，不以攻城掠地爲目的，只攪亂映月、西星、北海在北中原地區的佔領地，儘量銷毀敵人的物資，切斷後方補給，盡最大可能消滅敵人的兵力，減少敵人對三角地區的壓力，減緩敵人對三角地區的攻擊，爲中原兩河間作戰赢得時間，而藍鳥第一軍團在神武營的配合下，向東沿聖靜河攻擊，威脅凌川城、河平城，造成帕爾沙特後部危機，迫使其儘快退軍河北，然後迅速回軍，鞏固三角地區防禦。

商秀這次主持河北戰役，在半年前就已經開始準備工作，聖王對他的信任和重用，使他在感激之餘，把最大的熱情及幹勁都投入到了對河北戰役的準備中，每一步他都經過詳細的計算，有完整的計畫，並經過風揚等參軍處的審核，聖王最後親自敲定，所以信心十足。

商秀看騎兵休息得差不多了，物資準備等已經就緒，於五月三日出發，開始對北平原攻擊。

藍鳥騎兵軍團十萬人馬在北方面軍主帥啇秀的親自率領下，出堰關城一路向北，大軍如刮過的一陣旋風，橫掃北平原西部，十五天時間內，馳騁千里，所過之處，無數村莊、城鎮化爲灰燼，他們把映月、西星、北海的移民趕出村鎮，掠奪糧食，以戰養戰，對城市則一越而過，騷擾一番了事，遇見敵人士兵，不論是什麼民族，一律斬殺，對一切反抗勢力，堅決消滅，使河北平原頓時出現大亂，大量的百姓向城市轉移，造成農田荒野，田野無人煙。

藍鳥騎兵在北平原的攻擊，速度之快、手段之殘忍，令各族百姓人心惶惶，不可終日，並直逼北海國門，距離北海國界只有兩百餘公里，使北海國內一時間氣氛緊張，大戰形勢一觸即發，國主北海無疆一方面加緊對邊防要塞兩鎮峰增兵，鞏固防禦，另一方面迅速向西星、北蠻求助，使臣一個接一個地派出，而藍鳥騎兵步步逼近。

北海國本來就是一小國，幾年征戰，兵力大部派往中原，國內空虛，十萬敵人騎兵進攻，對於北海國來說，無疑是致命的威脅，但這個時候，說什麼都沒有用，只好把國內僅有的兵力全部派往南部邊界，鞏固兩鎮峰防線，並很快發出全民動員令，迅速增兵。

藍鳥軍北方面軍主帥啇秀可是中原赫赫有名的一員戰將，號稱「死神」，對於映月人來說，商秀的名字，無疑就是魔鬼的代名詞，銀月洲血淋淋的教訓時間不遠，如今這個魔鬼又出現在北中原，直逼近北海，令北海君臣人心大慌。

北海無疆緊急召開軍事會議，商議對策，選派大將，幾十年來，北海有北海明親王坐陣，又無大的戰事，比較穩定，但國內大將就顯得極爲少見，加上北海明遠征中原，帶走了大部將領，造成國內無人才，君臣怎能不慌。

北海無疆看著丞相北海亮說道：「丞相，藍鳥軍直逼國門，十萬騎兵攻擊我國，這如何是好？」

「國主，如今說什麼都沒有用了，只好派兵抗擊，並迅速向西星、北蠻求援，爭取在援軍到達前拒敵於國門之外！」

老元帥北海靜冥接過話說道：「西星、北蠻入住國內，前拒狼後進虎，與虎狼謀皮，無異自掘墳墓，後患無窮！」

「但如今敵人直逼國門，國內兵力空虛，又無大將拒敵，總得想個辦法吧。」

「這個，如果實在無人，老夫只好親自出馬了。」

「叔叔年事已高，如何能受得住鞍馬勞累！」

「呵呵，別看老夫年紀大些，但身子骨還算硬朗，況且，我們只要全力防守，相信不久敵人就會退軍，以區區十五萬兵馬孤軍深入，支持不了幾天，只要我們挺得住，敵人必將不攻自退。」

丞相北海亮聽見此言，忙說道：「老元帥說得是，中原北部有映月、西星、北蠻駐軍，敵人雖一時勢大，但不可久戰，只要我們全力防守，敵人必將不攻自退，國主放心就是！」

北海無疆見兩人恢復信心，自己也是寬心不少，臉上難得地露出一絲笑容，然後說道：「既然叔叔有此自信，我就把邊防交給叔叔了，丞相，你協助叔叔，辦理好一切事情，需要什麼給什麼，一切以拒敵爲上。」

「遵旨！」

老元帥也立即說道：「謝國主！」

「叔叔，你一切小心，保重身體！」

「我會的，謝謝國主愛護，老臣定將鞠躬盡瘁，守住邊境，請國主放心！」

「一切有勞叔叔和丞相了！」

北海靜冥和丞相北海亮走出殿外，老元帥回到家中，立即收拾東西，帶領家將起身趕往南部邊界北鎮府。

北蠻人的老家在中原北部地方，多年中原作戰，使北蠻人舉族遷移，絕大部分都移居北平原地區，在聖靜河以北的東部，幾乎全部被北蠻人佔領，生活已經從根本上有所改變，糧食充足，人民安定，幾乎過上天堂一般的日子，但北蠻人無論如何也不會放棄自己的家園，所以在北部地方仍然留守著三十萬人左右，由二王蠻虎坐陣，守護家園。

藍鳥騎兵軍團出兵北中原，北海受到威脅，但不關北蠻人的事情，而北海人的使者卻已經到達了北蠻人駐守的北邊城，蠻虎無論如何也要接見，如今大家都是盟友，有困難時互相幫助也是應該，所以蠻虎對使者相當客氣，當北海使者提出讓北蠻人出兵，幫助北海抗擊藍鳥騎兵軍團的時候，蠻虎不由得一陣猶豫。

如今北蠻人在北部地方只有三十萬族人，軍隊兩個軍團，六萬人，相當少，但如果不幫助北海，一旦北海出現事情，對北蠻人是一點好處都沒有，所以從大局上著想，是應當出兵相助，更何況，出兵北海也不是白幫忙，多少也有些好處，但是，北蠻人軍隊畢竟比較少，所以蠻虎有些猶豫。

使者也非等閒之輩，見蠻虎猶豫，忙幫助其分析局勢，並許諾北海將給予蠻虎多大的好處，蠻虎經受不住利益的誘惑，終於還是答應出兵，但只出兵一個軍團，北海人也同意了，畢竟北蠻人只有兩個軍團，能出兵一個軍團已是最大限度了。

蠻虎見事情定了下來，亦是積極行動，命令軍團準備，二日後隨北海使者一起，向北鎮府出發。

在北海使者到達西星都城星落城時，西星國內早已經一片大亂，五月二日，鎮守堰門關守將星天敗退回國內，殘兵敗將兩萬餘人情景淒慘，西星鎮守東部地區的主將星雲接到星天後，當即大怒，但事情重大，他也不敢做主，立即飛報國主星晨，一面積極整頓軍馬，積極備戰，隨時聽候命令，重新奪回堰門關。

堰門關對於西星來說，意義重大，它是連接西星與中原的生命線，是保證中原爭霸的出發點，一旦堰門關丟失，中原軍隊帕爾沙特部就與國內失去了聯繫，切斷了對其後勤補給，這樣一來，前方士兵如何作戰。

星雲將軍也是國主星晨的族弟，年歲不是很大，只有四十六歲，但其人文韜武略無一不精，武功也是沒得說，星主讓他駐守堰門關外，有兩個意義，一是對中原帕爾沙特部進行補給，隨時對其進行補充，另一個意義就是協助星天鎮守堰門關，以防意外，如今星天把堰門關丟了，他如何不急。

國主星晨接到星雲的報告，當場氣得差一點吐血，堰門關的戰略意義何等重要，星雲、星天竟然真的把堰門關給丟了，他趕緊召開軍事會議，商量對策。

西星年輕一代固然極其的優秀，但並不是說年老的一代就沒有什麼才華，要不然也不能培養出像帕爾沙特這樣的優秀子弟，聽說國主召集開會，軍事大臣們立即趕到星落宮。

國主星晨把星雲的報告摔在了地上，臉色鐵青，一言不發。

軍事大臣星雨把報告撿起來，仔細地看了一邊，當場也是面色大變，把報告轉給了丞相星魂，餘下大臣面面相覷，知道出大事情了，都不敢言語。

星魂略一過目，心下一轉說道：「國主，既然堰門關已經丟失，氣也沒用，目前最重要的是想辦法重新奪回堰門，保證中原戰區的穩定！」

「重新奪取堰門關談何容易，堰門地區地勢險要不說，就是藍鳥軍隊也不好對付，百年來，我們為了堰門關死傷了多少士兵，就是白骨也能堆積成一座堰門關了，星雲、星天這兩個沒用的東西，立即下令逮捕他們！」

「是，國主。」星雨作為軍事大臣，像丟失堰門關這樣的大事他也有責任。

「且慢！國主，堰門關丟失既然已經成為事實，再逮捕星雲、星天已經沒有了意義，不如我們令二人戴罪立功，重新奪取堰門，如果完不成任務，再殺不遲！」

「是，是國主！」

星晨沉吟了一下，說道：「丞相說得極是！堰門關無論如何也要重新奪回，不然中原爭霸就成為一場空了，星雨，國內兵力怎麼樣？」

「國主，關西城有駐軍一個兵團，雖然不足二十萬人，但也有十八萬，另外，星天敗退部也有三萬人馬，再調集星沙兵團二十萬人，我想足夠用了。」

星魂接過話說道：「堰門關地勢險要，易守難攻，只有步兵是不行的，必須派遣高手過去，不然必將損兵折將，反而不美。」

國主星晨說道：「好吧，我再派遣射星營五百人，這件事情就交給星雨了，你親自過去，告訴星雲、星天，如果拿不下堰門關，就不用回來了。」

「遵旨！」

星雨轉身出去，辦理調兵事宜。

國主星晨畢竟是有爲的名君，知道堰門關不是一時半會兒就可以拿下，要不，千年來西星人也不會居住關外，受風沙之苦了，如果堰門關一直拿不下，遠在中原的帕爾沙特部就會出現問題，如不及時解決，必將造成潰退，所以又對丞相星魂說道：

「中原大局未定，急需要國內支援，如今堰門關已失，只有從北海繞路一條途徑，與北海保持聯繫刻不容緩，丞相，這件事情就交給你了，必須保證北海人聽話，確保中原的補給。」

星魂沉吟一下說道：「國主，是否考慮征服北海？」

「暫時不行，如今北海明與帕爾沙特聯軍在中原作戰，決不能造成中原局勢動盪，如果我們出兵北海，北海明必然會回軍，這樣一來，中原兵力就不夠了。」

「如不出兵北海，要使北海人完全聽話也不是一件容易的事情，但臣會辦妥此事，請國主放心。」

「我知道這件事情有多麼難，但如今形勢迫不得已，只好要丞相受委屈了！」

「這沒有什麼，我想目前北海人還不至於敢違抗我們。」

「我想也是，這件事情由丞相全權負責。」

「是，臣遵旨！」

星沙兵團是西星西部沙漠地區的兵團，是目前西星國內僅有的一個完整兵團，星沙兵團全部爲西部沙漠中的士兵，個個身體強悍，作戰風格硬朗，悍然不畏死，就是西星國內部隊也不敢小視。

星沙兵團雖然是西星國內的兵團，但西星很少動用，由於西部地區地域廣大，環境惡劣，所以西星很少有人願意進入西部，各級官員雖受命管理沙漠地區，但從沒有真正掌握過實權。西部地區分爲許多部落，各個部落都有自己的勢力範圍，有自己的軍隊，界限分明，各個勢力從不越界，以防止引起部落間戰爭，所以可以說是西星內獨立的王國。

千百年來，西星射星派不斷發展壯大，特別是近百年來，射星派掌握國內實權，逐漸向西部發展，勢力有所滲透，各個部落雖然強橫，但與射星派相比還是有一定差距，特別是新一代少主帕爾沙特多次出使西部，用武力征服各部，使各個部落逐漸臣服於國主星晨，被迫簽定盟約，歸入西星版圖，承諾成立西部星沙兵團，由各個部落共同出兵，組建一個西部兵團。

星沙兵團成立之初是維護西部地區穩定，防止各部之間戰爭，聽命不聽調遣，但國主星晨多有計謀，利用各個部落之間的矛盾分化瓦解各部，使各部逐漸轉入到朝廷掌握中，但星晨也不敢輕易動用這支部隊。

隨著帕爾沙特殿下勢力的逐步強大，西部各個部落逐漸聽命於少主指揮，接受帕爾沙特的調遣，特別是帕爾沙特遠征中原以來，威名顯赫一時，使西部人崇拜達到了高潮，都願意跟隨少主遠征中原，看看中原的美麗，享受花花世界的富饒，但星晨一直沒有同意。

如今帕爾沙特遠在嶺西郡，與藍鳥軍作戰，遠水救不了近火，國內兵力空虛，不動這支部隊還真沒有那一支部隊敢說可以拿下堰門關，星雨迫不得已，只好建議國主星晨在這個時候動用這支部隊，也是不得已的辦法。

西部地區遠離堰門關一千餘里，徵調星沙兵團需要一定的時間，雖然星雨立即傳令，但沒有十天半月也不能到位，暫時只有等待。

就在西星丞相星魂準備出使北海的時候，不想北海國使臣已經到了星落城，國主星晨和丞相立即召見，一聽是求助於西星出兵，防守北部邊境，對抗藍鳥軍騎兵軍團，國主星晨心中暗喜，立即同意，當場表態出兵二十萬人馬，支持盟國安定。

西星使者聞聽國主答應出兵二十萬人馬，雖然多些，但他是來求助的，人家出兵二十萬也是好意，他也不敢講條件，當下歡喜的回國。

星晨與星魂見使者出去，當場大笑，國主星晨說道：

「真是天助我矣，我們既不能出兵北海，以防聯盟鬆動，但北海人約請我們出兵就則另當別論，真是天大的喜事！」

星魂笑道：「雪無痕出兵堰門關，攻擊北平原，使我們措手不及，但正是如此，也把北海讓給了我們，如今我們出兵北海，向南攻取北平原名正言順，既保證了中原爭霸，又取得了北海地區，再向西夾擊堰門，情況將大有轉變，未嘗不是件好事情。」

「佔領北海，含而不露，取而不張，把北平原囊括在手，西取堰門，北中原又將是我們了，雪無痕啊，雪無痕，你萬萬沒有想到事情會是這樣吧！哈哈！」

「恭喜國主，賀喜國主！」

「好了，星魂，北海就交給你了，事情怎麼做就由你自己拿分寸吧！」

「謝謝國主！」

在商秀率領騎兵軍團出兵後不久，藍鳥第一軍團在威爾、尼可和格魯的率領下，從堰關城出發，向東直取堰關郡的郡府城凌川城。

河北分兩路出兵有其重大意義，一是盡一切可能破壞北平原的物資，造成河北西星、映月、北海三國補給困難；二是造成巨大威脅的假象，迫使帕爾沙特回軍，所以，以聖王爲首的腦部制定了詳細的北平原作戰計畫，分寸把握幾乎用微妙來形容。

首先，先頭部隊以神武營三萬人爲先導，騎兵先行對凌川城施行封鎖，然後，藍鳥第一軍團步兵在重型攻城裝備的掩護下實施攻城，當然，也不是以拿下凌川城爲最後目的，攻城只是假象，在計畫中就沒有固守凌川這一目標，仗打得越大越好，越激烈越好，但並不佔領，只是佈置下強攻的煙霧，迫使帕爾沙特儘快下決心。

河北四國聯軍自從出兵中原以來，爲了佔領聖日京城不落城進行了精心準備，把僅有的兵力大部都用在進攻不落城上，固守河北的兵力並不多，況且幾年來移民倒是不少，也以民團的形式組織起來，加強地方防衛，可以說四國對北平原還是很放心的。

西星實際上留守北平原的部隊不足三十萬人，主要分佈在堰門關和河平城方面，爲了穩定河北的渡河口，帕爾沙特在河平城留守十萬兵馬加傷患，而映月就只有十五六萬人，在河平城只剩餘二萬多輕重傷兵，再無其他兵力。

北海則穩妥一些，北海明藏了個心眼，有目的留下五萬人馬及傷患，要說河北平原有戰鬥力的部隊，還要說是北蠻人，這麼說並不是因爲北蠻人留下的部隊多，而是由於北蠻人並不想稱霸整個中原，他們是以佔領北平原一部爲目的，夠自己民族生活就可以了，所以舉族南遷，男女老少都有，而且人人強悍，作戰驍勇，是輕易碰不得的一部分。

根據「北冥府協定」，北蠻人的勢力範圍爲佔領北平原東部地區，距離堰門關較遠，中間隔著北海、西星、映月的勢力範圍，想直接插手堰門關也不是件容易的事情，如果沒有北海、西星、映月的邀請，想跨過三國佔領區攻擊堰門關將會引起三國不滿，何況出兵堰門關對於北蠻來說沒有任何意義。

藍鳥王朝當然也瞭解北平原地區四國微妙的關係，所以在制定作戰計畫時，就考慮到了攻擊的範圍，力求不觸犯北蠻人的利益，以防激怒北蠻人，造成四國團結一致，影響大局，商秀及威爾等人對這一點牢記在心，小心謹慎，用兵決不越過北蠻人的邊界，促使其安於現狀，不插手河北平原西部的事。

凌川城距離北蠻人勢力範圍很遠，嚴格一點說，凌川城應該是映月人的勢力範圍，就連西星都不是，但自從映月幾次兵敗後，「北冥府協議」在河北平原西部幾乎已經失去了意義，其映月勢力範圍幾乎盡歸西星人所有，雖表面上沒有這麼說，但實際上已經如此了，加上堰門關地理位置十分重要，爲了保證從國內支援補給在中原軍隊，西星是無論如何也不會放棄凌川城。

凌川城可以說是一個大城，城高牆厚，人口近四十萬人，自從四國出兵中原後，凌川城幾經戰亂，一度衰落，人口劇減。映月人出兵中原後，爲了較好地控制西星，把凌川城劃分爲自己的勢力範圍，爲了發展凌川城，映月積極移民，擴充人口，使凌川城慢慢地恢復了繁榮，如今人口也有二十餘萬人。西星接手凌川城後，也是積極發展，並派出重兵防守，以支援堰關城及堰門關，保持與東部的河平城之間的聯繫，保證帕爾沙特在中原用兵。

要說藍鳥軍佔領堰門關及堰關城是在帕爾沙特咽喉上插上一根刺的話，那麼佔領凌川城就如同斬斷了帕爾沙特的頸部，使西星帝國與中原之間出現了一大段的空白，帕爾沙特是無論如何也不允許出現這種情況，如果帕爾沙特擁有凌川城，西可以取堰門關、堰關城，南可以直接越河威脅京城以西地區，東與河平城連成一線，直逼河北平原東部，北面則可以威脅北海，而最重要的就是保證與堰門關的暢通。

威爾及尼可、格魯率領十五萬精銳部隊攻擊凌川城，並有攻城營二個大隊配合，前鋒神武營更是精銳中的精銳，可以說是全部是精英，兩天後，在步兵大隊還在很遠的距離時，神武營人馬就已經來到了凌川城外，並實施封鎖。

駐守淩川城的主將星連，也是一位久戰沙場的年輕將領，曾經參加過三大軍事學院的比武大賽，前兩天，映月部分潰軍就敗退到淩川城，星連接到人後大驚失色，堰門關一旦丟失，淩川城就成爲攻擊堰門關的前哨陣地，是帕爾沙特回軍收復堰門關的立足點，戰略位置一下子就突出起來，他也認爲藍鳥軍絕對不會放棄攻擊淩川城的機會，爲帕爾沙特施加壓力，威脅北平原，所以積極加強防守，修建防禦工事，組織人員，訓練民團，盡可能地增加人員，固守待援。

星連將軍在加緊防禦的同時，不斷地派出斥候探聽消息，並用快馬通知京城，轉告帕爾沙特殿下消息，資訊一個接一個地傳出，終於，星連迎來了商秀的騎兵軍團，但是商秀並沒有攻擊淩川城，只是從城西而過，向北攻擊而去。

星連見藍鳥騎兵軍團並沒有攻擊淩川城，認識到情況不妙，十五萬敵人騎兵只是先頭部隊，攻擊淩川城必然是在後面的步兵，果不其然，在神武營的協助下，藍鳥第一軍團及大量攻城裝備正源源不斷地向淩川城而來，他立即把消息傳給河平城，並準備作戰。

三天後，威爾、尼可及格魯率領藍鳥第一軍團按時到達淩川城，並在城外布下攻擊大營，從西、南、北三面對淩川城實施包圍，一百六十輛攻城車完成了攻擊前的準備，藍鳥第一軍團重步兵營分成三部，南北各一個萬人隊，西部則有一萬四千餘人，槍兵營、戰車營也平均分成三部，雲梯手已經準備就緒。

威爾率領攻城部隊負責西門方向，尼可和格魯分別負責南北兩門，藍色的藍鳥軍旗在微風中輕輕地飄揚，斗大字的督統領旗幟在空中飛揚，威爾站在旗角之下，全身黑色戰甲，嚴肅的臉上帶著冷漠，眼神裏充滿著殺伐之意，他看了眼凌川城頭上守城軍兵，冷酷地揮了下手道：「開始！」

首先由攻城營六十輛投石車發起了攻擊，巨大的石塊在陣陣轟鳴聲中砸上城頭，把守城士兵砸得血肉橫飛，城牆垛子在飛石的撞擊下轟然失去半邊，零星的石塊在空中亂舞，把軍兵砸傷，城牆上頓時出現混亂現象。

第九章　一觸即發

星連將軍及時地調整守軍，盾牌手把巨大的盾牌豎立起來，用以抵擋紛飛的石頭，弓箭手後撤幾步，重新整頓，排好隊形，隨時投入反擊。

威爾並不著急，攻城車只稍微向前挪動了幾步，距離城牆又近一些，但是，立即引起守城軍兵的高度重視，他們緊張地注視著城下敵人的動靜，做好了戰鬥準備。

這時，投石車又開始了新一輪轟擊，使守城星連部又遭受到一次沉重打擊，如此反覆，攻城車在投石車三次轟擊後已經靠近了護城河，並立住了陣腳，威爾及時地命令士兵在盾牌手的掩護下實施填河作業，雙方在護城河前展開了爭奪戰。

凌川城守軍大型投石裝備比較少，只有二十幾部，並且分四面分配，以防不測時用，星連不敢在一開始的時候就用投石車進行反擊，以防被藍鳥軍看出破綻，給予摧毀，那樣一來守城就困難了，況且，凌川城的投石車裝備比較落後，投石距離較近，轟擊不到城外陣地上的藍鳥軍投石車。

藍鳥軍幾年來在短人族卡萊的幫助下，大型攻城裝備得以大大地改善，把以前笨重、複雜的攻城車、投石車改造成爲比較輕巧的車輛，並且攻擊距離得以大大提高，而負重並沒有因此而減弱，比其餘各國的攻城裝備先進了許多。

威爾、尼可及格魯自然知道自己的優勢，況且攻城只是假象，並沒有佔領的意思，沒有必要把部隊大量地傷亡在城前，所以只是在逗引敵人防守，以便投石車發動轟擊，給予敵人大量殺傷，消耗敵人有生力量，爲以後作戰減少壓力，可以說藍鳥第一軍團雖然擺出了強攻的架勢，但只是逗著敵人在玩。

而神武營戰士則騎在高大的戰馬上，擺出一副隨時出擊的架勢，威脅著守城的敵人，讓其沒有一刻鬆懈時間，消耗他們的鬥志與體力，騎兵雖然不能用於攻城，但城門一旦被敵人攻破，騎兵就是最大的威脅。

攻城部隊沒有越過護城河一步，但即使是這樣，也給予守城軍隊以大量殺傷，而自身只有幾名靠近護城河的士兵負傷，天漸漸地黑暗下來，幾乎同時三面攻城部隊都停止了攻擊，收兵回營，明天繼續攻擊，另外，經過一天的轟擊，投石部隊也損失及大，石塊幾乎用盡，也需要補充，但石塊有的是，周圍民房就是最好的補充材料，只要士兵休息後出動補充即可。

藍鳥軍興高采烈地收兵回營，星連將軍長出了口氣，但是心裏卻是一陣苦悶，敵人並不急於攻城，只要天天採取真假難辨的攻城戰術，凌川城用不了幾天就會沒有守城的人了，畢竟敵人並不向城牆靠近，守方弓箭用不上，沒有辦法發動反擊，但也不敢有一刻鬆懈。

星連將軍也不敢出城作戰，由於守城軍隊只有五萬餘人，就是加上民團也只有七八萬而已，況且藍鳥第一軍團可不是軟角色，是嶺西郡藍鳥王朝的最精銳部隊，只重步兵就有一個軍團的建制，而中弩手更是多達兩萬人，槍兵營加上神武營計有十五萬人馬，三名督統領星連幾乎全部認識，都是聖日帝國軍事學院出身，兩人參加過三國軍事學院比武大會，並留下深刻印象，想用區區五萬人馬攻擊藍鳥第一軍團是自找死路。

好在星連幾乎每天都派出人馬向京城不落城方向告急，只要堅持住幾天，帕爾沙特王子殿下就會回軍，對凌川城進行支援，困難當然有，但只要堅持住，星連相信帕爾沙特殿下是絕對不會放棄凌川城，一定會出兵支援，問題只是時間而已，既然藍鳥第一軍團為了減少損失而不願意強攻，星連也樂得維持現狀。

威爾、尼可和格魯三人率領藍鳥第一軍團對凌川城圍攻了四天，威爾看時間差不多了，立即找來越和及海東先生商量，按照計畫出兵河平城，兩位老將軍沒有說什麼，按照計畫做就是，神武營立即動身，向河平城進發。

聖王天雷接到酈陽城二戰失利的消息，立即出發，一路上他不敢停留，剛剛離開望南城不遠，聖王就接到消息，帕爾沙特已經停止了對酈陽城防線的攻擊，左右兩路大軍有向中間靠近的跡象。

聖王經過認真思考後認爲：帕爾沙特已經得到了堰門關失守的消息，即使還沒有得到準確的情報，帕爾沙特也已經從種種跡象上判明藍鳥軍的行動，大有回撤的跡象。目前，帕爾沙特經過二次作戰，損失只有近二十萬人馬，即使左右兩路也有所損失，也不過二十萬人，大軍仍然保留在九十萬人左右，如果讓其回轉河北，對河北戰局十分不利，有必要在拖住其一段時間，消耗其力量，爲河北商秀部減少壓力，所以他當即傳令遠在河陽城的青年兵團、固原城的平原兵團立即出擊，拖住敵人後腿。

看著傳令兵快速離去，聖王天雷立即對身邊的維戈說道：

「維戈，你立即動身，會合雷格後，率領藍鳥騎士團直插中路與南路中間地區，從側後方向威脅南路星慧部，告訴雷格嚴密監視中路敵人的騎兵部隊，一旦發現立即發起攻擊，然後你配合平原兵團夾擊南路，不要放走敵人，消耗其有生力量，不讓帕爾沙特走。」

「是，大哥！」

聖王天雷見維戈走後，立即對楠天說道：「傳令各部加快速度！」

「是，聖王！」

急促的號角聲遠遠傳出，五萬名藍衣眾立即加快了行動速度，緊急趕往酈陽城方向，聖王天雷心急如焚，不斷地催馬急行。

將軍維戈離開聖王天雷後，帶領兩千藍翎衛士像疾風一般從路上刮過，維戈興奮的心情簡直無法用語言來形容，如今在藍鳥王朝內，只有他一人沒有參加作戰，這對於從小好戰的維戈來說簡直是受罪一般，但聖王緊緊地把他帶在身邊，他也不敢有一絲怨言，如今中原大戰拉開了序幕，聖靜河南北兩岸激戰正酣，熱鬧非同一般，只要一提他就心痛，這個時候有如此好消息，簡直是意外之喜，本來沒有他什麼事情，那知道帕爾沙特真是高瞻遠矚，提前有撤退的跡象，爲他創造了如此機會，況且，藍鳥騎士團是聖王手中最強大的騎兵部隊，率領這支部隊作戰是每一個將領的夢想，藍鳥軍有許許多多有爲的將領，但是聖王偏偏卻把騎士團交給了雅藍、雅雪姐妹倆統領，別人不知道怎麼回事，但維戈自然是心中有數，他本想一生也不會有率領騎士團的機會，那想中原大戰一開始機會就來了。

維戈快馬加鞭，只一天時間就趕到酈陽城外。夕陽的餘輝還掛在天邊，映紅的雲彩格外的絢爛，藍羽騎兵大營隨處可見，高高戰旗在夕陽的映照下，顯得越加的美麗，而草原漢子遠遠地看見維戈藍翎的旗幟，都注目觀看，並不時地向大將軍維戈敬禮，從嚴肅的臉上可以看出他們對維戈的尊敬和熱愛。

維戈沒有被眼前的景色所陶醉，他直接尋找到了藍鳥騎士團的駐地，兩千名騎兵發出的蹄聲引起了騎士團官兵的注意，遠遠地看見藍翎的旗幟，士兵們知道是維戈將軍來了，他們多是藍鳥谷出身，與維戈私人關係密切，看見維戈的大旗就感到特別地親切，不少人走出了營門，迎接維戈。

雅藍、雅雪姐妹也得到了消息，布萊、卡斯也知道將軍維戈來了，他們幾人都是藍鳥谷培養出來的人，從小深受藍鳥谷大恩，對維戈、雷格歷來稱呼少主人，雖然如今地位不同，大家都是軍人，但從小受到的教育並沒有使他們減少對維戈尊敬，即使嘴上沒有稱呼少主，但在內心的深處，維戈就是主人。

既然知道是維戈來了，幾人連忙來到大營門前，恭敬地等待著，維戈見許多將領都出現在大營門前迎接他，心頭一陣火熱，從小在一起長大的兄弟，自然比別人親近不少，以如此的親情迎接他，真比說什麼都強，在維戈還沒有到達門前時，眾人已經跪了下去。

「快快請起，都起來吧！」

維戈立即跳下戰馬，幾步來到雅藍、雅雪的身前，伸手相扶道：「快起來吧！」

「藍鳥騎士團督統領雅藍、雅雪拜見大將軍！」

「藍鳥騎士團副督統領布萊、卡斯拜見大將軍！」

「呵呵，好好，都起來吧，自己兄弟，不用如此客氣！」

雅藍、雅雪姐妹起身後問道：「將軍一向可好？」

「好，好著呢！」

「將軍可是從聖王那裏來嗎？聖王一切安好？」

雅藍、雅雪惦記著聖王天雷，這是從內心深處的惦記，與別人不同的是，裏面夾雜著兒女私情，儘管別人不說，但騎士團兄弟們多待在聖王的身邊，多少懂得是怎麼回事，所以對待團長姐妹是極盡保護，不讓有一點傷害，這使姐妹倆更加感激。

「是，我正是接到聖王的命令才趕來騎士團的，聖王一切安好，大家放心，對了，這是聖王手令，從現在起，暫由我接管騎士團，等打完這一仗後再還給妳們倆啊。」

「將軍說笑了，既然有聖王手令，一切聽從大將軍的指揮。」

「好，立即派人通知雷格、秦泰將軍，就說我帶來了聖王的命令，要兩人立即過來一趟！」

「是，大將軍！」布萊立即回答，回身命令親兵向城內報訊。

「卡斯，你安排藍翎衛休息，布萊，你準備飯菜，可餓死我了！」

「是，請大將軍休息！」卡斯與布萊連忙回答，然後安排一切。

「雅藍、雅雪，通知兄弟們提早休息，明天一早出發，直插敵人後方，要多帶些糧草，也許我們要待上幾天。」

「是！」

天完全黑下來以後，雷格與秦泰快馬來到騎士團大營，衛兵接過戰馬，二人大步走進騎士團帥府大帳，維戈與雅藍、雅雪姐妹、布萊、卡斯已經等候多時了。

「秦泰大哥，你一向可好？」

「哈哈，維戈兄弟，慚愧啊，大哥仗沒有打好，那裏有什麼好不好的！」

「秦泰大哥說錯了，酈陽城之戰，其目的是掩護河北渡河作戰，牽制帕爾沙特，盡可能地消耗帕爾沙特部，爲河北減輕壓力，秦泰大哥以區區一個兵團抵抗聯軍六十萬兵馬，雖丟失兩道防線，但這也在意料之中，況且大哥消滅敵人兩倍以上的兵力。」

「聽維戈兄弟如此一說，我這心裏就好受多了，秦泰對不住聖王的重託，慚愧！」

雷格在一旁說道：「秦泰大哥不要如此自責，酈陽之戰，我也有責任，仗沒有打好，雷格願意與秦泰大哥共同承擔。」

「看你們兩人，把我當成什麼人了，仗還沒有打完，就如此洩氣，等兩天聖王來了，看你們還有什麼說的。」

「聖王要來了嗎？」秦泰問道。

「是的，我從望南城外與聖王分手，估計兩天後聖王就會到了，這次聖王估計帕爾沙特有提前退軍的可能，要我們拖住他，絕對不能讓他們就這樣回到河北，那樣對河北極其不利，所以我先趕了過來。」

雷格聽維戈如此說法，連忙問道：「維戈，既然聖王要我們拖住帕爾沙特，是否我們要有所行動了？」

「正是！」

秦泰聽維戈肯定的回答，忙問道：「如何行動？」

「凌原兵團及新月兵團、藍鳥第二、三、四軍團仍然駐守在第三道防線上，以防不測，由我率領藍鳥騎士團從中路與南路中間直插而過，威脅南路敵人後翼；由雷格藍羽部監視中路敵人騎兵兵團，一旦發現立即發起攻擊；青年兵團、平原兵團從南北兩路出擊，力爭殲滅南路星慧部！」

雷格大喜地說道：「維戈，這下你有仗打了，嘿嘿！」

「你不也是一樣！雷格，我可是和你說清楚，絕對不許帕爾沙特騎兵南進支援星慧部，我好安心配合平原軍團夾擊星慧！」

「你放心，絕對沒有問題！」

「那就好！對了，秦泰大哥，你也要小心了，以防帕爾沙特狗急跳牆。」

「維戈兄弟，我知道了！」

「好吧，我明天就行動，雷格，你晚一些，但要派出人手嚴密監視敵人騎兵動向，決不能有失誤，這次我們三人合作，如果把事情辦砸了，在聖王面前就不好說話了。」

「我們明白！」

三人又談了些細節，雅藍、雅雪姐妹及布萊、卡斯一直在一旁聽著，不敢插話，但聽見三人的計畫，也是熱血沸騰，不能自主。幾人這次能跟隨維戈一起作戰，顯得極其興奮，他們從沒有跟隨過維戈，只知道維戈少主能力強，深受聖王信任，掌管西南郡重兵，是獨霸一方的主帥，藍翎聞名於世，可不是空話。

第二天天一亮，藍鳥騎士團就已經準備就緒，吃過早飯，維戈、雅藍、雅雪、布萊、卡斯走出大帳篷，來到外面，五萬名騎士團官兵身著重甲，整齊地列在大營內，後部，有近萬匹戰馬馱著各種物資，管理人員早已經把戰馬三兩匹地拴在一起，方便行動。

維戈抬頭向東方看了一眼，見太陽還沒有升起，但映紅的霞已經掛在了天邊，把地平線上空映照的火紅，極其美麗，他深吸了口氣，挺身上馬，傳令：

「出發！」

兩千藍翎衛簇擁著維戈馳出大營，身後雅藍、雅雪的親衛隊嚴密地守護在主將身邊，一個萬人隊跟隨在後部，再後面是布萊、卡斯各率領二個萬人隊。

轟然的馬蹄聲震顫著大地，藍鳥騎士團戰旗在風中飛揚，從鄺陽城南門而出的藍鳥騎士團一路向東，趟起陣陣塵灰，瀰漫東南的天空，黑色戰甲在陽光的照耀下，發出閃閃的黑芒，令人心顫。

在維戈起程後不久，藍羽騎兵也已經準備就緒，從大營中而出的一隊隊斥候不時地傳來一個又一個消息，雷格在大帳篷中昂然而坐，聽著消息，濃黑的劍眉不時的揚起，雙眼中凌厲的光芒不時地閃動。

帕爾沙特王子殿下今天起得特別的早，這幾天他就睡不好覺，心中有事，休息就差了些，本來紅潤的臉色也變得蒼白，但凌厲的目光卻比以前更加的陰森，話也少了許多，只是不停地催問河北的情況，嚴令左右兩軍向中間靠近。

太陽剛剛升起，溫暖的陽光從門縫中照進大帳篷，增添了一絲暖意，使帕爾沙特的心情好些，不管怎麼說，現在就回軍河北也已經晚了，況且也沒有得到確切的消息，當前最主要任務是把手中的這些部隊安全地帶回去，雪無痕還沒有實力併吞他，情況還不至於像想像中的那麼嚴重，他自我安慰一番，以調節心情。

星智元帥慌張地走進大帳篷，臉色有些不對勁，帕爾沙特看了看，忙問道：

「王叔，河北有消息了？」

「不是，剛剛得到消息，藍鳥騎士團從鄺陽南門出發，向東而去，我已經派出斥候嚴密監視，估計雪無痕要有所行動了。」

帕爾沙特沒有說話，剛好一點的心情一下子又落回谷底，他抓起桌上的地圖，仔細地觀看了起來，不久，他眉頭一皺地說道：

「星慧王叔有危險，目前他在什麼位置？」

「距離我們仍有六十里，大軍才行動二天，目前在柳林鎮一帶！」

「藍羽有什麼動靜？」

「藍羽目前沒有什麼動靜，只是加強了斥候，倒是有一個情況讓我疑惑不解。」

「什麼疑惑？」

「據斥候回報，藍鳥騎士團帥旗是藍翎主帥維戈的旗幟，難道藍翎北上了？」

帕爾沙特臉上變色，語氣凝重地說道：「藍翎北上是決不可能，但維戈出現在鄺陽，就足以說明兩件事情，一是雪無痕已到了酈陽，二是南路大軍非常的危險，雪無痕有吃掉南路的意思！」

「維戈不是駐守西南郡嗎，怎麼可能到了酈陽，說雪無痕到了有可能，但他想吃掉南路軍也不是容易的事。」

「雪無痕出現在酈陽，就說明河北戰役已經結束，他可以放心地離開了，至於維戈出現在酈陽有什麼奇怪，藍鳥王朝初立，雪無痕留下他住幾天理所當然，如今酈陽大戰正酣，維戈出馬也是自然的事情，但我們就困難多了。」

「難道雪無痕真想吃掉我南路大軍？」

「河北情況我雖然不明，但敵人也是兵力有限，河北必然也有其困難，如果我們回軍，雪無痕一定感到河北有壓力，倒不如先消耗我們一部，減輕負擔，雪無痕，你好陰毒的手段啊，想讓我帕爾沙特不能翻身，夢想！」

帕爾沙特咬牙切齒，心中對雪無痕的恨達到了頂峰，如今中原大戰，他一帆風順，如果沒有雪無痕，說不定中原大局已定，如今多了個雪無痕，天下不知落入誰手，河北堰門關一旦丟失，事情就麻煩了，西征的一切努力付之流水，白白損兵折將。

「殿下，是否支援星慧部？」

「支援是一定的，但一切要小心從事，藍鳥騎士團有所行動，藍羽絕對不會閒著，藍羽雷格可不比其他人，傳令多派出斥候監視藍羽和騎士團動向，同時命令射星特種軍團注視騎士團，你叫星碧來見我。」

「是！」

不久，星碧邁大步進入大帳篷，躬身叫道：「殿下！」

帕爾沙特看著星碧，眼神越加的凌厲，他嚴肅地說道：「剛剛得到消息，藍鳥騎士團已經插入我軍後部，估計是威脅南路軍後方，藍羽仍然沒有行動，預計是對付我部支援的人馬，你立即回去準備，隨時策援星慧元帥！」

「遵命！」

「星碧，你跟隨我多年，很有才華，我對你有信心，但這次雪無痕派出了維戈統領藍鳥騎士團，藍羽雷格隨時出擊，你一切要小心謹慎！」

「謝殿下！」

帕爾沙特上前兩步，拉住星碧的手說道：「小心，保重！」

星碧熱淚盈眶，突然跪倒說道：「殿下保重，星碧定不負殿下重託，接應星慧元帥南路軍安全撤回！」

帕爾沙特重重地點頭：「去吧！」

星碧仰首挺胸，大步而去，望著他那碩健的背影，帕爾沙特一陣心酸，仗打到如今這般地步，已經不奢望勝利了，只要安全撤回河北，重整旗鼓，另圖他謀。

「通知星慧王叔，加速撤離，小心前後敵人。」

「我明白，殿下，你休息吧。」

星智元帥有些心痛地看著帕爾沙特，然後轉身出去。

維戈率領藍鳥騎士團一路東行，從酈陽城南部四十里處穿越帕爾沙特和星慧兩軍之間，騎兵速度快，中間雖然遇見小股部隊，都被藍翎衛先頭分隊消滅了，維戈大軍並沒有刻意隱瞞什麼，在這麼小的範圍內騎兵做運動，想不被敵人發覺不可能，倒不如乾脆直行，讓敵人自己去分析。

藍鳥騎士團官兵都是高手的高手，雖然只有五萬人，但任是誰也不敢小視這支部隊，維戈自然心中有數，所以並不擔心。

傍晚時分，已經向東行進了有近八十里，來到了一處小村莊，維戈看了看周圍的地勢，感到滿意，下令全軍休息，並派出斥候監視敵人。

小村莊不大，已經破亂不堪，顯然早就沒有人住了，好在有幾間房屋還算完好，水井可以用，倒少了許多麻煩，大軍生火做飯，休息。

天黑後，陸續有斥候進來彙報情況，目前，敵人南路軍已經向北收縮，與中路帕爾沙特部保持四十里的距離，敵人後軍二個軍團已經作出了防禦的姿態，整個兵團行動緩慢，防守嚴密，並逐步向北收縮，中路帕爾沙特已經派出了射星營監視自己，人數大約有三萬餘人，全部是好手，與騎士團保持有三十裏的距離，各方斥候穿梭其間，不斷地傳遞情報，互有攻殺，但規模不大。

方圓百十里內，集結著敵我雙方近兩百萬大軍，大戰一觸即發，隨時有開戰的可能。在中間，是聯軍帕爾沙特率領的南、中、北三路敵人，西部是藍鳥王朝的幾個兵團，在東南部，藍鳥騎士團保持在聯軍南路敵人側後方，威脅敵軍後部，而在聯軍南、中兩路中間四十來里地帶，形勢極其的微妙，雙方各調整人馬，隨時投入戰鬥。

維戈聽著情報官的彙報，忽然問道：「平原兵團目前到達什麼位置？」

「平原兵團已經北進，目前到達小平莊一帶，距離敵人還有二天的路程！」

「還有六十餘里嗎？」

「是的，大將軍！」

「哦，看來怕是指望不上了。」

布萊忽然說道：「大將軍，以目前的形勢，南路敵人必然會利用這一點點優勢全力北進，向中路靠近，如果明天敵人雙方對接，我們行動嗎？」

「當然！平原兵團與敵人有距離這我們當初就知道，敵人行動如此迅速，也顯示出帕爾沙特的實力，一旦明天敵人有所行動，我們要配合藍羽部衝擊敵人的結合部，盡可能不讓敵人會合，然後拖著南路敵人，等待平原兵團到位，如果敵人強行會合，那只好看情況再說了。」

「是！」

「叫兄弟們小心，今晚絕對不能出事，知道嗎？」

「知道！」

維戈走出屋外，天上的星星一閃一閃像對他眨著眼睛，微風輕拂，撩起他的長髮，維戈心中不斷地祈禱，希望雷格不要誤事，兩個人兄弟多年，但從沒有在一起配合過作戰，如果第一次就出現意外，說什麼也說不過去。

就在維戈睡不著覺的時候，帕爾沙特同樣也睡不著覺，雪無痕已經到了酈陽城，並展開了行動，帕爾沙特幾年來對雪無痕進行了深入的調查，得到許多珍貴的材料，深知維戈、雷格兄弟配合雪無痕作戰，幾乎戰無不勝，並且，維戈功力深厚，槍法超絕，就是自己也沒有把握勝過他，雷格刀法精奇，多次斬殺大將，騰格爾元帥就是死在雷格刀下，兩人是雪無痕的左膀右臂，藍翎、藍羽縱橫中原，幾乎無敵手，這次雪無痕放下西南戰局，動用維戈出戰酈陽，顯示出擊敗自己的決心及扭轉全局的戰略思想，如今看來，雪無痕幾乎達到了目的，一旦自己退軍河北，中原三足鼎立局面已成，暫無大的變化，雪無痕可以得到休整喘息，發展實力，圖謀中原。

目前，嶺西戰局交錯，雙方互相有勝負，從戰略上講自己完全落於下風，從局部戰局上來說，自己多少占些優勢，如今雪無痕從河北抽身出來，趕赴嶺西，調整佈署，以維戈、雷格、越劍、秦泰、托尼全力對付己部，形勢不妙。

藍鳥軍騎兵佔有優勢，想吃掉南路兵團，好在自己行動快，洞察先機，早兩天命令部隊收縮，使平原兵團落後一段時間，雪無痕迫不得已，動用騎兵拖住自己，等部隊趕上來，那有這樣便宜的事情，想到此處，帕爾沙特下定了決心，明天全力收縮，南、中兩路軍對接，完成會合，然後穩步後撤。

第二天天一亮，帕爾沙特傳令騎兵軍團星碧部出兵接應南路軍星慧部，命令星輝第一兵團隨時準備投入，命令射星營監視藍鳥騎士團動靜，一旦發現其行動，立即阻擊。

第十章　騎兵對決

星碧將軍率領兩個騎兵軍團十萬人馬出營，向南出發，接應星慧部，南路軍主帥星慧已經得到了飛鴿傳書，也整頓軍馬，全力向北靠近，他不敢失去機會，如今平原兵團距離自己有兩天時間的路程，這是難得一見的大好時機，機會稍縱既失，如不趁機向北靠近，情況說不定會發生什麼樣的變化。

在星碧騎兵軍團和星慧兵團行動的同時，藍羽騎兵兵團主帥雷格也得到了消息。雷格本來想儘量拖延時間，爲平原兵團創造時機，但帕爾沙特果然非同一般，及時命令南北兩軍向中路靠近，並派出騎兵接應，顯示出其高超智慧和決心。

既然敵人已經行動了，雷格也沒有什麼辦法，與維戈約定只是在自己計畫內有效，如今敵人提前行動，這就看兩兄弟的默契了，不管怎麼說，採取行動是必然，想到這雷格站起身來，傳出命令：

「命令各軍行動，按照維戈將軍出發時的路線攻擊，切斷敵人結合部，嚴密監視敵人騎兵動向，一旦發現，由里騰、姆里你們倆對付，烏跋、忽突兩部監視，並聽候支援！」

「是！」

大草原戰士精神抖擻，在軍團長率領下向東南飛馳。斥候不時地把最新的消息傳來，讓主帥掌握每一個瞬間的情況，藍羽衛保護著主帥雷格，緩緩地來到酈陽城東南二十里外一個高處，大軍停了下來。

雷格將軍縱馬來到高處，登上車樓，向前遙望。

在自己左前方十餘里外，敵人兩個騎兵軍團正列出攻擊陣形小心推進，高挑的帥旗顯示出是大將星碧的旗號與身分，再向東，遠處隱隱約約可以看見敵人一大隊人馬，雖不足五萬人，但從動作精練程度上，可以看出是精銳部隊，雷格心中一轉，明白是射星營的人馬，目的是對付藍鳥騎士團；在右前方，是星慧南路兵團，四個軍團組成防禦陣形，周邊是戰車，盾牌陣，後部連接著槍兵，裏面保護著緇重物資車隊，如同一個巨大的蝸牛，緩緩向北移動，兩軍距離有十里，眼看著就要會合了。

雷格輕皺眉頭，以自己的輕騎兵對付敵人步兵重型防禦陣形，傷亡必將極重，智者不為，看來只好對付敵人的騎兵軍團了，敵人南路軍團只好交給維戈，就看維戈的表現了。

「命令二十一、二十三軍團出擊，攻擊敵人騎兵！」

姆里、忽突看見旗號，兩支騎兵共七萬人催馬而出，直取星碧騎兵軍團，轟鳴的馬蹄聲敲響了大地，兩股巨大的塵煙如颶風一般向前殺去。

星碧將軍早就知道敵人騎兵出動的消息，但他的任務是接應步兵軍團，所以並沒有為其所動，這時候見敵人兩支騎兵直奔而來，另外兩支卻立在原地不動，知道是等待時機，他不敢派出全部兵力，只以一個軍團向敵人迎擊，另一個軍團監視。敵我兩軍很快就撞在了一起，刀光四起，殺聲陣陣，一溜溜的血水在豔陽下格外刺眼。

星慧元帥得到斥候的報告，騎兵在自己前方十里處廝殺在一起，敵人占兵力上的部分優勢，目前正在廝殺，馬上命令部隊加快行動，向北靠近，以步兵鋼鐵陣形衝擊騎兵，儘快北進，完成會合，士兵立即加快了腳步，四百輛戰車在巨大的步兵前三百米處保持著攻擊姿態，向北前進。

維戈將軍在三十里外焦急地等待著，以如今的情況，如果雷格藍羽不採取行動，只憑藉藍鳥騎士團是無論如何也起不了什麼大作用，但是，如果雷格採取了行動，騎士團就能夠在適當時機採取斷然措施，給予敵人致命一擊，維戈對雷格藍羽還是有信心，他相信雷格終究會採取行動，雖然等待令人心焦，但他必須等待下去。

果然，雷格沒有辜負維戈的期待，藍羽從西側對星碧騎兵軍團發起了攻擊，維戈見藍羽行動了，大喜，命令騎士團準備，以五千人為一個大方陣，每一個方陣以一千名騎手為錐形尖部，左右各兩千人為雙翼，十個大陣以一字橫列排開，對敵人步兵方陣發起了衝擊。

重騎兵對付步兵是最厲害的武器，沒有那一支步兵可以頂住重步兵的直接衝擊，全身黑色盔甲的藍鳥騎士團如出海的嬌龍，向敵人發起了致命一擊，黑色長大騎槍在陽光照耀下閃著令人心顫的寒光，厚實的戰甲使馬匹完全保護在鐵甲下面，使它對於敵人弓箭沒有一絲反應，只那排山倒海的氣勢，就足以令膽量小的人心膽俱裂。

重騎兵衝擊越來越快，唯一對騎士團有影響的是敵人射星營及在陣外的鐵甲戰車。

射星營的人全部是西星射星派的好手，是帝王家特意培養的一批死士，他們從小接受專門訓練，要求極其嚴格、殘酷，是專門執行特殊任務的死士，全國大約有十萬人，從事各項活動，多滲透到別國從事收集情報，打擊商業，暗殺將領等事情，但由於射星死士訓練不容易，況且從事活動面非常大，所以跟隨在帕爾沙特身邊的人並不多，自從藍衣眾出現後，帕爾沙特感到成立一支特種部隊勢在必行，所以多次要求國內派人，國主星晨見帕爾沙特取得了如此大的功績，用一支死士部隊也是必要的，所以就挑選出各個方面比較差的人撥給了他，但這些人確實也是冷酷的人。

這次藍鳥騎士團從戰區穿插而過，威脅大軍後部，帕爾沙特感到必須使用射星營了，所以讓其監視藍鳥騎士團，一旦發現其行動，必須全力截擊。

射星營統領名字叫星煞，是西星帝國僅有的幾名高手之一，說他是高手，是因爲他爲人冷酷、殘忍，武功獨特，出招必殺，學的是殺人武技，在西星，沒有幾個人願意與他較量，也沒有人願意與他親近，由此可見他的爲人。

星煞將軍不大愛說話，但並不代表他沒有遠見，帕爾沙特給予他的命令是監視騎士團，所以他就只管對付騎士團，現在見騎士團全軍出擊，他立即組織人阻擊，不讓他發揮軍隊的力量。

由於藍鳥騎士團的人比射星營人多，所以星煞對付的重點就放在了主帥維戈身上，射星營也是以五千人爲一隊，以六個方陣的形式截擊騎士團，星煞如一個槍尖一般，直取主帥維戈。

作爲主將的維戈，也知道帕爾沙特會派人阻截自己，況且射星營早就在自己的前方不遠處監視自己，一旦出擊，首先面對的必將是射星營，但維戈性情剛烈，早就有一會射星營的打算。射星營是使用槍的好手，騎士團也正好用槍，維戈本人也是用槍的高手，遇見用槍的人特別興奮，所以維戈對騎士團的感情，自然比別人強烈，這是外人無法理解的。

既然要面對射星營，維戈就有所安排。他知道射星營的人沒有自己多，所以把騎士團兩個萬人隊劃歸自己旗下，配合藍翎衛專門負責對付射星營的攔截，並把布萊留在自己的身邊，讓雅藍、雅雪姐妹和卡斯一心攻擊星慧部，如今見星煞直取自己中軍，騎士團立即分爲兩部，一部仍然繼續前行，自己帶領一部迎擊星煞射星營。

藍鳥騎士團及藍翎衛與西星最精銳部隊射星營的首次交戰，就這樣拉開了序幕，這是聖拉瑪大陸最精銳的兩支部隊，他們的碰撞是歷史的必然，是時代的碰撞，是書寫藍鳥王朝歷史的第一次高潮，是翻開藍鳥軍歷史新篇章的輝煌一頁。

維戈看著越來越近的星煞，心情是越加興奮，無論是藍鳥騎士團，還是藍翎衛，射星死士，全部舉起了手中的長槍，在豔陽光下，他們在嶺西郡的土地上，展開了最慘列的搏殺。

星煞將軍臨出發的時候，帕爾沙特一再叮囑他，這次率領藍鳥騎士團的將領是大陸上久負盛名的一代年輕高手維戈，而且他也多次聽到過維戈的名字，特別是帕爾沙特幾年前與維戈在京城不落城交過手，使爭奪大陸第一軍事學院的美夢落空，從那個時候起，星煞就渴望著與維戈一戰。

星煞今年四十二歲，比維戈年長十二歲，長年刻苦用功使他的雙眼變成了死灰色，高大的身軀有如一座山，充滿了力量，這次他能有機會與維戈一戰，也是極其興奮，戰馬在他的催動下，如一條直線一般射向前方，而黝黑的大槍在他十層功力催動下閃著黑色的光，直取維戈。

遠遠地見到星煞的氣勢，維戈也興起了一決高下的想法，作爲練武之人，好手難尋，特別是像維戈這樣驕傲的人，只要見到這樣的機會，剩下的只有興奮，興奮，另外還是興奮，幾年來，維戈坐陣西南，沒有什麼大戰事，沒事的時候就練功消遣時間，功力提升得很快，秋水神功已經達到了初罡境界，但一直沒有機會使用，這次見到星煞大喜過望，也把秋水神功提高到了十層，直取星煞。

兩匹戰馬轟然撞在了一起，兩個身影已經騰空而起，兩條槍閃爍著精芒，不斷地在空中閃爍，發出霹靂般聲響，巨大的聲音震得人耳鼓齊響，周圍交戰的人離得遠遠的，悶頭廝殺。

一連三擊後，維戈緩了口氣，霸王槍前再次吐出精芒，一圈一圈地吐出，斗大的槍花把星煞圈在中間，突然在槍花中一綹精芒以及快的速度從槍花中吐出，直取星煞咽喉。

運用全身功力，展現出自己所學最優秀槍法，星煞還是沒有頂住維戈的霸王槍，他眼看著從槍花中吐出的槍尖，就是躲閃不及，死灰色的眼突起，眼睜睜地看著尺二長槍尖在自己咽喉上一閃即失。

星煞將軍重重地把手中的槍插在地上，手緊緊地握住槍桿，身軀屹立不倒，他雙眼盯著前方挺立的維戈，大片的鮮血從咽喉中噴出，灑在身前的地上。

維戈單膝跪倒，深施一禮道：「你是個勇士，値得維戈尊重！」

然後，維戈轉身投入到不遠處的廝殺中。

霸王槍絕技要比射星槍絕技精妙上幾分，當初在三大帝國軍事學院比武時，維戈就與帕爾沙特交過手，那時維戈功力沒有帕爾沙特深厚，但是他仍然用霸槍絕技和帕爾沙特打成平手，兩人都深受重傷，以後幾年，維戈刻意提升自己的功力，使秋水神功功力一日千里，已達成罡的境界，霸王槍絕技更是使用得出神入化，星煞雖然功力深厚，槍法突出，但要與維戈霸王槍相比，還是有一段距離。

布萊距離維戈與星煞的交手處不遠，他在與敵人交戰的同時，時刻注意著主帥的決戰，使他第一次真正地領悟到了霸王槍法的至高境界，受益匪淺，同時心中對維戈的崇拜已經達到了無法比擬的地步，以前，他沒少見過聖王天雷教授的霸王槍絕技，但是與維戈這次交戰相比，那是大不一樣，在他認爲使槍的人中，大將軍維戈已經是第一人了。

星煞戰死影響了敵人士兵的士氣，但是射星死士沒有人獨自逃跑，這是從小受到教育的結果，在他們的觀念中，如果沒有命令，那就是明知戰死也要戰鬥，這是作爲死士的唯一準則，但射星槍法遇見了霸王槍絕技，首先在槍技上就有了些許差距，所以死傷自然就多些，維戈騰出身手後一陣猛殺，使他們陣腳大亂，在騎士團嚴整隊形中，傷亡逐漸增多，很快就被維戈逐漸的消滅。

藍鳥騎士團也是損失慘重，戰死六千餘人，傷者無數，幾乎所有的人身上都帶傷，維戈儘管心急如焚，但以騎士團如今的情況，他也不好再把弟兄們投入戰鬥。

雅藍、雅雪和卡斯各率領一個萬人隊對星慧部發起了衝擊，首先受到敵人戰車的阻截，但是由於戰車沒有戰馬靈活，使騎士團損失不大，越過敵人戰車就是衝擊敵軍的大陣，儘管長槍手對騎兵有一定殺傷力，但對付重騎兵可就不一樣了，在重甲戰馬撞擊下，步兵陣很快就被撕開一個巨大的缺口，大量的騎兵源源而入，斬殺敵人。

星慧元帥見自己的陣形被敵人廝開，忙命令裏面士兵放棄車輛物資，向周邊撤退，急向北走，由於騎士團人畢竟少，沒有步兵配合，雖然造成了星慧部的傷亡，但損失不大，仍然有十五萬人越過了重騎兵的攔截，與星碧騎兵軍團會合。

雷格藍羽部二十一、二十二軍團的出擊，與敵人南北結合部戰在了一起，由於藍羽人比敵軍多出一個軍團五萬人，很快就佔據了上風，星碧沒有辦法，爲了減少傷亡，盡可能地拖延時間，所以忍痛又派出兩個萬人隊，雷格見敵人有些頂不住了，適時地把第二十軍團投入戰鬥，很快就又重新佔據了上風，這時候，雷格發現了藍鳥騎士團出擊了，而出擊的方向，直指敵軍的步兵大陣，心中大喜，維戈果然沒有辜負自己的期望，同時也注意到了在東部，維戈藍翎衛和部分騎士團與敵人另一支騎兵展開了搏殺，使衝擊中間敵人大陣的力量顯得有些薄弱，所以，雷格也不敢把手中僅有的一個軍團全部投入進去，以防止意外情況。

敵我雙方近二十萬騎兵在中間搏殺，使方圓二十里內沒有一處空閒之地，藍鳥騎士團雖然撕開了星慧大陣，但由於騎士團人少，沒有後續部隊，加上重騎兵行動動作慢，雖然把敵軍大陣斬成兩段，但也是一斬而過，敵人很快就又癒合在一起，等重騎兵圈馬回來時，敵人已經向北運動了近十里距離，前方已經到達騎兵戰場。

星碧將軍率領三個萬人隊沒有投入戰鬥，他時刻注意著南方兵團的運動情況，這時候見步兵已經接近了戰場，長出了口氣。

在步兵大陣的外面，是四百輛戰車組成的車陣，對於輕騎兵來說，鐵甲戰車是碰不得的，所以，藍羽騎兵儘快的向外運動，避免與敵戰車碰撞，星碧軍團更是樂意用戰車割斷敵人，所以，戰車大陣從交戰雙方戰場中間一衝而過，部分戰車立即面向西部的藍羽布成簡單的陣形，掩護後續步兵通過，而步兵這時候更是發揮出逃跑的本事，只幾分鐘就衝過了由戰車和騎兵組成的掩護陣，迅速向北衝去。

雷格將軍見敵人戰車通過戰場後，把手中僅有的二十三軍團派了出去，從敵人後部發起了衝擊，但星慧元帥立即用戰車排成防守陣形，把衝擊騎兵擋在了外面，雖然還有部分人沒有通過，但這時候也管不了許多了，所以，儘管雷格發揮了輕騎兵的特長，但對敵人造成的損失並不大，在重騎兵趕到前，星慧和星碧已經完成了戰車掩護大陣，並配合騎兵、弓箭手、盾牌手、長槍兵，掩護大軍緩緩北上。

藍羽這時候也只能用弩箭進行遠距離殺傷，不斷地從敵人陣形前衝過，把弩箭成批地射向敵人，但在戰車和盾牌手的保護下，起不了多大作用，只能眼睜睜地看著敵人後撤，這時藍鳥騎士團已經趕過來了，雷格見不能對敵人造成致命的傷害，就阻止了騎士團的衝擊，大軍慢慢地止住了腳步。

雅藍、雅雪在護衛的保護下來到了雷格面前，雅藍對雷格說道：「羽帥，停止了嗎？」

雷格將軍見她身上沾慢了血跡，單手提著長槍，心中感到非常的滿意，他微笑著回答道：「再發起衝擊已經失去了意義，戰車陣可不是好對付的，加上我們沒有步兵支援，能取得這樣的戰果已經不錯了。」

「好吧！」

「維戈那邊怎麼樣？」

「翎帥對付的是敵人射星營，大約有三萬人，恐怕情況不怎麼妙，具體情況不清楚。」

雷格動容道：「是射星營嗎？嘿嘿，帕爾沙特這次真是動了老本了，維戈，你可不能讓我失望啊！」

雅雪見雷格真情流露，感動地說道：「羽帥放心，翎帥不會有事情，憑藍翎衛和騎士團，射星營也不怎麼樣！」

雷格大笑道：「說得不錯，憑維戈的功力，想贏他的人還不多！傳令收拾戰場！」

「是，羽帥！」

天已經漸漸地黑了下來，帕爾沙特負手站在車樓上，眺望著南方，微風輕拂著他的長髮，輕輕地擺動，白色的衣服襯托出帕爾沙特的瀟灑不群，周圍的寂靜使氣氛有些沉悶。

斥候不時地把一個又一個消息傳過來，使他的心上下起伏，波動不斷，最好的消息是南方兵團已經衝過了敵人重騎兵截擊，使藍鳥騎士團的衝擊落空，壞消息是射星營星煞戰死，維戈驍勇無敵。帕爾沙特知道維戈非同尋常，多年前就與自己戰成平手，如今功力更上一層樓，星煞不聽自己勸告，連累射星營將士，讓他心痛不已。

「速傳令射星營後撤，能走多少是多少！」

「是，殿下！」

「報殿下，星慧元帥和星碧將軍已經安全會合了，正往回撤離！」

「好，命令第一軍團接應！」

「是！」

帕爾沙特放下心來，緩步走下車樓。

大將軍維戈整頓藍鳥騎士團部分官兵及藍翎衛凄然地撤往西部，所部兩萬兩千人只剩餘一萬六千人，且全部帶傷，凄慘的景象是騎士團成立以來最慘的一次，就是維戈本人渾身上下也被鮮血染紅。

雷格立馬在隊伍的最前面，見到維戈的樣子也嚇了一跳，連忙跳下馬，趕到維戈面前問道：

「維戈，怎麼樣？」

「沒事，只是些皮外傷，沒大礙！」

「你可嚇死我了，沒事就好。」

「雷格，謝謝你！」

「嘿嘿，謝倒不必，沒事就好，怎麼，射星營很難對付吧？」

「是很難對付，不過碰上我維戈算他們倒楣！」

「行了，看你狼狽的樣子，還說大話，快回去吧，早點休息！」

「也是，兄弟們也累了。」

雷格微一點頭，傳令道：「出發！」

在雷格藍羽幫助下，大軍安全向酈陽城轉進，一個時辰後，抵達酈陽城。

這次酈陽城南會戰，藍鳥軍出動了酈陽城方向所有的騎兵部隊，損失極重，沒有達到預期的作戰效果，不過，藍鳥騎士團和射星營的碰撞，也使西星帕爾沙特部元氣大傷，騎兵精銳部隊損失近半，射星營幾乎全軍盡沒，南撤步兵損失五萬餘人。

帕爾沙特接到星慧與星碧，略加安慰，然後聽到各部報告，悶悶不樂，好在北路北海明部幾乎沒有什麼損失，安全撤離，目前已經與中路會合，等候明天見面。

太陽剛剛升起的時候，帕爾沙特接到了第一個河北來的訊使，信使一路風塵，戰馬幾乎在到達帕爾沙特大營的時候就倒斃，帕爾沙特沒有等在大帳篷內，快步走出室外，信使只說了一句：「堰門關危急」，然後就把信筒交給了帕爾沙特。

帕爾沙特臉色鐵青，揮手說道：「帶下去休息，一會兒再見我！」然後迅速打開專用訊筒。

信是星天寫的，其內容如下：「末將無能，沒有早洞察雪無痕奸計，至使河北形勢急轉直下，目前，藍鳥軍已經全線渡河，敵第一軍團已經攻克臨河城、堰關城，敵預備二個軍團已經達到關前，末將將誓死保衛堰門關，以報殿下的知遇之恩。」

帕爾沙特長吐了一口氣，環眼周圍，有十餘名軍團長以上的將領已經站在帳篷內，沒有一個人敢說一句話，發出一點聲響，他看了看眾人，緩慢而有力地說道：

「目前堰門關危急，河北情況不明，估計不會有好消息，我部要儘快退軍河北，穩定局勢，各位，這個消息決不允許傳出，違者就地正法！」

「是！」

「如今，敵人在鄷陽城方向戰略意義已經明朗，雪無痕想拖住我們，爲河北製造機會，創造條件，如藍鳥軍繼續向北攻擊，全面切斷我軍後勤補給，則我們就將陷入困境，爲此，必須快速回軍。」

「一切聽殿下調遣！」

「各位都回去準備吧。」

「是，殿下！」

在帕爾沙特準備撤退的同時，聖王天雷也接到了藍鳥騎士團和藍羽出擊不利的消息，但他已經接近了鄷陽城，儘管他心中不滿意，但是爲了鼓舞士兵士氣，他還是採取了一定措施，首先他讓藍衣眾加速前進，同時人人口唱「飛翔吧，藍鳥」戰歌，以帶動氣氛，鼓舞士氣，另一方面全力督促青年軍團加快推進速度，以儘快趕到酈陽城。

藍衣眾雖然不知道聖王下令唱歌是什麼用意，但高唱戰歌卻是人人喜歡的事情，在三天趕路中，士兵精神疲憊，士氣不高，只悶頭趕路，如今在歌聲中，他們把疲勞忘卻，精神也為之一振，用豪情壯志抒發對未來的期望，對勝利的追求。

「我是一隻小小的藍鳥，我要展翅飛翔；我是一隻驕傲的藍鳥，我要勇敢地戰鬥。讓奮飛的翅膀更加的美麗，讓鮮血染紅飛揚的戰旗，前進，驕傲的藍鳥……」

嘹亮的歌聲向四外傳出，向四野裏擴散，無論是士兵，還是百姓，都被歌聲深深地吸引，他們匯入這歌聲的海洋裏，融入在豪情中，他們把自己形容為一隻藍鳥，讓理想插上奮飛的翅膀，為了自己，為了父老兄弟，為了美麗的家園，勇敢地戰鬥，讓敵人的鮮血，染紅那飛揚的戰旗。

秦泰、維戈、雷格從歌聲響起時起就走出室外，站在大營前和弟兄們一起歌唱，他們也是熱淚盈眶，心情激動不已，聽著聖王傳出的歌聲，他們知道聖王已經原諒了自己，原諒了所有的兄弟們，並肯定了兄弟們所做出的努力，這歌聲比什麼藥都靈驗，它就是聖藥。

聖王天雷快馬來到酈陽城西門外，無數兄弟把整個酈陽城西部站得滿滿的，秦泰將軍首先跪倒施禮道：「酈陽守將秦泰拜見聖王！」

「藍羽雷格拜見聖王！」

「藍翎維戈拜見聖王！」

聖王下馬扶起秦泰，安慰地說道：「秦將軍辛苦了！」

然後，他對著維戈、雷格說道：「你們倆也辛苦了，起來吧！」

最後，聖王面向無數的兄弟們揮手致意：「兄弟們辛苦了，無痕感謝大家，感謝兄弟們！」

「聖王萬歲，萬歲，萬萬歲！」

……

「秦泰慚愧，仗沒有打好，請聖王責罰！」

聖王天雷長笑一聲，用四野裏都能聽到的聲音說道：

「酈陽城之戰，凌原兵團用二十萬人頂住聯軍六十萬兵馬，拖住敵人十五天時間，爲聖靜河北戰役的勝利贏得了時間，你們自己還有什麼不滿意，兄弟們消滅了敵人步兵二十多萬人，騎兵五萬餘人，讓射星營三萬人幾乎全軍盡沒，如此佳績，還有什麼可處罰，兄弟們，你們是藍鳥王朝的驕傲，我雪無痕的驕傲！」

帕爾沙特臉色凝重地站在大營前，目視前方，耳中一遍又一遍地響起「我是一隻小小的藍鳥，我要展翅飛翔……」的歌聲，心頭翻起了滔天巨浪，這就是雪無痕的魅力嗎？這就是那個文雅的雪無痕魄力嗎？他用什麼把士兵帶成了這樣的人，讓無數將士甘心爲了他拋頭顱，灑熱血？讓無數百姓爲他歡呼？他的心頭泛起了無數個爲什麼，他沒有找到答案，但是他知道就憑此這一點，他就不如雪無痕，今天的藍鳥軍是不可戰勝的，至少目前是如此。

聖王天雷萬萬也沒有想到爲了鼓舞兄弟們的士氣，一曲「飛翔吧，藍鳥！」戰歌，讓遠在幾十里外的帕爾沙特萌生了不可戰勝的念頭，堅定了他退軍河北的信念，促使鄽陽戰役劃上了句號。

帕爾沙特環顧左右，見有二十幾名將領在身邊和自己一樣聆聽，臉上變色，但他沒有責怪他們，只是語氣沉重地問道：「聽見了這歌聲，你們有信心戰勝雪無痕嗎？」

沒有人回答他的話，帕爾沙特一臉陰森，星智元帥見狀，忙上前說道：「如今雪無痕士氣正盛，我軍最好避其鋒，回軍河北是最好選擇！」

帕爾沙特輕哼了一聲，甩袖離去。

第十一章　展露獠牙

晚間時候，又一個快訊使到達，確認了河北的消息，堰門關、堰關城已經丟失，河北戰役結束，藍鳥軍已完全佔領了堰門關地區。藍鳥軍出動的部隊爲：藍鳥第一軍團，騎兵第十五、十七軍團，藍鳥第一軍團預備十個軍團，藍鳥水軍，藍鳥攻城營，神武營，共約八十萬兵力。

帕爾沙特得知河北的確切消息，看著手中訊報，頭腦中一陣陣發麻，雪無痕在河北出兵八十萬，目前在酈陽城一線兵力已達八十萬，西南郡、銀月洲的兵力加在一起，其總兵力已經達到兩百萬人馬，如果雪無痕已經對部隊準備已畢，那麼放眼大陸，絕對沒有那一國是其對手，看來雪無痕已經開始了逐鹿中原，爭霸天下，情況不妙啊。

目前，雪無痕已經到達酈陽城，藍鳥軍士氣大振，各部正在向酈陽城一線集結，再不撤退，就有走不了的可能，想到這裏，帕爾沙特趕緊傳令：

「命令各部立即準備，明天一早全線撤退。」

各部將領立即開始準備，近午時分，北路主帥北海明前來拜見帕爾沙特，兩個人在大帳篷內秘密協商，協調各項事宜。

這時，帕爾沙特對北海是更加拉攏，他知道要想戰勝雪無痕，只憑藉西星力量是不夠的，必須團結一切可以團結的力量，共同對付藍鳥王朝，況且，如今堰門關被藍鳥軍佔領，西星軍隊後勤補給多需要從北海轉遠或支援，不與北海明搞好關係恐怕以後將非常困難。

帕爾沙特想的倒沒錯，但在後方發生的事情他們可不知道，就在他與北海明商議的同時，遠在西星帝國，丞相星魂已經率領二十餘萬大軍越過邊境，進入到北海國境內，借助幫助其抵抗藍鳥軍騎兵軍團的名義，大軍浩浩蕩蕩，一路無阻礙的從北海全境穿過，沿途，星魂命令士兵廣築兵站，借名建立後勤補給基地，保證抵抗藍鳥軍，同時支援遠在中原的帕爾沙特王子殿下。

像星魂這樣的舉動，北海國君臣是不可能不明白其意義，但星魂也有其過人的膽識與氣魄，首先，在大軍沒有進駐北海國境界的時候，他就提前動身，拜會了北海之主北海無疆及其丞相、軍政大臣等，星魂向北海通報了堰門關丟失的消息，闡述了帕爾沙特殿下及北海明元帥目前面臨的處境，如果大軍得不到充分的補給，將有面臨崩潰的境界。

那時候如藍鳥軍出兵北平原，然後必然要征服各國，北海恐怕抵抗不住藍鳥王朝大軍的進攻，況且，在中原兵力中，北海主力部隊也在，這並不是西星一家的事情，而是兩家共同的大事情；其次，如果要保證中原補給，必須打通北海至河平城之間道路，完全清除北平原的藍鳥軍，目前，西星還是有這個能力，在堰門關方向，西星西部星沙軍團已經到達，加上星雲將軍駐守的部隊，已經達到四十萬人馬，準備重新攻取堰門關，在北方，星魂願意配合北海老元帥擊潰遠征的藍鳥軍，採取兩面夾擊戰術，重新攻佔堰門關，一旦堰門關被打通，星魂保證西星立即從北海撤軍。

北海君臣聞聽星魂之言，也是知道是目前的實際情況，經過認真分析後認爲，如果真如星魂所說，是目前最好的辦法，一旦不讓西星從北海借道，中原大軍將陷入困境，這對兩家都沒有好處，況且，西星爲了保證中原的利益，絕對不會坐視中原帕爾沙特大軍不理，如果事情說僵了，西星大有可能考慮佔領北海，那時候事情就更不妙了。

但是，如果答應了星魂的條件，一旦西星攻取堰門關後，仍然不從北海撤軍，北海將面臨國內有大量西星軍隊的境地，經過反覆的研究，北海君臣終於統一了意見，那就是儘快讓北海明從中原撤回，鞏固北海國防，如果西星如言撤回，北海無話可說，以後仍然是聯盟，否則，北海將退出北方聯盟，固守本國土。

星魂利用其膽識與魄力，以當前不利形勢，一舉迫使北海國同意西星借道出兵，並願意為其提供必要的方便條件，使星魂大喜，立即開始進軍，並在沿途修建小型兵營，囤積物資，美名是為中原帕爾沙特殿下提供補給用。

大軍順利通過北海國內，達到北平原邊界北鎮府城，與北海老元帥北海靜冥會合，同時與北蠻軍隊也合兵一處，三國大軍兵力已經達到五十萬，並積極佈置防線，準備擊潰藍鳥騎兵軍團後，向前推進。

由於三國軍隊都是步兵，所以野外與騎兵作戰非常不利，首先要採取防禦，利用地形、城堡對敵人殺傷，待擊潰敵人後再出擊，這是軍事常識，老元帥北海靜冥與星魂都是老謀深算之人，並不打算與遠征敵人騎兵對決。

藍鳥遠征軍主帥商秀也沒有攻取北鎮府城的打算，攻擊前進只是為敵人施加壓力，盡可能破壞敵人的一切物資，多一分是一分，眼看著逼近北鎮府城，商秀看時間差不多了，命令部隊休整半日，然後整個騎兵成半弧線型轉了個半圈，向南而回。

從出兵堰關城到如今，時間已經過了半個多月了，按照原先計畫，商秀已經超出了計畫一日路程，這並非商秀違反作戰計畫，而是由商秀自己掌握戰場的情況見機行事，聖王天雷既然把出兵北平原的事情交給了手下，就沒有必要事事都管，給予手下將領放心施爲是他一貫作風。

啇秀將軍出兵北平原西部，一來一往，把河北平原如鐵犁一般耕了兩遍，造成北方聯盟巨大經濟損失，他攻擊兇狠，速度極快，進退如風，沒有給對手留下任何時間，本身軍隊損失極輕，並於五月二十八日安全到達凌川城，與藍鳥第一軍團重新會合。

凌川城經過藍鳥第一軍團十三天打擊，損失慘重，城牆上大城垛幾乎被投石車轟平，城門前的護城壕溝已經被藍鳥軍填滿，城門樓上一片狼藉，幾乎全部倒塌，在城門處藍鳥軍攻擊車的痕跡隨處可見，城上士兵減少一半以上，而且各個疲憊不堪，要不是星連驚人的毅力使士兵們還能看到一絲希望，整個凌川城也許就放棄了。

凌川城距離河平城有六百餘里，駐守河平城的大將星海不是不想支援凌川城，他也有自己的苦衷，目前堰門關已經丟失，凌川城受到藍鳥軍的攻擊，六百路距離內情況不明，藍鳥軍騎兵神武營徘徊在外，隨時有伏擊自己的可能，他不敢輕舉妄動，而且，他一定要穩定河平城，保證帕爾沙特王子殿下的退路，使其安全渡河，不然，大軍一旦有失，會使帕爾沙特殿下陷入絕境，所以自己只好咬牙忍痛，眼睜睜地看著凌川城受攻擊。

好在一直沒有得到凌川城淪陷的消息，星連將軍雖苦苦支撐，但仍然有些挺不住了，使星海將軍一直感佩不已，只要他和星連支撐至帕爾沙特安全回軍，就是大功一件，餘事都等帕爾沙特殿下回來再說。

星海將軍一面苦苦等待，一面採取措施把部隊嚴密地部署在河平城渡口，加強防衛，保證其安全，另一方面命令不落城的人員準備撤離，在帕爾沙特殿下到達時沒有後顧之憂，從這幾個命令上可以看出星海也確實有過人之處，帕爾沙特讓他主持後方，也真是選對了人了。

河北平原動盪不安，戰火四起，北蠻人不可能不知道情況，消息首先傳到了北蠻主蠻龍手裏，他也是一代梟雄，立即分析情況，考慮今後戰局，得出的結論就是他自己也大吃一驚，西征的帕爾沙特與北海明很快就會回軍河北，穩定後方，為重新打通堰門關而努力，而不落城內北方聯盟勢力將完全由北蠻人來承擔，他不願意看到這種情況，立即把消息傳到不落城內的蠻彪、蠻豹手裏，命令二人隨時準備撤離，把不落城內的物資全數運往河北，準備後事。

蠻彪、蠻豹兄弟接到消息後，也認識到了事態的嚴重性，不落城目前已經沒有什麼物資了，好東西早就運出，剩餘的也只是些沒有人要的東西，但北蠻人歷來就貧窮落後，不落城儘管沒剩下什麼好東西，但對於北蠻人來說，還是有用的東西多，最起碼西星、北海、映月出征後留下的城西、城北部還有些好東西，儘量掠奪就是。

北蠻士兵大量湧入不落城西、城北一代，掠奪一切可以掠走的東西，這樣一來，多少就會越界限進入城南一帶，進入南彝及東海聯盟勢力範圍內，起初只是小型的越界，但時間長了，北蠻人見南方聯盟沒有什麼動作，膽量漸漸增大，人也越進越多。

起初，南彝和東海聯盟並沒有把北蠻人掠奪當成一回事，反正那些東西他們也沒有什麼用，但隨著時間推移，南方聯盟感到事情不對了，北蠻人瘋狂掠奪，並立即運出城，三天後，探馬傳來消息，河北堰門關被藍鳥軍佔領，一時間情況大變。

東方闊海與彝雲松都非等閒之輩，像這樣影響大局的事件有著其重大的戰略意義，兩個人見機會來了，忙互相約見，商議對策，討論中原今後的戰局走向。

參加會議的有東海聯盟的東方闊海、漁于飛雲，長空飛躍、司空傲雪以及東方秀、長空旋等東海六大公子，南彝參加會議的有主帥二王彝雲松、百花公主彝凝香以及各洞主土司，會議在城南大營彝雲松帥府內舉行，由彝雲松、東方闊海兩人主持會議。

首先由彝雲松說道：「各位，根據可靠消息，藍鳥軍在五月一日前後出兵佔領了聖靜河北的堰門關一帶，造成河北兵力空虛，北平原戰火四起，雪無痕大有掃平北部平原的氣勢，目前在京城一帶，形勢對我們極爲有利，各位可談談各自的想法！」

東方闊海也接著說道：「帕爾沙特率領三國聯軍三取嶺西郡，所部一百一十萬大軍被阻礙於酈陽城前，藍鳥軍團凌原兵團秦泰部在藍羽協助下，組成起四道防線，血戰多日，雖然被帕爾沙特聯軍突破兩道防線，但是，雪無痕利用這段時間北出聖靜河，搶佔堰門關，切斷其後路，目前帕爾沙特進退兩難！」

他笑呵呵地看了眾人一眼，接著說道：「如果帕爾沙特不回軍河北，勢必要面臨後勤補給不足的困難，而且，必須與藍鳥軍連續作戰，而雪無痕正是看中了此點而斷其退路，迫使其退軍，一旦帕爾沙特不退，嶺西郡將依靠緊密的防禦，與敵人打消耗戰，藍鳥軍盡戰地利、人和，相信聯軍支持不了多久，而帕爾沙特一旦退軍河北，則中原西方將盡歸藍鳥軍所有，帕爾沙特及北方聯盟只好佔據北平原了，中原三足鼎立已成，呵呵！」

彝雲松接過話說道：「目前京城不落城一帶我方形勢極其有利，帕爾沙特自顧不暇，只有北蠻人的三十萬部隊，想我南方聯盟百萬大軍對付北蠻是必不成問題，如果我們不及時拿下不落城，等到雪無痕利用帕爾沙特退軍之機揮軍東進，那時候，我們就要面臨與藍鳥軍爭奪勢力範圍的情況。」

東海六公子年少氣盛，在座的都是自己的長輩，沒有什麼可怕的，況且，在百花公主和彝雲松面前施展才華，也是一個重要的機會，所以，東方秀首先開口說道：

「雪無痕北越聖靜河，東與帕爾沙特交戰，西部銀月洲驚雲部不穩，兵力已經有限，況且無論是越河作戰還是酈陽城防線的防禦戰，必定要有所損失，東進實力必將不足，但他也會盡可能地爭取最大的利益，如果我們不取是必將盡落其手，不落城我們是一定不會放棄，所以只有與北蠻人交戰，以佔領不落城爲上策！」

東方闊海看著兒子滔滔不絕地說完，甚表滿意，然後長空旋又站起，他侃侃而談道：

「雪無痕以宏大的戰略構想、不計局部得失而技高帕爾沙特一籌，爲三足鼎立奠定了基礎，可惜其兵力畢竟有限，目前還沒有東征的實力，但是，我們絕對不可輕視藍鳥軍，如果讓其坐大，以後我們將面臨巨大困難，所以，該取的利益我們是一點也不能放過，必須先取到手，然後穩固秀陽城、錦陽城一帶防線，遏止其東進，把他困守在嶺西地區。」

漁于飛雲聽見兩人說完，連連點頭，並對兒子看了一眼，漁于存望明白父親的意識，忙接過長空旋的話說道：

「目前我們還不易與藍鳥軍開戰，那就是幫助了河北的四國聯盟，雪無痕無論如何還是較弱的一方，打擊強者是我們的宗旨，給予北蠻人以重創有利於提高我軍的士氣與威望，更有利於不落城一帶的穩定，使北起聖靜河、西起錦陽城、秀陽城一線盡歸我方勢在必行。」

東方闊海呵呵大笑，對小一輩有如此才華感到驕傲的同時也深表滿意，他看著彝雲松，臉上儘是得意之色。

彝雲松聽東海六公子中三人如此分析當前大勢，深表滿意的同時，也不禁深看自己的侄女兒彝凝香一眼，但這一眼，卻看出了毛病，他輕咳了一聲。

在座的人也許沒誰認識雪無痕，對他瞭解不多，但彝凝香深知雪無痕就是天雷，天雷就是雪無痕，嶺西郡的聖王，藍鳥王朝的藍鳥王。這次帕爾沙特率領百萬大軍西征嶺西郡，她本來還在爲天雷擔心，同時也想看看熱鬧，到底是雪無痕行，還是帕爾沙特厲害，在她的想法中，大戰至少要半年才能結束，天雷和帕爾沙特必將兩敗俱傷，誰也占不了絕對上風，從前幾天傳回的消息，帕爾沙特突破酈陽城外兩道防線，大家深深地對帕爾沙特用兵感到欽佩，不想幾天時間，形勢大變，聖王天雷一面抗擊帕爾沙特的進攻，另一方面卻攻其必救，迫使其退軍千里，其宏大的戰略構想實在不是他們所能預料，想到天雷的種種，她不由得癡了。

聽見叔叔的咳聲，百花公主回過神來，環視一看，周圍眾人都在看著她的臉，百花公主確實非常人可比，這時候顯示出玲瓏的心智，她雖臉色羞紅，卻趕緊說道：

「剛才我想事情入神了，讓各位見笑，但是，我想雪無痕的心智確實非同尋常，視帕爾沙特百萬大軍如同無物，以一招之勢就取得嶺西郡這次作戰的完勝，實在是太精彩了，各位請想，無論帕爾沙特採取什麼措施，最後的結果只有一個：退軍河北。」

她頓了一頓後又說道：「各位長輩也許不認識雪無痕其人，天雷就是雪無痕，雪無痕就是天雷，他在東部戰區時的手段，相信大家都還沒有忘卻，其神鬼莫測的能力，相信各位都有很深的印象，文嘉將軍能把幾百萬百姓帶往嶺西，憑藉的就是雪無痕的智慧，所以，無論我們採取什麼行動，前提只有一個：快，否則，我們也許就什麼也撈不到了。」

東方秀深吸了口氣，臉色凝重地對彝凝香說道：「公主說雪無痕就是天雷，此話當真？」

百花公主鄭重其事地點頭道：「一點都不錯，天雷正是雪無痕，雪無痕正是天雷，我也是大感意外，不過消息絕對可靠。」

東海六公子騰地站起，東方秀仰天長笑道：「好你個天雷，好你個雪無痕，東海六公子輸在你的手段上不冤枉，我們必還有一戰，我們就看看你還有什麼手段。」

長空旋臉色鐵青地說道：「天雷不愧是雪無痕，先出東海，後勝北方四國聯盟，帕爾沙特今天也輸在你的手上，真是好手段，哼，東海六公子必雪此辱！」

「對，我們一定要擊潰天雷，以雪當日之恥辱！」司空禮等人也連忙發誓。

東方闊海對於天雷，始終視爲是塊心病，今日聞聽天雷就是雪無痕，十分重視，天雷在東部戰區時盡耍手段，讓東海聯盟顏面盡失，但不論如何，天雷的手段還是厲害，想報昔日之恥辱，可要小心再小心。

當下，東方闊海說道：「既然我們已經對雪無痕有瞭解，大家就必須小心謹慎，以防被其所趁，雲松，你看在不落城一帶，我們是否要儘快採取行動？」

「東方大哥，我看我們必須要快些，在帕爾沙特退軍前解決不落城事宜，對北方四國痛打落水狗，讓其不得翻身，然後我們才能全力對付嶺西郡的雪無痕。」

「好，事情就這麼決定了，兩天後我們動手，飛雲、傲雪，你們還有什麼意見嗎？」

「大哥，我們沒什麼意見，一切由大哥和雲松兄做主就是！」

「好，既然如此，事情就怎麼決定了。」

眾人離去，只見百花公主悶悶不樂，彝雲松問道：「香兒，爲什麼如此悶悶不樂，有什麼心事？」

「叔叔，對付北方四國聯軍，只要下定決心即可，但是，對付雪無痕，東海之人恐怕非其敵手，天雷有神鬼之才，非我們可敵，叔叔一切須小心行事，不可有絲毫魯莽，否則後果不堪設想。」

經過幾件事情，彝雲松對這個侄女印象大變，知道其多有才華，不再是一個小女孩了，所以對她的話十分重視，見百花公主如此說法，也感到藍鳥軍的可怕，所以點頭答應道：「我會小心，香兒，妳放心吧。」

「叔叔，你可千萬記住啊！」

「是！」

帕爾沙特無論如何也沒有想到，堰門關的丟失，引發了一連串的反應，就是南方聯盟如今也在背後插上一刀，使其退路被斬斷。

「堰門關戰役，拉開了聖皇帝天雷・雪爭霸中原的序幕，而河北戰役的勝利，爲藍鳥王朝走出困境奠定了基礎。」

聖王天雷進入酈陽城，極大地鼓舞了藍鳥軍的士氣，軍民一致，歡呼、歌唱，使整個酈陽戰區頓時形勢大變，就連風雲也開始變色。

從下午起，天就漸漸地陰沉，朦朧中有大雨來臨的跡象。雖然已經進入了春季，但今年春天還沒有下過一場雨，對於農民來說，播種非常不利，這場春雨的到來，便可及時緩解春播生產。

但是，春雨對於交戰雙方來說，憂喜各半。春雨固然對藍鳥軍形勢有利，但其強大騎兵就無法很好地發揮機動力，對戰局有一定的影響；對於帕爾沙特來說，春雨雖然使步兵撤退困難重重，但能限制藍鳥軍的騎兵也是一件喜事，不管怎麼說，帕爾沙特心中愁苦，百箭穿腸。

果然，天黑後，天空中開始下起了稀啦啦的小雨，半夜後逐漸轉大。天空中雷電交響，風雨交加，雨時大時小，一夜沒停，天亮後才漸漸的小了下來。

聖王天雷坐鎮在酈陽城府內，手下軍團長以上的將領多數都在，從午後開始，聖王等人就注意到了天氣的變化，大多數人心頭歡喜，喜形於色，聖王看在眼裏，心中感歎不已。

大雨固然對聯軍撤退十分不利，但對於藍鳥軍來說也未必是好事情，但人力豈可逆天，只好順其自然。

在聖王天雷的心中，對於整個戰局早有一個統籌安排，大雨只能說是對酈陽一帶有利，對於其他方面則未必，但這話他不能說，以免掃大家的興，如今將士一番苦戰，能有這樣的心態，他已經是求之不得了，哪能再苛求。

大將軍維戈看出聖王情緒低落，不斷地沉思，知道想必是爲這場大雨的來臨而擔心，忙轉移話題，他對著聖王說道：「聖王，你看帕爾沙特會立即撤退嗎？」

聖王天雷提了提精神，見大家都在看著自己，忙回答道：「如果是我，必然趁機撤退，迅速回軍河北，大雨雖然不利於大軍行動，但它於雙方都是一樣。」

維戈笑道：「既然大雨對雙方都是一樣，我們就看看與帕爾沙特誰的耐力強，再消滅他一部，形勢就對我們有利多了。」

雷格接過話：「是啊，大雨雖然對騎兵行動不利，但草原騎兵對這點困難還沒有放在心上。」

秦泰有些不好意思地說道：「聖王，我們凌原兵團願意爲前軍，再戰聯軍。」

聖王天雷聽見眾人七嘴八舌地議論及請戰，雖然心頭滿意，但他還是搖了搖頭，接著說道：「既然春雨來臨，大戰形勢已經出現微妙的變化，再墨守以前的計畫，已經不適合當前的形勢了。」

維戈聽出他的話意，忙問道：「聖王，你有新的打算了？」

聖王天雷略微沉吟了一下，然後說道：「春雨來臨，必然加快了帕爾沙特回軍的決心，但對於雙方都沒有什麼好處，我軍騎兵不能有效機動，而利用步兵對其作戰，必然會造成兩敗俱傷，如今我們還沒有必要進行決戰，所以，在戰略上必須考慮下一步的行動。」

維戈聽到此處，忙問道：「聖王，第二階段要展開嗎？」

「我想是的。酈陽方向既然不能再起到什麼大的作用，大軍留守實無必要，老天既然幫了我們，我們就要利用。第二階段戰略馬上展開，這才是我們應該做的。」

眾人誰也沒敢再說話，聖王天雷站起身來，在室內轉了幾圈，然後說道：「風揚，地圖！」

風揚立即把地圖鋪在桌上，聖王看了看，然後說道：「傳令平原兵團停止前進，原地待命。」

「是！」

「各位，如果兩天內帕爾沙特退軍，我軍將立即展開第二階段的行動，新月兵團立即準備行動，藍羽稍後也要展開，鄺陽方向則只剩下青年兵團、凌原兵團和第二、三、四軍團以及騎士團，各位要心中有數。」

看著眾人仔細聆聽的樣子，他接著說道：「北路青年兵團保持原有的態勢不變，中路仍然由凌原兵團主持，南路則由第二、三、四軍團接收平原兵團留下的空缺，由格爾、里斯、衣特共同主持事務，騎士團和藍衣眾為預備隊。」

眾人轟然站起，齊聲回答：「是！」

聖王輕拍了下手，讓大家坐下，然後接著說道：「由現在起，成立南方面軍和東方面軍，南方面軍由維戈任主帥，兀沙爾、溫嘉為副，具體行動計畫由維戈找風揚參謀官領取；東方面軍由雷格任主帥，尼可、里騰、烏拔為副，亞文為參謀長，具體行動計畫由雷格找風揚領取。」

維戈和雷格立即站起身來，大聲說道：「是，聖王！」

「雷格！」

「在，聖王！」

聖王天雷緊緊地盯著他，眼中暴射出凌厲的光芒，他緩慢而又力地說道：「雷格，東方面軍責任重大，關係全局，你一切行動要小心，我特意說明兩點，第一，維戈有節制東方面軍的權力，第二，參謀長亞文有權接管東方面軍，你要小心行事，我不想看到這樣的結果。」

雷格臉上冒汗，但仍然大聲說道：「是，聖王。」

聖王天雷聽見雷格的話，然後柔聲說道：「雷格，大哥不是不信任你，但你性情暴烈，行事魯莽，一不小心就會使全局陷入被動，一切要多聽亞文的建議，與各位副將軍協商，然後才做，大哥把東部戰局交給你，又是高興，又是擔心，你可不要讓我失望啊！」

「是，我明白。」

「亞文！」

「在！」

「亞文，東部戰區作戰的重要意義我不說你也知道，一切要小心行事，穩妥進行，不勝我們可以退回另想辦法，但千萬不要孤注一擲，我把你安排在藍羽，就是要發揮你冷靜的特長，要把全戰局放在第一位，托尼不在這，你們兩人要協助好雷格，把事情做漂亮點。」

「是，聖王，亞文明白！」

「雷格有自己的長處，但也有很多缺點，你要時時提醒他，不要讓他冒險，在必要的時候，你可採取必要的措施，接管東方面軍，這是我給你的權力，你要記住：洞察全局，攻敵必救，穩固後方，站穩腳跟。」

「多謝聖王信任，亞文必將盡全力協助雷格主帥，使東海囊括在王朝之下，如事情不如意，亞文必勸主帥退軍南部，另圖他謀。」

「好，你能說出如此的話，我就放心了。」

「謝聖王！」

「好了，逐鹿中原就要拉開序幕，一切只有順從天意，祝各位建立不世奇功，名垂青史，讓後世子孫代代相傳！」

「聖王英明，藍鳥軍天下無敵，必將囊括四海，平定八荒，建立萬世基業。」

聖王天雷擺了下手，說道：「大家都坐吧，自己兄弟，以後就不用說這些了，只要我們團結一心，中原就是我們的。」

第十二章　南北混戰

第二天一早，風揚就等候在門外，聖王見風揚在等待，問道：「風揚，什麼事？」

「聖王，帕爾沙特連夜拔營，冒雨後撤，大軍已經退了二十餘里，陣形嚴密，行動緩慢。」

「真不愧是帕爾沙特，讓他先走走也好，告訴各部暫不要動，雨天行動沒這個必要，帕爾沙特走不了多遠。」

「是！」

用過早飯，眾將領來到帥府內，大家都聽到了帕爾沙特後撤的消息，過來詢問是否追擊的事情，見聖王沒什麼動靜，不敢驚動，都在等候。

聖王天雷來到大廳，見大家都在，忙讓坐下，然後說道：「帕爾沙特連夜拔營，行事果斷，但天氣對大家都十分不利，先休息一天。」

「是！」

「楠天！」

「聖王！」

「明天一早，天氣轉晴後，你率領藍衣眾去送送帕爾沙特，記住：一擊即走，不斷纏繞，疲勞敵人，不可硬拚。」

「明白！但是聖王，藍衣眾出去後，你身邊……」

「不用多說，我們還有騎士團，暫時我到那去。」

「是！」

「各位，如今帕爾沙特首先退軍，估計不會有反覆的可能，就是有反覆也沒什麼，我軍以騎兵纏繞，步兵保持距離，一旦發生變化還有準備時間。」

「維戈、兀沙爾！」

「在！」

「你們二人也是明早出發，率領新月兵團南進，會合平原兵團後直奔寧河城，在下月三十日發起聖寧河戰役，首先由溫嘉在河南開始，河北等待命令。」

「是！」

「藍羽要晚些走，另外雷格，大草原補充的十萬騎兵已經達到通平城，藍羽騎兵總兵力達二十二萬人，足夠你用的了。」

雷格忙站起，滿臉的高興，他激動地回答：「太好了，聖王，藍羽要等待嗎？」

「那倒不是，鄺陽方向兵力一下子減少許多，會引起敵人的懷疑，另外騎兵速度快，晚走幾天也沒有什麼，你部三天後出擊，也送送帕爾沙特，然後由藍鳥騎士團接替，才能南進。」

雅藍、雅雪姐妹也忙站起：「是，聖王！」

「好了，維戈、兀沙爾，你們準備吧，晚間我爲你們送行，各位晚上都過來，熱鬧熱鬧。」

「是！」

帕爾沙特王子殿下臉色蒼白，一臉的病容，從昨天起，他就身體不適，發高燒，但他強打精神，仍然命令部隊連夜撤軍，眾將都勸他等等，讓他身體稍微好些再走，但帕爾沙特沒有答應，他說如今天氣陰雨綿綿，正是大軍後撤的好時機，敵人騎兵不利於行動，只要步兵脫離一段距離，全軍是比較安全的。

眾將領也明白這是事實，只是關心他的身體，既然殿下有命令，大軍只好執行。在午夜剛過，大軍就開始行動，冒著綿綿的細雨，悄悄後撤，等斥候把消息傳到鄺陽城內時，天色大亮，聖王天雷見既然敵人已經撤退了，就索性再休息一天。

從第三天開始，藍鳥軍騎兵就不斷地出現在聯軍的視野裏，帕爾沙特躺在衛隊抬的簡易擔架上，得到報告，知道是藍衣眾出擊，心下高興。

星智見帕爾沙特有些歡喜，心中奇怪，忙問其故，帕爾沙特說道：

「藍衣眾是雪無痕身邊的衛隊，這次由藍衣眾打頭陣，說明藍鳥騎士團和射星營交戰損失重大，藍羽部也必有損失，所以雪無痕才派出藍衣眾來，告訴各位，不用管他，注意警戒，繼續後撤。」

星智大喜，把帕爾沙特的話傳了出去，各部精神頓時一振，行動加快。但是，藍衣眾可不是一般的部隊，他們以各營為單位，發動襲擊，來去如風，一沾即走，少量地殺死敵人士兵，在四周圍盤旋不去，聯軍由於沒有多少騎兵，不敢出擊，眼睜睜地看著藍衣眾縱橫馳騁，沒有好辦法，士兵個個提起精神，加速前進。

三天後，藍衣眾消失不見，但出現在聯軍眼中的是藍羽騎兵軍團，規模比藍衣眾要大許多，偷襲一波接一波，連續不斷，士兵早已經疲勞過度，但還得打起精神，帕爾沙特看這樣也不是辦法，把整個戰車排在大軍的左右及後部，騎兵殿後，提早休息，保持士兵體力，這樣一來，速度就慢了下來。

藍羽騎兵軍團騷擾了四天，聖王與藍鳥騎士團的戰旗又出現在聯軍的視野裏，藍衣眾緊緊地拱衛著聖王，左有藍羽，右有藍鳥騎士團，整個騎兵陣形嚴密，聲勢浩大，滾滾而來。

帕爾沙特身體好了許多，在這關鍵的時刻，他以堅強意志戰勝了病魔，站了起來，使整個大軍士氣大振，精神頓時提高了一個層次，他遠遠地見到了藍鳥軍的陣容，深吸了口氣，如果不是自己英明果斷，早一點時間撤退，使藍鳥軍步兵沒有跟上來，否則，情況就大不一樣了，他傳令各部小心，繼續保持撤退的陣形，穩步後撤。

這幾天，帕爾沙特每天都能得到河北的消息，堰門關、堰關城丟失，敵人在河邊駐城，藍鳥騎兵第十五、十七軍團北上，凌川城受到敵人第一軍團的攻擊，河平城出現敵人騎兵神武營等等壞消息，使他都麻木了，如今帕爾沙特什麼都不去想，反正敵人已經越過聖靜河，怎麼折騰他都使不上勁，自己何必管他，帶領手中這八十萬人馬撤回河北才是當前的首要任務，同時也有好消息傳來，國內已經調集星沙軍團東進，配合星雲攻擊堰門關，從北海出兵的事宜正在協商，使他感到事情還沒有到最壞的地步，凌川城一直沒有失守，星連還挺得住第一軍團的攻擊，這就是他的機會，目前是加快北撤。

如今在聖王手中唯一完整的兵團是青年兵團，由於越劍部沒有與北海明發生大規模戰鬥，幾乎沒什麼損失，只要青年軍團到位，步兵就達到四十餘萬人，配合騎士團、藍衣眾近十萬人馬，可以建立起西部防線，目前緊緊抓住帕爾沙特也只不過是個空架子而已。

但帕爾沙特確實也不敢與藍鳥軍再作戰，平原兵團、新月兵團三十四萬人馬在後方休整，一旦交戰必然會投入戰鬥，況且藍鳥軍騎兵佔據優勢，他如今面臨後勤斷絕的險境，實在不容他再停留在嶺西地區，只有全軍撤退至河北再說。

聖王也是緊緊抓住帕爾沙特這個心理狀態，才敢把平原兵團和新月兵團調離南下，展開第二階段的戰役。

兩天後，藍羽悄悄後撤，整裝南下，到寧河城與藍翎會合。

聖拉瑪大陸通曆二千三百九十三年、藍鳥王朝新曆元年五月二十六日，河北四國聯軍主帥帕爾沙特王子殿下率領八十萬西征大軍後撤至錦陽城西兩百里處，忽然接到京城不落城大亂的消息，當下心中震怒無比，大罵南方聯盟背信棄義，違背當初他西征前的承諾，全面撕毀穩定不落城的協議，但是，無論他如何震怒，當前的形勢卻擺在眼前，對他十分不利，如果他再率軍向不落城方向撤退，一旦南方聯盟軍隊與藍鳥軍前後夾擊，他率領的軍隊大有崩潰的危險，帕爾沙特當機立斷，轉而向北進發，提前從河平城以西地區渡河，同時命令錦陽城、不落城的人員撤離，派出人員秘密接觸雪無痕，把錦陽城交給他，讓藍鳥軍在不落城一帶與南方聯盟交戰，以爭取有利的形勢。

聖王天雷率領藍鳥軍一路跟隨帕爾沙特大軍東進，用不斷騷擾的戰術和麻雀戰打擊敵人，保持軍隊的實力，一路來到錦陽城西部地區，前鋒與帕爾沙特保持接觸，大軍距離始終在三十里左右，不主動主力決戰。這天接到帕爾沙特派出的使者，要求就錦陽城一事進行協商，聖王明白是京城不落城的動亂使帕爾沙特陷入困境，同時對南方聯盟產生憤怒，要把錦陽交給自己，讓藍鳥軍與南方聯軍爭奪不落城，無暇北顧。但他豈是好對付的人，帕爾沙特把錦陽城白送給他，當然樂意接收，至於不落城的情況，以後再說，他心中早就另有打算，所以派出風揚與使者談判，準備接收錦陽城。

帕爾沙特提出的條件非常簡單，保證錦陽城的五萬守軍安全撤離，然後無條件地把錦陽交給藍鳥軍隊。聖王當即表示同意，命令前鋒與帕爾沙特部脫離，保持監視，停止一切攻擊，接收錦陽城。

帕爾沙特得到喘息時間，大軍迅速北進，六天的時間，來到聖靜河邊，河平城的主將星天已經在城西搭建了五座浮橋，帕爾沙特站在河南岸，眼看著大軍源源不斷地渡過聖靜河，淚如雨下。七年的奮戰，心血付之一炬，如今河南地區全部喪失，河北平原一片混亂，還要他重新收拾殘局，重整旗鼓，但是，雪無痕已經強大了起來，再有二三年的時間，逐鹿中原，就不知道主落誰手了。

在帕爾沙特傷心落淚的同時，聖王天雷在藍衣眾的保護下已經進入錦陽城，藍鳥騎士團在城北地區監視帕爾沙特動靜，聖王沒有對帕爾沙特渡河的軍隊發起攻擊，一方面是他兵力不足，另一方面也就大度一些，青年兵團距離帕爾沙特部還有一天的路程，凌原兵團要支撐錦陽城，第二、三、四軍團要監視秀陽城南方聯軍的動靜，只是藍鳥騎士團是機動部隊，對帕爾沙特造成不了什麼實質上的傷害，徒增傷亡，就放帕爾沙特渡河算了，目前，藍鳥軍要全力轉入休整，監視不落城的動靜，按兵不動，等待西南維戈的消息。

目前，不落城裏已經是一片混亂，南方聯軍與北蠻人在城內展開了血戰，血肉橫飛，雙方死傷都超出了五萬人，規模大有增長的跡象。

幾天前，南彝公主彝凝香上街，被北蠻軍隊調戲，衛兵當即將北蠻士兵斬殺，逃跑的士兵轉告了蠻彪，主帥蠻彪當即大怒，出兵力找南彝算帳，被南彝軍與東海六公子合力殺退，轉而進行了大戰。

蠻彪也不想想，百花公主上街，北蠻士兵或許不認識百花公主，言行上有些失禮，但自己理虧就算了，還出動軍隊報復，這下南方聯軍不幹了，侮辱南彝公主就是對南彝國的侮辱，對南方聯盟的侮辱，南方聯軍抓住此理，當即展開血殺，東海六公子剛剛得到雪無痕大勝利的消息，心情正不愉快，這時候出現這樣的事情，當時就火了，在南彝的配合下，對北蠻士兵展開了報復，人越殺越多，等到蠻彪意識到事態嚴重的時候，事情已經一發不可收拾了。

其實這是南方聯盟做好的圈套，硬往蠻彪脖子上套，繩鎖已經拉緊，說什麼也沒有用了，唯一的辦法就是血戰，看誰最後勝利，佔領整個不落城，這是大方向，至於細節問題，南方聯盟的幾位主帥才不管那麼多，只小一輩的殺就是。

南方聯盟大軍一百一十萬人，陳兵在不落城地區，只南方城裏城外就達八十萬人馬，又有意拉開事端，早有準備，北蠻人當即損失重大，目前已經不是理論誰是誰非的問題了，蠻彪顯然也認識到了這一點，主要目的是廝殺，當下投入的部隊越來越多，雙方殺紅了眼睛，規模越來越大。

北蠻人儘管強橫，但巷戰顯然不適應，加上南方聯軍人多，所以漸漸落入下風，蠻彪這時候也認識到如再不撤離，三十萬人將有被南方聯盟殺盡的可能，在損失兩個軍團後，北蠻人開始準備撤離。這時候正是帕爾沙特抵達聖靜河邊的時候。

南方聯盟的目的也是在此，如今藍鳥軍已經開始進駐錦陽城，事情越來越不妙，必須加快速度，搶時間，穩定不落城的形勢，否則雪無痕一旦進軍，就有與北蠻人兩面夾擊自己的危險，所以投入的軍隊越來越多，蠻彪終於支持不住，下令開始撤退，幾乎與帕爾沙特渡河的同時，北蠻人的先頭部隊也在河平城東地區開始了涉水渡河。

南方聯軍抓緊一切時間開始穩定不落城的形勢，調整軍隊部署，加強防禦，好在雪無痕已經在錦陽城停止了腳步，得以喘息時間。

帕爾沙特率領河北聯軍撤退河北，使中原形勢驟然間大變，大陸形勢悄悄地在轉動，向著藍鳥王朝有力的方向發展，而藍鳥王卻在錦陽城悠然地整軍休整，一副安然自得的樣子，卻不知整個大陸已經翻起了滔天巨浪，浪頭越來越高。

聖拉瑪大陸通曆二千三百九十三年、藍鳥王朝元年五月三十日，西南郡忽然出兵聖寧河南岸，大軍在主帥溫嘉的率領下，以兩個騎兵軍團爲前鋒，兩個步兵軍團爲後部，短人族戰斧團五萬人配合，向河南各城展開了瘋狂的進攻，騎兵快速越過城市向前推進，後軍步兵在攻城部隊的配合下，逐城爭奪，穩固佔領，絕非以往出兵的架勢，南部形勢驟然緊張。

六月四日，藍翎主帥維戈出兵聖寧河北，大軍陣容強大，藍翎、藍羽、新月戰旗飛揚，幾十萬騎兵、步兵只用了短短的一周時間就推進至南郡的原城地區，忽然停止了攻擊，偃旗息鼓，全線轉入防禦。一時間風雲變色，血肉橫飛。

六月五日，西星帝國以星沙兵團爲主力，四十萬大軍向堰門關發起了攻擊。前鋒大將星天冒死進攻，二次無效果，但大軍並沒有氣餒，仍然保持攻擊勢態。

六月八日，藍鳥軍攻克秀陽城，不落城以西地區防線形成。

六月十日，帕爾沙特王子殿下率領八十萬大軍向凌川城進發，拉開了攻擊堰關城的序幕，河北堰門關第二次戰役開始。

藍鳥王朝再次掀起波瀾，在兩河地區發起大規模的戰爭，致使各國刮目相看，重新估計藍鳥軍的實力。南彝帝國在得知聖寧河南部地區失守後，立即派人瞭解情況，並迅速集結部隊增援，而遠在京城不落城內的彝雲松，萬萬沒有想到藍鳥軍這麼快就採取了行動，並且是針對自己，在得知聖寧河兩岸危急後，急忙回軍，挽救自己的後路。

藍鳥王朝南方面軍主帥維戈在酈陽城得到聖王天雷的命令，與新月兵團主帥兀沙爾出發，十四萬新月士兵和二千藍翎衛一路向南，踏著泥濘的道路，艱難前進。小雨雖然已經停下，但道路卻格外的不好走，幾年來，西部地區戰亂，百姓大都進入嶺西地區，這一地區人煙稀少，路久荒蕪，在雨水的衝擊下，格外的泥濘。

但是，無論是新月士兵還是藍翎衛的將士，都對勝利充滿了信心。這次酈陽城戰役，聖王親臨前線，士氣大振，到現在還沒有低落，彷彿藍鳥軍是無敵的，而新月士兵第一次參加行動，就得以配合藍翎作戰，顯示出聖王對他們信任有加，感激不已，特別是兀沙爾，如今是藍鳥王朝內五位元帥之一，地位還在維戈之上，榮耀無比，這些，都是他們的驕傲，對聖王的信任，已經達到了崇拜的地步。

兀沙爾看著自己的子弟兵情緒高昂，非常滿意，不時地流露出笑容，大將軍維戈這次能與兀沙爾並肩作戰，也是興奮不已，兀沙爾名揚四海，是一代名將，如今轉戰聖寧河地區，對自己的幫助非常大，顯示出聖王對南部地區的重視，同時，維戈也想向兀沙爾多多學習，提高自己的經驗，增長閱歷。

平原兵團接到聖王的命令，在酈陽城南百里處紮營，等待命令。主帥托尼首先接到了聖王的秘令，知道要發起第二階段的戰役，忙命令士兵加緊休息，調整士氣，做好一切準備。

平原兵團受命加入東方面軍，遠征東海，托尼作爲主帥是瞭解的，所以早就知道藍羽雷格是自己的主帥，但先來的卻是藍翎主帥維戈，出乎他的意料，但不管是雷格也好，維戈也好，他都是能夠接受，自己的才幹實在與這兩個年輕人有所不同。

但是，托尼畢竟也是大將軍軍銜，與維戈平級，好在維戈可以節制藍羽，也算是他的長官，接到人後，忙與維戈、兀沙爾見禮，兩個人一個是長官，一個軍銜比自己高。

維戈在平原兵團處休息一夜，第二天率軍南下，以軍團爲單位，一路上拉開距離，浩浩蕩蕩，想隱藏蹤跡都難，但平原兵團還是收起了旗號，默默南進。

軍團長嘉萊、嘉興、亞術不知道整個戰略部署，看見大軍一路向南，心中疑惑，問了一次兵團長托尼，也沒有得到結果，只好悶在心裏，同時也明白這是一次重大的軍事行動，長官既然沒說，就沒有讓自己知道的道理，從此不再問，默默地率領軍隊南進。

經過半個月長途跋涉，南征軍五月底到達寧河城，大軍轉入休整狀態，八百里的路，也實在把士兵累得夠嗆。但是，不久後，平原兵團部隊就開始了補充，首先是重裝備全部剝離，破損的武器全部更換，弓箭等成批地運入，其次開始有了攻城部隊，但這些攻城部隊的裝備卻不一樣，投石車小巧，攻城車全部爲組裝型，全部卸下，裝載運輸的車上，而後勤部隊全部爲馬隊，從大草原運來戰馬在這裏卻成爲運輸的牲口，馱著的物資全部打包，決不與其他部隊的物資相混合。

有經驗的老士兵懂得這是長途行軍的裝備，但他們不知道要去那裏，只有服從命令，多做休息，恢復體力。

不久，藍羽騎兵兵團達到寧河城，在通平城的十萬大草原騎兵也接到命令，越過聖寧河與藍羽會合，騎兵增加至二十二萬人，整軍休整。

而在通平城內，這時候，軍事會議正緊張地開著，南方面軍主帥維戈主持會議，副帥兀沙爾、溫嘉及各個軍團的軍團長官、短人族戰斧團主將卡萊等全部出席，雷格、托尼作為大將軍出席了會議，瞭解情況，為以後戰役提供保證。會議內容極為保密，沒有人可以靠近會場，藍翎衛把會場圍得水泄不通，任何人都不允許靠近。

會後，溫嘉帶領第七、第八、第九軍團長匆匆離開，第六騎兵軍團長官忽突率領軍團立即行動，向巒山城運動，短人族少族長卡萊滿臉的興奮，急急忙忙回轉族內。

五月三十日，清晨，天剛濛濛亮，藍鳥第六、七騎兵軍團已經準備就緒，十萬名騎兵勇士端坐在戰馬上，成兩個巨大的方陣，矗立在軍場。將軍溫嘉在護衛的簇擁下，仰首挺胸來到隊伍的前面，高大的身軀如鐵塔一般，充滿了力量，而雙眼中凜然的殺氣，更顯得他的威猛。

溫嘉站穩身形，用宏亮的聲音說道：

「兄弟們，目前我軍在聖王的英明領導下，已經把河北聯軍殺退往聖靜河北，不落城以西地區全部為王朝所有，但是，南彝人還佔據著我們的南部地區，侵佔著我們的家園，無數的百姓在侵略者的皮鞭下生活，痛苦不堪，為了收復失地，解救百姓，聖王決定讓我們收復聖寧河南地區，兄弟們，有沒有信心？」

「有信心！」

「我知道兄弟們都是熱血的漢子，鐵血的男兒，沒有人是孬種！南彝蠻荒之地，竟敢窺視中原聖土，我們豈能答應，勇士們，就看你們的了，爲了聖王，前進！」

聖寧河南岸西側爲南巒山，層巒疊障，連綿千里，山河之間寬僅有三十里，再往西逐漸擴大，成喇叭形狀，是一天然屏障。巒山城就坐落在喇叭口不遠處，往前出喇叭口外，爲河南郡的西側城市靠山城，目前駐守著南彝的大軍十萬人馬，勒住西南郡，進可攻，退可守，再向東兵力逐漸減弱。

藍鳥騎兵第六、七軍團並沒有攻擊靠山城，僅僅在城市的周圍轉了一圈，然後就向東順河而下，但這一圈卻消滅了南彝軍隊三萬餘人，後勤物資無數，使南彝損失巨大。

靠山城畢竟不是個大城，南彝十萬兵馬駐紮在靠山城不可能全部駐守在城內，況且也住不下。幾年來，南彝雖然與西南郡和短人族交過手，但戰爭的規模都不大，且占上風，所以駐兵就有所鬆懈，在靠山城外駐守著一個軍團，而騎兵要對付的也正是這個軍團。

在騎兵的後面，跟隨著的是步兵第八、九軍團和短人族戰斧團，兩個大隊的攻城營，由溫嘉親自率領。爲了東進，西南郡這幾年發展壯大，加上靠近短人族，武器裝備好得沒得說，聖王更是早有準備，爲藍翎留下了許多攻城裝備，就是爲收復南中原時用，這次無論是溫嘉部、藍翎本部、平原兵團都攜帶了出來。

溫嘉率領十五萬人馬在騎兵軍團過後，迅速包圍了靠山城，兩百輛攻城車分南、西、北三面部署攻擊，半天的時間，全部到位，溫嘉跨馬來到陣前，看靠山城守軍雖慌亂，但已經做好了防禦準備，他看了一眼左右，冷酷的目光裏沒有一絲毫的感情，然後冷冷地說道：

「攻擊！」

巨大的石塊帶著呼嘯聲向城頭落去，把城牆垛削去半邊，士兵被砸得血肉橫飛，頓時大亂。

南彝人在荒野叢林裏所向無敵，但像這樣的攻守城市畢竟不是強項，況且他們沒有什麼攻城裝備，南彝人作戰憑的就是勇敢和力量，一股殺勁，三輪飛石攻擊，早已經魂不附體，多數士兵跑下城牆躲藏了起來，在第四輪攻擊前，第八軍團的三個萬人隊已經準備就緒，在呼嘯聲中，跟隨攻城車靠了上去，城下，三百輛弩車及弩手把探出頭的一切目標射穿在城頭。

士兵有的順著攻城梯爬了上去，許多人從攻城車上出來，直接落在城頭上，展開了廝殺，這時候，投石車開始延伸，向城內轟擊，把城牆下躲閃的人消滅，嚇得南彝士兵慌忙逃竄，只半天的時間，溫嘉就已經進入靠山城。

夕陽西下，零零落落的殺聲忽隱忽現，溫嘉沒有去管這些，命令士兵抓緊時間休息，恢復體力，留守的部隊負責對付這些殘餘敵人，清除不穩定因素，安民佈防。

第二天，以第九軍團爲前部，大軍繼續向前攻擊前進。短人族少族長卡萊站在溫嘉身邊，意氣風發，鬥志昂揚，前一天作戰，短人族沒有參加攻城戰鬥，仍保持完整。

藍鳥第六、七軍團保持強大的攻擊勢頭，一路斬過聖寧河南所有地區，然後反覆清剿，切斷城市間的聯繫，爲步兵攻城創造條件。

溫嘉率領步兵連克近水、蒙城二城後兵分三路，以第八軍團、第九軍團和短人族戰斧團爲單位，分三方面攻擊，大軍行動迅速果斷，一月收復聖寧河南全境，然後，以騎兵爲單位，駐守在最南端的靠彝城，監視南彝國內動靜，隨時準備戰鬥，擊退敵人的增援部隊。

藍翎主帥維戈時刻保持與聖王的聯繫，在溫嘉出發後第四天，接到聖王的出擊命令，六月四日，以藍羽爲前鋒，平原兵團跟進，新月爲中部，藍翎第五、十軍團及兩個預備隊爲後部，出寧河城向東攻擊前進，七十六萬大軍輪番攻擊，日夜不停。

第十三章　征戰西南

藍羽主要任務是清除南郡、東南郡地區的城市周邊，騎兵以萬人隊爲單位，四下出擊，一路東進，主帥雷格率領藍羽衛一萬五千人爲最前部，悶頭趕路，參謀長亞文主持中軍，協調各軍團之間的聯繫配合，後部，平原兵團沒有打出旗號，主要目的也是趕路，由於平原兵團爲步兵，並且攜帶著大量的物資、攻城裝備，行動緩慢，且沒有戰事任務，被新月兵團趕了過去，兀沙爾兵團的主要任務是跟隨在藍羽身後，在最大距離上開始攻城占地，爲藍羽保持後部暢通，穩定聖寧河北東部地區安全，爲藍羽創造後勤基地，隨時支援，所以，在到達東部陽城地區後，轉入防禦。

而維戈率領二十萬人馬的任務就繁重了許多，他一方面要佔領城市，鞏固防線，隨時抵抗彝雲松回軍，同時又要爲前部軍隊提供後勤補給。在八百里的戰線上，也確實不好做，二十萬兵力有限，要做的事情數不清，維戈焦頭爛額，心中焦急萬分。他當初知道出兵南平原困難，但沒有想到是這麼的難，手下士兵全部一人頂二人用，事情還是忙不完。

但西南郡畢竟是藍鳥王朝起家的地區之一，地區富足，人員極廣，騰越做爲維戈的父親、西南郡總督經驗豐富，比兒子不知道在這方面強多少倍，幾十年來，騰越說實在的也沒打過什麼仗，西南一直穩定，他的任務就是幫助父親管理地區，經驗足，這次知道兒子維戈率軍收復南中原，早就知道困難之所在，爲兒子維戈準備好了許多人員物資，見大軍行動順利，西南郡的人員物資開始啓動。

首先，在人員方面，騰越抽調了西南郡各城的所有家族年輕人員，凡是沒什麼事情的官員全部跟隨出征，保證佔領區的整頓治理，接收各個城市，幫助出榜安民，維持治安。同時，西南郡人口極其眾多，民團底子厚，民政處早就組織起五十萬青壯年人，爲收復南中原時用，當大軍一切順利後，民團已開始出發。

其次，西南郡如今可以說是整個大陸最富裕的一個郡，糧食、物資、武器裝備雄厚，爲了兒子的萬世英名，騰越都捨得出，只要需要，什麼都有，並且也親自坐陣通平城，凡是所需，各個家族任聽調遣，有違抗者，立即抄家，沒有那一個家族敢違抗命令，騰越父子是什麼人，什麼身分，就是在王朝內，聖王也要給騰越面子，況且現在是收復失地的時期，做貢獻積累資本，否則今後就不好混了，所以各個家族積極配合，爲少主的事業竭盡了全力。

聖王天雷當初讓維戈鎮守西南，固然有私心，但他畢竟經驗不足，萬萬沒有想到在其他方面，西南郡爲了支持兒子維戈，所作出的努力是如此的巨大，犧牲一切人力物力，不力餘力，真是大幸之極。

維戈接到第一批人手時大喜過望，沒有想到父親如此高明，感激的話自然不用說了，隨後，人員、物資滾滾而來，大大緩解了壓力，使他和軍隊從地方的事務中騰出手了，一心管理軍隊，時刻準備抗擊彝雲松部的回軍攻擊。

至六月末，維戈收復聖寧河北大片土地，前出六百里，攻佔大小城市二十餘座，百姓人口八百餘萬人。

南彝國主彝雲龍得知西南郡出兵聖寧河南的消息，心頭如壓了塊大石般的沉重，看這次出兵的架勢，他知道出大事情了。幾年來，彝雲龍出兵中原，如履薄冰，小心翼翼，如不是大陸六國同時進犯中原，他真不敢碰聖日帝國，要說打一下就跑他還可以，像這樣大面積佔領，他知道早晚要出事情，不是聖瑪人重新收復，就是被他國佔領，但他也想多占一天是一天，事情一直拖到現在。

藍鳥王朝的建立，彝雲龍知道危機來了，別人也許不十分瞭解西南郡的實力，但他清楚得很。西南郡南靠南巒山，西臨大草原，短人族的打造技術可不是那個國家可以比擬的，大草原的騎兵如狼似虎，兇悍異常，在聖王的名義下，短人族、大草原雪馬族、奴奴族人都是聖王的子民，實力非同小可，而西南郡百年來鎮守邊陲，民風好武，軍隊基礎雄厚，三方聯盟，如魚得水，加上中原人多依附聖王旗下，人口眾多，早晚要出事情。

如今西南郡終於忍不住出手了，彝雲龍就感到中原形勢已變，藍鳥王朝如不在京城不落城一帶穩定了下來，絕對不會在南中原用兵，而一旦用兵，就是南彝危機的開始，彝雲松部危險重重，如願退回國內，也許是不幸中的大幸。

他趕緊聯繫不落城內的兄弟彝雲松，同時緊急召見各部土司洞主，要求增兵，接應遠在中原的各部。如今，南彝國內能使用的兵力也不多了，各族部落加起來也就勉強組織起四十萬人馬，他把自己的本錢全部拿了出來，保證接應的順利。

六月十八日，彝雲龍親自出馬，大軍從國都出發，遠征聖寧河南。

遠在京城不落城內的彝雲松晚幾天接到聖寧河兩岸的消息，當時正值北蠻人撤退，南彝鞏固不落城內勢力範圍，事情正多，百花公主不管這些事情，他也不敢讓她管，否則更麻煩，事情剛好轉，北蠻人在南方聯軍的打擊下，如願退回河北，從此後，東、南部平原就是南彝與東海聯盟的，高興沒兩天，消息傳來，已經是六月七日了，兩岸的消息幾乎是同時到達。

接到聖寧河兩岸同時失守的消息，彝雲松的手有些顫抖，帕爾沙特退軍河北沒幾天，藍羽就達到了西南地區，藍翎、藍羽同時出現在聖寧河一帶，事情絕對不會善罷甘休，不爭個你死我活絕對不會有結局，他越想越怕，沒有想到雪無痕會先拿他開刀。

但彝雲松也非等閒之輩，立即召集各部土司洞主商議對策，事情討論得亂七八糟，百花公主在一旁默默無語，臉上一陣紅一陣白，不知道想什麼，彝雲松氣得也不去管她，畢竟百花公主與雪無痕有聯繫，這時候也沒有什麼話好說，彝雲松也不好責備她。

商議了三天，藍鳥軍勢如破竹的攻勢一個個傳來，彝雲松開始知道事情不妙了，從各個方面收集到的消息，藍鳥軍實力達八十萬人，比他手中的部隊多一倍有餘，看來雪無痕是要解決他，穩定南中原戰局。

一天後，彝雲松接到國主傳來的消息，國內正在商議對策，出兵是一定的，但問題是是否要繼續堅守中原地區，繼續作戰，還是退軍國內，放棄中原利益，關於這一點，需要他拿個主意。

彝雲松衡量再三，也沒有下定決心是否放棄中原利益，但是，目前打通與國內的道路是首要問題，餘事以後再說，他回信闡明自己的看法，力主先打通聯繫，彝雲龍接到消息，深以爲然，事情就這麼定了下來，由國內及不落城兩方面共同出擊，雙管齊下，打通道路。

但問題是，不落城一帶的利益是否放棄，與東海聯盟是否繼續合作下去，經過反覆研究，百花公主決定留下，大營設在平原城，把不落城完全交給東海聯盟，向西對抗雪無痕的重任就交給了東海聯盟了。

自己想的不錯，但東海聯盟是否答應還是個問題，彝雲松找來東方闊海，把事情一說，東方闊海倒是爽快，當場同意了彝雲松的建議，同意接收不落城，保持與南彝的關係，由百花公主留在京城不落城一帶，共同對抗藍鳥軍雪無痕的威脅。

其實，東方闊海也知道了聖寧河兩岸發生的事情，心中歡喜，藍鳥軍拿南彝首先開刀，無論最後的結局如何，對東海聯盟都是有利的，他當然願意看到這樣的場面，但畢竟雪無痕也是強大的，幫助對抗不落城以西的藍鳥軍符合東海聯盟的利益，如能削弱雪無痕的力量，何樂而不爲呢，況且，南彝如果把不落城交給東海聯盟，則京城不落城地區盡歸東海所有，也是大喜事，幫助南彝對抗藍鳥軍，對東海聯盟是好處不盡，東海的幾位家族達成了共識，所以彝雲松一說，東方闊海就答應了。

事情剛開個頭，六月八日，藍鳥軍第二、三、四軍團就攻克了秀陽城，大戰形勢緊張，但彝雲松已經把事情交給了東海聯盟，對秀陽城的事情自然不用操心，只一心準備對付藍翎維戈，六月十五日，一切事情準備已畢，彝雲松率領大軍南回，打通與國內的聯繫去了。

目前，不落城的西部屏障完全被藍鳥軍打開，爲了鞏固不落城的防禦，實在有必要遏制雪無痕東進，東方闊海與各家主商議後，決定出四十萬大軍西上錦陽、秀陽城一帶，穩固防線。

既然要出兵，事情就又落在了東海六公子的肩上，在漁于飛雲的率領下，由東海六公子打前鋒，對抗雪無痕，其目的也有挽回名譽的意思。

東海聯盟接受帕爾沙特西征的教訓，沒有把四十萬軍隊分成幾路，而是全部集中到錦陽城方向，後部近二十萬軍隊駐紮了不落城外，三百里的距離，隨時可以增援，只要擊敗雪無痕，即使在別的方向上沒有什麼進展，也是重大勝利。

東方秀擔任前軍先鋒，司空旋、長空禮、漁于淳望、夏寧謀、海島宇爲副將，漁于飛雲任中軍主帥，四十萬軍隊來到錦陽城外三十路處，紮下大營，準備休息二天，然後開戰。

東海六公子雖然佩服天雷的用兵，但是並沒有心甘情願地認輸，兩年來，天雷並沒有真正地與東海交過手，在東部地區時也是小打小鬧，即使是文嘉隨後安全後撤，完成大轉移，也是他們不瞭解天雷的身分，被暗中算計，真正兩方交戰這還是首次，雖東海六公子不服，但更小心謹慎，因爲這次如果被天雷擊敗，東海聯盟將面臨險境。

在京城不落城以西地區，聖王天雷的兵力有限，青年軍團二十萬人馬要隨時監視河北的動靜，有實力的第二、三、四軍團十四萬人則要保持一定的戰鬥力，凌原兵團初傷未癒，十萬人馬不敢再有所損失，而真正能起作用的到是藍衣眾和藍鳥騎士團的官兵。

不落城方向，東海聯盟大舉西進，北部地方青年兵團不可能不知道，越劍聽到消息，見聖王身邊的部隊不足，忙派出人到錦陽城請示，或回軍南上錦陽，協助聖王擊潰東海聯盟，或分十萬兵力給聖王，加強力量；而在秀陽城方向的第二、三、四軍團也是焦急萬分，要求支持聖王，分兵錦陽城，請示的人員不斷到錦陽城。

秦泰也是心中無底，自己十萬疲憊之師如何能抵抗住東海聯盟四十萬大軍，見南北兩路請求分兵也是深表感激，自然期待聖王答應下來。

聖王天雷聽見風揚的報告，知道越劍、衣特、格爾、里斯的好意，但如今京城以西兵力有限，再有損失就麻煩了，東海聯盟雖號稱四十萬大軍，但他還真沒放在心上，見風揚等著回答，忙說道：

「告訴越劍、衣特、格爾他們，我謝謝他們的好意，但兵力一定不能動，只保持警惕即可！」

「是！」

秦泰可不比風揚，見聖王沒有答應南北兩部分兵，忙勸道：「聖王，如今錦陽兵力不足，東海聯盟兵力是我們的一倍，況且，凌原兵團初傷未癒，我看……」

「怎麼，凌原兵團不行了嗎？」

「凌原兵團就是戰至一兵一卒也不會退縮，我只是擔心聖王的安全而已！」

「這就行了，秦大哥，不是我小看東海聯盟，憑東海六公子想撼動我還不夠分量，這次連你都不用出手，只安心在城裏休息，我自有良策。」

「聖王，你不是說笑話吧？」

「真的，秦大哥，你不用擔心！如今我們四路分兵，壓力很大，如這次不能震懾東海聯盟，必然會使其士氣大振，我不想看到這樣的結果。東海雖有四十萬人，但幾乎全部是步兵，況且裝備較差，而我們有十萬騎兵，都是最精銳部隊，足夠擊潰東海六公子，就是不能擊潰他們，他們也不會輕舉妄動。」

秦泰聽聖王說得有如此把握，也不好說什麼，但仍關心地說：「那你可要一切小心了！」

「我會的！」

東海聯盟出兵錦陽城，心中驚喜交加的是百花公主彝凝香，很長時間沒有見到天雷，不知道他怎麼樣了，她自然也很想見見天雷，所以就要求跟隨出征，東海六公子歡喜異常，東方闊海也想抓住百花公主，自然答應，彝凝香隨大軍來到錦陽城外，心跳不禁加快起來，雖然大戰在即，她卻不感到害怕，只想早一點見到天雷。

六月二十一日，清晨，錦陽城東門外十里處。

東海聯盟二十萬軍隊列成四個方陣，每個方陣一個軍團，後部四個軍團駐守在大營內，隨時準備投入戰鬥。

漁于飛雲安然地立在左右兩個大陣中央，高大的帥旗迎風飄揚，左手處，前鋒東方秀的戰旗呼啦啦地響，臉上神采飛揚，旁邊站著百花公主彝凝香，也是興奮，美麗的大眼睛注視著對面；在漁于飛雲的右手處，兒子漁于淳望的大旗迎風飄擺，下手長空旋、海島宇等臉色激動，目視前方。

錦陽城前軍營轅門大開，四人一排的藍鳥騎士團騎兵魚貫而出，五萬名重騎兵左右一分，五萬名藍衣眾按各營順序排列整齊，高大怪異的是雪奴族人，手提戰斧的是短人族人，而草原漢子兇悍威猛，兩千名重劍手在中間挑起一桿大旗，金黃色的大旗上繡著一隻碩大展翅飛翔的藍鳥，旗幟下，聖王天雷一身淺黃色勁裝，腰紮藍色錦帶，雙肩繡著雙鳥，頭上用藍色的絲帶挽著頭髮，上插一支金色的金釵，背披一件藍色的斗蓬，左右各一員女將，黑色的戰甲，手提長大騎槍，稍後，楠天高大的身軀昂然而立，背上的雙劍從雙肩上露出肩頭，雙眼裏露出寒光。

整個敵我雙方頓時鴉雀無聲，漁于飛雲、東方秀倒吸了口冷氣。

聖王天雷臉上微微一笑，雙腳輕輕一抖，烏龍馬一聲暴叫，踏踏地奔出百米距離，然後停下。

聖王輕一躬身道：「東方大哥別來無恙？公主一向可好，天雷有禮了！」

東方秀楞了一下，然後大聲叫道：「果然是你，天雷，雪無痕？」

「正是，東方大哥！」

天雷臉笑容如陽光般的燦爛，但在東方秀的眼裏，卻是如魔鬼般的笑容。他強忍暴怒，大聲說道：「天雷兄果然高明，東方秀問候了！」

「多謝！」

聖王天雷輕轉臉孔，看著百花公主。

「天雷大哥手段高明，逼退帕爾沙特，出兵聖寧河南北，自己坐陣京城，笑觀中原，凝香欽佩有加，大哥一向可好？」

「多謝公主誇獎，天雷多有對不住公主的地方，但是身不由自主，請公主原諒！」

「天雷大哥客氣，中原爭霸，各憑手段，誰高明誰就勝利，沒有誰對誰錯之說，今日兩軍交戰，也是如此！」

「謝謝公主大量！」

然後，聖王天雷對著長空旋說道：「長空大哥瀟灑如昔，氣色有佳，想必一切安好？」

長空旋今日見到天雷，心裏像打翻了醬油瓶一般，各種滋味都有，如今天雷氣質高貴，雍容典雅，一派王者風範，決非當日與自己販賣馬匹時可比，就憑如此氣度，東海六公子已經被比了下去。

當下，長空旋笑著說道：「天雷兄今非昔比，手下雄兵百萬，早已經是縱橫中原的大將軍了。」

聖王天雷知道他是指當初自己在東海時所說的志向，但那時是權宜之計，豈可當真，於是笑道：「群雄逐鹿中原，有志者登高望遠，天雷承蒙兄弟們錯愛，帶領大家打天下，不敢有昔日之志了，多謝長空大哥記掛！」

回擊之巧妙，令長空旋無話可說。

「幾位大哥一向可好？」

聖王天雷問的是司空禮、漁于淳望、海島宇、夏寧謀，幾人這時候也收起驚訝之心，忙回答道：「多謝天雷兄弟問候，你也好吧？」

「好，多謝各位大哥！」

聖王天雷把馬一旋，對著漁于飛雲說道：「剛才與幾位哥哥說話，怠慢元帥之處，請原諒！」

漁于飛雲見天雷如此客氣，也不敢怠慢，如今天雷身分不同，已經為一派之主，手下戰將如雲，他頂多就是一個元帥而已，天雷客氣，是看得起他。

「聖王客氣，漁于飛雲不敢當。」

聖王天雷呵呵一笑道：「元帥統領四十萬大軍西征，天雷敢不從命。當日與六位兄長朝陽城交戰，天雷雖敗，但心有不甘，未能盡興，今日天雷願意用這十萬騎兵，再會六位大哥！」

「天雷，你……好！」東方秀憤怒如火，說什麼當日之敗，心有不甘，明明是你耍了大家，還不甘心，今日又來了，想用騎兵對付我步兵，這不是明擺著嗎。

百花公主笑盈盈地看著天雷戲耍著東海之人，但就是挑不出無理之處，心裏早樂開了花，兩個人是敵對方，但她就是提不起敵意來。

「既然東方大哥同意，我們就開始，漁于元帥，但不知怎麼戰法？是大軍列陣開戰，還是各位將軍先熱熱身，先來幾場？」

漁于飛雲深知天雷詭計多端，今日怕也是另有陰謀詭計，一不小心，就將陷入被動，況且，藍鳥軍出動藍衣眾和藍鳥騎士團，爲大陸二支精銳的騎兵部隊，騎士團爲武裝重步兵，對步兵的衝擊力巨大無比，如無準備，大有被沖散潰退的危險，聽見天雷問話，沉吟了一下，回答道：

「聖王既有如此雅興，不如我們主將先來幾場，然後，老朽還想向聖王討教，如何？」

聖王天雷在馬上點頭，然後說道：「既然如此，天雷奉陪就是！」

東方秀聽見兩位主帥說完，忙催馬向前，嘴裏說道：「天雷兄既然心有不甘，今日我們一戰如何？東方秀早就想向你請教了。」

楠天在陣前時刻監視著兩軍動靜，深恐聖王發生意外，在東方秀催馬的時候，也是一抖坐騎，衝出本陣，見東方秀如此說話，忙喝道：「東方大哥有意，小弟奉陪就是，聖王何等身分，豈能與你交戰。」

東方秀聽楠天如此說，大怒道：「楠天，你是什麼身分，竟敢口出狂言，天雷兄與我一戰，相約在先，天雷，你怎麼說？」

這時候，楠天已經在聖王身邊勒住戰馬，剛要說話，聖王擺了下手，其實心中已經暗自大怒，東海六公子狂妄自大，侮辱楠天，他豈能答應，但東方秀雖說與自己身分還差那麼一點點，但與楠天相比，說此話也不算過分，當下說道：

「東方大哥有意，天雷奉陪到底，今日正好向六位哥哥討教一二。」

海島宇聽天雷竟然比東方秀還要狂妄，狂言向東海六人討教，心中既高興又生氣，高聲喊道：「天雷有此雅興，今日海島宇一定領教！」

「既然如此，海島大哥稍等片刻，天雷去去就來。」說罷，撥馬回歸本隊。

雅藍、雅雪見天雷答應東海六公子在陣前比武，心中焦急，但也不敢說什麼，這時見聖王回來，雅藍埋怨地說：「聖王，你如此不愛惜自己，叫我們怎麼做，萬一你有所閃失，我們這些人還用活嗎！」

楠天在後接口：「正是如此！聖王，不如我們出戰，會會東海什麼六公子！」

聖王天雷笑道：「我知道你們關心我，但與東海六公子一戰，是我早就約定好的，同時也是我的心願，今日有此機會，正好瞭解此事。你們放心，憑我的武功，他們還沒有什麼人可以傷得了我，也讓你們開開眼界，聽好，沒有我的命令，任何人不許出戰。」

楠天、雅藍、雅雪見聖王執意如此，也不敢再說什麼，這時候有人遞過盔甲、長槍，聖王伸手接過霸王槍，撥馬衝回陣前。

東方秀見天雷如此而回，連盔甲都沒穿，當下心中有氣，但臉上倒看不出來，嘴裏問道：「天雷兄準備好了？」

聖王天雷笑道：「正是，東方大哥你殺馬過來就是，如你一人不行，六人同上，今日天雷就一起領教東海絕技。」

「天雷，你竟然如此口出狂言，小視於我，看槍！」

東方秀大怒，搖槍催馬直取天雷。

二人雙槍並舉，殺在一起。論起槍法，東方秀槍法純熟，功底深厚，也是不可多得的好武藝，但論槍法，在如今大陸上，只有射星槍技可以與霸王槍法一比，但也稍有不如，東方秀在槍下想贏天雷簡直就是笑話。

兩人交戰有三十回合，東方秀漸漸地抵擋不住，臉上冒汗。

長空旋見東方秀抵擋不住，忙催馬出陣，與東方秀一起雙人戰天雷。長空旋心裏的想法與別人不同，他是智謀型人才，早有心理準備，知道東方秀一人恐怕抵擋不住天雷的衝殺，而別人又愛面子，這樣一來就不妥當了，正好天雷說過要戰六人，所以他一見不好就出去，先帶個頭，爲以後眾人出戰做準備。

長空旋也使用槍，但他的武藝在天雷的眼裏實在不怎麼樣，比東方秀還有段距離，但二人相互配合也增長了些威勢，一時間，戰場上三槍並舉，光芒四射，戰馬的蹄聲敲得人心咚咚直響。雅藍見天雷一點都沒有落下風，懸掛的心稍微放下，忙傳令擂鼓爲聖王加勁，一時間鼓聲四起，催人興奮，聖王天雷抖擻精神，加快槍法，漸漸地，二人又有些抵擋不住。

海島宇看東方秀、長空旋漸落下風，抑制的心終於按捺不住，催馬就衝了出去，大搖手中長槍加入戰團，四人四條槍如走馬燈般，在雙方陣前廝殺在一起，塵土揚起老高。楠天在陣前按捺不住，幾次想衝出去，被身邊的雅雪攔住，只有一句話，再等等看。

聖王天雷運起八層功力，手中霸王槍幻起二尺長的精芒，把自己圈在核心，斗大的槍頭環繞周圍，並不時地從槍花中吐出槍龍，閃現之間，東方秀、長空旋、海島宇慌忙躲閃，舉槍還擊，天雷被罡氣包圍在中間，一點也沒有感到威脅，戰馬烏龍歡呼跳躍，抖擻精神，彷彿與主人一樣的歡快。

戰了有二十幾個回合，天雷一點也沒有不敵的跡象，漁于淳望在後面按捺不住，戰馬撒著歡，前踢在地上達達作響，帶動了他的興奮，見天雷如傳說般的英勇善戰，東方秀等三人也不能戰勝，於是就催馬上去，揮刀加入戰群，五人廝殺在一起，越戰越歡。

楠天在後面大怒，幾乎暴跳如雷，雅雪拉著他的手臂，嘴裏不停地說等等看，再等等看，而雙眼一刻也不敢離開戰場，心都懸掛到嗓子眼上了，身後的鼓聲一陣歡似一陣，鼓手把全身的精力都運用在戰鼓上，為聖王加油，看見自己的聖王如無敵的戰神一般，激動的心從鼓點裏傳了出去。

士兵們瞪著雙眼，屏住呼吸，仔細觀瞧，而騎士團官兵更是激動不已，布萊又一次見到最高境界的槍法，但與上次大將軍維戈作戰時又不相同，在聖王槍技中，彷彿有著無限的王者氣度，揮灑自由，綿綿不決。

聖王天雷殺到興處，大槍加快了速度，功力再次提高一層，槍尖處的精芒暴漲有一尺，他長嘯一聲後說道：「司空兄和夏寧兄可有興致，不如一起來如何？」手中大槍並沒有一點的停留。

司空禮和夏寧謀互相看了一眼，心道：今天算是栽到家了，四位兄弟還不能戰勝天雷，就是自己不上去，東海六公子的英名也是一落千丈，如今天雷竟敢口出狂言，自己也就沒有什麼好顧及的了，兩個人催馬出，大刀一擺，戰在一起，刀近天雷三尺處時，就再也進不了一寸，而天雷的槍如烏龍一般一閃而現，慌得兩人連忙舉刀防收，七個人四條槍三把大刀長成一團，天雷的長嘯聲不斷地傳出。

漁于飛雲臉上的汗淌了下來，東海六公子大戰聖王天雷，武藝不是差了一星半點，他作為東海的一代宗師自然看得很清楚，以前聽說聖王天雷出身聖雪山藍鳥谷，爲中原老神仙的傳人，武藝高強，藍衣眾是藍鳥谷的精銳弟子，每一個人都有一身好武藝，前次在東平城時斥候間的戰鬥就表露無遺，如今親眼見到天雷的武藝，才知道東海宗派目光之短淺，藍鳥軍有如此的聲勢地位，確實不是沒有原因的。

第十四章　孤城絕唱

想到此處，漁于飛雲忙傳令擊鼓，鼓手更是撒歡般地用力，爲自己的公子加油，藍鳥軍的鼓手見狀，忙加勁擂鼓，雙方的鼓聲震天般的響起一陣又一陣，比拼著勁力與耐力。

聖王天雷在如雷般的鼓聲中加快了進攻，槍法一陣緊似一陣，功力再次增加至十層，三尺長的精芒暴射，神罡真氣在身體的周圍打著旋，把空氣壓縮得如一塊透明的冰塊一般，而東方秀、長空旋、漁于淳望等人早就已經一身汗，在天雷的大槍下拼死力支撐，但是越來越困難。

天雷見雙方交戰已經近兩個時辰，天已經過午，大槍不由自主的加緊了速度，突然他身前幻起層層的槍花，兩條槍龍如閃電一般在長空旋和東方秀的胸前閃現，一閃即失，剎那間又出現在漁于淳望的眼前，慌得他趕緊舉刀相迎，海島宇和夏寧謀拼死相救，在一陣轟響聲中，天雷撥馬跳出圈外，勒住戰馬。

東海六公子如傻了般停在天雷身前五十米外，東方秀一臉紅色，長空旋臉色慘白，兩人的胸前盔甲上有一個槍洞，盔甲被射穿，但內衣卻沒有傷得分毫，而漁于淳望也是滿臉的驚恐，海島宇、夏寧謀臉上的汗滴滴地流了下來。

漁于飛雲催馬來到六人的近處，見沒有人受傷，這才把心放下，剛才天雷大槍如幻夢般出現東方秀和長空旋胸前，把他嚇得差點沒有背過氣去，如今見兩人沒事情，長出了口氣，然後對著天雷說道：

「多謝聖王手下留情，東海小一輩不知深淺，如今得聖王指教，漁于飛雲多謝了。」

「元帥客氣，六位大哥畢竟與天雷有舊情，雖兩國交戰但情誼尙在，今日就當還六位哥哥的情誼好了，不過，我還要說一句，幾位哥哥以後遇見雷格和維戈的時候要小心，他們的功力與我不相上下，但不會手下留情的，望各位哥哥記住。」

「多謝聖王，我會讓他們記住的，今日得見聖王的神技，漁于飛雲見獵心喜，不知聖王可願意再指教一二？」

這時候，漁于飛雲可一點也不敢擺宗師的架子，天雷的武藝早已經凌駕於一代宗師的境界，勝負在兩可之間，他對於天雷一戰，一點也沒有勝利的把握。

「好，既然元帥有興，天雷奉陪就是！」說罷，他翻身下馬，把大槍掛在馬鞍上，拍馬回歸本隊，他站在漁于飛雲的面前，左手一抬，說了個字：「請！」

漁于飛雲翻身下馬，早有軍兵過來把戰馬牽了過去，漁于飛雲站定身形，單手提著寶劍，看了天雷一眼，眉輕皺了一下道：

「聞聽聖王出身聖雪山老神仙門下，秋水劍法舉世無雙，今日飛雲想領教一二，如何？」

像他們這樣級別的高手，馬戰反而不便，倒不如下馬步戰，而漁于飛雲見天雷手中沒有兵器，也不願失了身分，借領教秋水劍法爲名，提醒天雷用兵器。

聖王天雷笑道：「元帥動手就是，天雷自有道理，請！」

「好！」

漁于飛雲聽聖王天雷如此說法，喝了聲好，然後渾身忽然暴起強大的氣勢，雙眼中神光暴長，緊緊盯住天雷的雙手，劍已經斜指藍天，擺出了起手禮。

天雷雙手潔白如玉，十指如勾，左手輕舉胸前，剎那間，一股金色的氣流順著十指而下，把雙手染成金黃色，他氣勢大變，在儒雅的氣質中泛起一股王者的氣度，雍容華貴，讓人不可逼視。

漁于飛雲聳然動容，手中寶劍幻起滿天的劍光，右腳踏出一步，劍再變，一縷劍光直奔天雷。

天雷雙眼神光暴射，左手向前輕抬，無名指突然彈出，罡風與劍光相撞，發出吱吱聲響，劍光一斂，忽分三式，向天雷的雙肩、心口。

天雷喝了聲好字，右手連彈三下，三縷指風封住劍光，左手去勢不變，一指前伸，四指如勾，金燦燦的手指如一柄利劍般直取漁于飛雲頸嗓咽喉。

「好！」

漁于飛雲一聲暴喝，劍光揮撒在身前，佈成一個劍網，在劍網中，一綹劍光如來至於九天外一般，幻在天雷的眼前。

天雷忽然雙手在胸前一合，十指成印，並不斷的顫動，層層的印訣向前擴散，在印訣的中間，如一個巨大的洞一般把劍光圈在中間，不斷地向中間擠壓，劍光彷彿被印訣所困，越來越小，越來越慢，直到消失。

漁于飛雲把劍橫在胸前，雙眼裏滿是驚訝、興奮、惶恐、無奈，他嘴唇輕輕顫動，如萬重山般的沉重，但還是吐出了幾個字：

「天王印訣！」

天雷輕一點頭，動作瀟灑自由，但嘴裏的話也是清晰可聞：「不錯！」

漁于飛雲長出了口氣道：「聖王神功蓋世，天王印訣乃曠古絕學，飛雲今日一敗，心服口服，他日如聖王一統天下，望善待東海子民，飛雲在這裏多謝聖王了。」

「元帥客氣。中原爭霸變幻莫測，大陸一統遙遙無期，天雷不敢當元帥如此說法，但天雷可以向元帥保證：他日如天雷踏足東海，一定會遵守今日之言，善待東海百姓。」

「多謝聖王，今日飛雲一敗，望他日再戰，飛雲作爲東海之一員一定會誓死捍衛東海利益，不敢稍有怠慢，得罪之處望聖王原諒！」

「兩國交戰，各爲其主，元帥正該如此，對元帥的心胸氣度，天雷感佩不已，以後如能有機會再與元帥論交，天雷定當在請教。」

「不敢當，聖王請！」

漁于飛雲這時候態度恭敬，神態裏有說不出的仰慕之意。天雷看了他一眼，回轉本陣，雅藍、雅雪、楠天等人呆呆地看著他，沒有一人說話。

天雷見大家如此，吩咐一聲道：「收兵回營！」

雅藍等人回過神來，齊聲應是，騎士團和藍衣眾手兵回營。

漁于飛雲等聖王天雷走後，才吩咐大軍回營。東方秀、長空旋等東海六公子都沒有說話，腦海裏不斷地迴響起「天王印訣」的聲音，他們這時才知道天雷的功力比他們高出許多，如天雷有意下殺手，他們是一個人也不能夠回去，想到害怕處，幾人已經是一身的冷汗。

百花公主自從天雷收兵回營時起就如呆了一般，天雷那雍容華貴的氣度如在她腦海裏烙上了印痕，揮之不去，他那瀟灑的身姿、超絕的武功、醉人的風度無不令她陶醉，她恍恍惚惚回到大帳，一頭栽在床上，呆呆地發起神來。

從這天起，東海聯盟和藍鳥軍在錦陽城外開始互相對峙，雙方都沒有再行開戰。

天王印訣出現的消息，如一聲驚雷般震顫著整個聖拉瑪大陸，所有的武林人物都爲之欣喜若狂，但是透過事情的表面看實質，他們不禁大失所望，雪無痕，這個聖雪山老神仙的傳人以及藍鳥軍神秘的面紗逐漸地展了開來，他們不敗的神話，讓所有想染指天王印的人爲之卻步，一想到雪無痕在幾萬名藍衣眾的保護下如鋼鐵般的強大，他們不禁大失所望，而他手下的戰將維戈、雷格更顯示出特別的強悍，想戰勝雪無痕，首先就必須擊敗藍鳥軍。

聖王天雷又一次展示出他個人的魅力，一展身手，用強大的武力鼓舞著自己子弟兵的士氣，打擊所有的敵人，用千百年的神話摧毀了敵人的意志，發揮了異想不到的效果，推動著藍鳥王朝向前發展，使歷史的腳步又一次向前邁進一大步。

而雪無痕展示武力的消息傳到了河北帕爾沙特的耳裏，他晃了晃身體，臉色頓時煞白，雪無痕又一次改寫著他個人的神話，使他的意志深受打擊，但是，帕爾沙特畢竟是一顆最亮的星辰，也有著個人的魅力與風格，他沒有陷入在雪無痕所佈下的神秘的煙霧裏，重新整頓人馬，率領大軍向凌川城挺進，他要用事實擊敗雪無痕的神話，打破千百年來那個神秘的傳說，讓世人明白他帕爾沙特才是世界上最強的人。

帕爾沙特率領西星、映月、北海八十五萬大軍到達河平城，然後向西北凌川城進發，所部星智、星慧、北海明都在，手下大將幾乎全部集中在軍前，星射、星星、星照等無一不缺，前鋒探馬不時地傳遞著凌川城的消息，使帕爾沙特掌握著一切動向，六月二十日到達凌川城，星連帶領三萬餘名士兵迎接著遠來的殿下，哭拜在地。

「星連拜見殿下！」

「星連，好樣的，你起來吧！」

「謝謝殿下！」

帕爾沙特拉著星連的手，兩人一起來到士兵們身前，他眼裏流露出暖意，臉上帶著笑容說道：「兄弟們，我帕爾沙特謝謝你們了，你們是真正的勇士，帝國真正的英雄！」

「謝殿下誇獎！」

帕爾沙特敬了個軍禮，然後嚴肅地說：「兄弟們，要謝謝你們的是我，是整個帝國，你們用自己的忠誠、勇敢和力量戰勝了強大的敵人，用自己的熱血贏得了軍人的榮譽，而這份榮譽，你們受之無愧，你們是全軍的榜樣，我會為每一個人記功！」

「謝謝殿下！」

帕爾沙特轉過身來，沉聲喝道：「全軍立正，向我們的勇士敬禮！」

凌川城內，到處是破損的房屋，殘缺的牆壁，街道上亂石隨處可見，鮮血的痕跡把土地染成紫黑色。城牆幾乎不完整，被削掉的城垛展示著大戰的激烈與殘酷，幾輛破損的投石車躺在街邊上，從百姓恐懼的眼神裏，帕爾沙特彷彿感到了藍鳥第一軍團攻擊的猛烈與危險，他深深地為凌川城將士的勇敢所感動。

帕爾沙特輕拍著身邊星連的肩膀，眼裏閃著淚花。北海明、星智、星慧等將領心中暗暗吃驚。

來到帥府後，星連彙報了全部的戰鬥過程以及當前的情況，重點強調了堰門關外星雲、星天以及星沙兵團二次試探性攻擊的情況。帕爾沙特對星連深表滿意，對星雲、星天恨得死死的，恨不得馬上把他們二人斬首示眾，以正軍法。

藍鳥王朝北方面軍主帥商秀率領騎兵第十五、十七軍團從北平原橫掃而回，大軍席捲一圈，於六月八日到達凌川城外，與藍鳥第一軍團會合，整軍休息。這時候，商秀已經得到帕爾沙特渡過聖靜河的消息，大軍正在河北休整備戰，他看已經完成了預

定的戰略計畫，於第二天命令第一軍團發起了最後的攻擊，把所有的石塊全部投入到淩川城內，然後領軍撤退，

神武營早已經得到星沙兵團出兵攻擊堰門關的消息，越和考慮到西星可能會出動武林高手配合攻關，越和和海東先生研究後，決定先行後撤，協助文嘉防守堰門關去了。

目前，整個藍鳥軍聲勢大振，全線展開攻擊，河北堰門關地區更是士氣高昂，鬥志空前。在堰關城，文謹十萬大軍已經完成了防禦部署，八十輛投石車已經安排在北門和東門地區，城上，各種滾木、雷石、弓箭配備齊全，二百輛弩機安裝完畢，士兵輪番守衛。

在堰門關，文嘉十二萬軍隊已經擊潰敵人兩次試探性攻擊，大軍正在加緊備戰，源源不斷的物資運抵關下，後勤保障無一缺少，長期堅守準備已經完成。在臨河地區，凱武防護城已經修整完畢，六十餘萬民團百姓把防護城修建得堅固異常，高三米的防護牆用沙石夯實而成，厚分三層，方便士兵分層次作戰，箭孔密如蛛網，二十萬士兵嚴陣以待。

防護城至堰關城，建起四道防線，壕溝密佈，鹿砦林立，巨大的樹幹削成尖形，斜豎立在戰壕前方，在兩道戰壕中間，豎立著無數的哨樓、瞭望樓、指揮樓，士兵巡

邏，白天用旗指揮部隊行動，晚間用燈籠，無數的民團百姓穿梭其間，運送物資，調整氣氛，整個防線嚴謹，符合正規作戰防禦，而民團參與的形式，又違背正規軍團的戰法，軍民融合在一起，豎起了新型戰爭的範例。

北方面軍主帥商秀回軍後，立即組織起防禦，做好抗擊帕爾沙特攻擊的準備。

帕爾沙特站在車樓上，瞭望著前方密如蛛網的防禦陣地，暗暗吸了口氣，額頭漸漸地冒出汗珠來。很明顯，雪無痕並沒有全面發動北平原戰爭的意思，其主要戰略意義是牽制河北聯軍，迫使自己回軍，如自己堅持在聖靜河南地區，則藍鳥軍就有取北平原的意思，如自己回軍，則藍鳥軍就堅守堰門關地區，切斷自己的咽喉，使自己動彈不得，然後，開始平定兩河間，穩住腳跟，如今雪無痕果然已經動手了。

但自己實在也不能眼睜睜地看著河北地區動亂，士兵如果沒有一個穩定的後方，如何能安心在前方作戰，各國都眼睜睜地看著，一旦自己有所閃失，大有落井下石的可能，北方聯盟立即就會動搖，雪無痕這一手，攻己必救，如不能很好地解決堰門關地區的問題，就會使自己喘不過氣來。

目前的問題是自己能否如願地拿下這一地區，顯然雪無痕早有準備，打算與自己長期作戰，使自己動不了。如強攻這一地區，自己的實力將喪失在這裏，即使如願拿下這一地區，雪無痕的另一個目的也算達到了，聯軍將沒有實力再與雪無痕抗衡，雪無痕的戰略構想確實比自己高明。

想拿下這一地區談何容易，且不說嚴密的防線，精銳的第一軍團，就是幾員名將就會令自己頭痛，雪無痕把文嘉、文謹、凱武三位元帥派到了這裏，成三角形組成防禦圈，互相支援，互相掩護，商秀第一軍團從中策應，騎兵隨時隨地準備衝垮自己的攻擊，而河南水軍隨時支援，把大量物資運送過來，民團組成預備隊，配合大軍作戰，鼓舞士氣，運送傷兵、物資，為士兵打氣，像這樣的戰法，如何不頭痛。

帕爾沙特從沉思中醒了過來，見星智、星慧、北海明幾人在看著自己，沒有說話，也瞭解意思是問他這仗怎麼打，但帕爾沙特也別無選擇，只好傳令全軍紮營休息。

幾個人默默地走進帕爾沙特的臨時帳篷裏，帕爾沙特繼續著他的思考。目前好的方面是自己在凌川城以北地區已經穩定下來，從北海支援的物資已經起運，雖經過商秀的打擊，元氣大傷，恢復需要時間，但畢竟後勤問題已經解決；在另一方面，國內星沙兵團已經到位，攻擊堰門關準備工作已就緒，即使拿不下堰門關，也可以牽制部分兵力，只要兩面夾擊，大有擊潰敵人的可能，問題是需要保存實力又要收復這一地區。

戰略構想初步形成後，帕爾沙特心神大定，他從思考中回過神來，招呼幾個人坐下，然後說道：

「各位已經看到了面前的形式，藍鳥軍已經築起了防線，這一點，我也沒有隱瞞的必要，相信各位也看得出來。如想拿下這一地區，又要使我們保存實力，實在是很難，這是一個長時間的事情，不是一時半刻就能完成的，我相信雪無痕的目的也在此，但我們別無選擇。」

「殿下，目前我們怎麼辦？」星智問。

「首先紮營修整，建立長久的營地，收集所有的戰略物資，補充實力，另外，加急建造戰車、投石車、攻城車輛，補充裝備，要大家想辦法，用裝備彌補不足，儘量減少士兵損失，從國內和北海補充我們需要的一切東西。」

帕爾沙特說到此處，對著北海明說道：「元帥，目前我們已經拴在了一起，不消滅雪無痕，相信元帥也知道會有什麼樣的後果，北海和西星親如一家，能做什麼相信元帥也不會吝嗇。」

「是，殿下，北海明明白，殿下儘管吩咐就是，我會派人通知國內，同時也可以用我的名義請求支援。」

「謝元帥大義，帕爾沙特將永遠不會忘記元帥的努力與情誼！」

「殿下言重了，應該的！」

「好，我就不再說什麼了！」帕爾沙特又看了星智星慧一眼道：「與關外保持聯繫，決不可中斷，命令星雲不可輕舉妄動，一切要我們雙方配合才行，另外，軍隊上的事情暫時由你們負責，我要想些事情。」

「是，殿下！」

堰關城內，商秀、文謹、凱武、文嘉也在召開會議，商討對策。

帕爾沙特如願退軍河北，聖寧河戰役已經打響，藍翎、藍羽、新月全部行動，而在京城不落城附近，聖王主持大局，連克錦陽城、秀陽城，形勢一時間大變，特別是最近又傳來消息，聖王展示絕學，以天王神功力克東海一代宗師漁于飛雲，威震四海，使藍鳥軍士氣大振，文謹、文嘉、凱武幾個老帥對聖王佩服得五體投地，鬥志更高，對聖王平定兩河間充滿信心。

既然帕爾沙特已經到了堰關城外，必須保證堰關城其特殊的地位安全，經過討論，最後四人決定，以商秀第一軍團、騎兵第十五、十七軍團為預備隊，隨時對堰門關三方面進行支援，神武營重點注意保護堰門關的安全，騎兵軍團重點作為反突擊主力，而堰關城、防護城則由預備軍團六個軍團支撐，雙方互相支援，成夾擊之勢，第一軍團從中策應，由商秀主持全局。

藍鳥軍北方面軍的最高決策者們制定了敵不動，我不動，敵人動，我反擊的總體戰略方針，在堰關城外與河北聯軍對峙了起來，而這一對峙，時間不覺已經近月，帕爾沙特始終保持沉默，沒有主動攻擊，一點一滴地積澱實力，大有一動則風雲變色的氣勢，但藍鳥軍四位主帥中，有三人是久經沙場的名將，豈會看不破帕爾沙特的用意，所以也是積極地完善防禦陣地，調整軍隊，養精蓄銳。

河北地區雷聲大，雨點小，雙方偃旗息鼓，但在聖寧河兩岸，卻展開了大戰，消息一個又一個地傳到錦陽城聖王的手中，但聖王天雷卻穩如泰山，安然不動，對各個方面的情況一目瞭然，並沒有作出什麼反應。

南彝軍主帥彝雲松把京城不落城的事務交給了東海聯盟，放下心事，一心一意做好對聖寧河藍翎的攻擊準備。他也知道藍翎不是好對付，步騎兵力強大，後援充足，所以要想全面拉開戰線顯然是不行，他手中兵力有限，目前只剩餘四十一萬餘人，前些日子，在不落城與北蠻交戰中有所損失，沒有補充，以四十萬軍隊拉開整體戰線對付藍翎與新月兵團，還有不知去向的藍羽騎兵兵團，一不小心，就有全軍盡沒的危險，所以彝雲松集中了手中所有的兵力，向南郡的原城方向進發。

對付藍鳥軍，彝雲松沒有什麼把握，唯一寄託希望的是手中的二千戰象戰隊，這是南彝唯一爭雄中原的無敵戰隊，這時候用來對付藍翎，也許還有一絲希望，他把戰象戰隊緊緊地握在手中，不到關鍵時刻他還不打算使用，好鋼要用在刀刃上，關鍵時刻殺出，能起到最好的效果。

南彝四十餘萬大軍分三路向原城趕來，左中右三軍各保持十餘里的距離，大軍拉開寬有四十里，前後軍達十公里長，浩浩蕩蕩，氣勢非凡，彝雲松立在戰馬上，眼望著前方刮起的煙塵，心裏安定了許多。

前天，彝雲松接到國王的傳信，彝雲龍親率四十萬大軍已經出發，配合彝雲松作戰，南北夾擊，打通聖寧河通道，目前，大軍已經快達到近彝城的位置，要求與彝雲松同時展開攻擊，南北對接，兄弟倆約好了時間，就看這一戰了。

藍鳥軍南方面軍主帥維戈早已經接到彝雲松回軍聖寧河的消息，探馬斥候把消息一個接一個地送到他手中，對前面敵人的動靜瞭若指掌。最讓維戈擔心的事情沒有出現，彝雲松幾乎沒有分兵攻擊，而是集中所有的兵力，向原城防線攻擊前進。

目前，整個中原戰場上最困難的，也許就數維戈藍翎部了，雖然藍翎號稱藍鳥軍的主力軍團，步騎兵力強大，但是，只有少數幾個人知道目前藍翎只是個空殼子，裏面是一點兵力也沒有，全部分兵出去，藍羽、平原兵團指望不上，而且還要維戈暗中支援，溫嘉把大部分主力帶往聖寧河南地區，抗擊南彝國內的遠征部隊，自己手中只有兩個軍團，十萬主力部隊，兩個預備軍團雖然有十萬人馬，但都是沒有上過戰場的新兵，兀沙爾的新月兵團幾年沒有作戰，維戈心中無底，好在兀沙爾為一代名將，多少讓維戈放心一些，但就是這樣三十四萬人馬，必須抵抗住彝雲松四十萬的精銳部隊，否則，中原佈局就將化為烏有。

藍鳥軍強大的武器裝備以及西南郡的後勤保障、民團的支援使他充滿信心，彝雲松已經過來了，並且沒有分兵進擊，這有利於他的防禦。維戈立即通知遠在陽城的兀沙爾，要求他配合作戰，擊潰彝雲松的進攻。

東南郡陽城靠近東海聯盟了，距離南郡的原城有四百多里，步兵行動要十五天，為了保證藍羽的行動，新月兵團駐守在這一地區，經過短時間的圍剿，各城的敵人基本上沒有什麼戰鬥力，兀沙爾接到維戈的傳書，立即行動，他留下四萬人駐守，自己帶領十萬人馬西進支援維戈，從東部地區回軍，兀沙爾考慮到不可能及時地趕上藍翎維戈部的先期作戰，所以嚴格要求部隊隱蔽行蹤，力求做到突擊性，並把自己的想法告訴給維戈。

維戈也知道兀沙爾即使行動快，也要差幾天，那麼自己就必須頂住彝雲松的第一輪進攻，為了拖延彝雲松大軍的行動，維戈集中手中所有的騎兵部隊，出原城向北，先衝擊彝雲松一陣，力求其減慢推進的速度。

第十五章　南彝雄師

彝雲松率領兵馬向原城進逼，速度不是很快，再有三天時間就可以趕到，晚間的時候，彝雲松下令紮營休息，大軍在一個叫小河莊的地方宿營，這個地方地勢較高，視野開闊，有水源，正是紮營的好地方。同時，他命令部隊加強戒備，派出探馬監視四周圍的動靜。

南部大平原的六月天已經很溫暖了，地裏的草已經有一寸高，放眼望去，綠油油的一片，由於多年戰亂，這一帶地區人煙稀少，土地荒蕪，雜草叢生，雖然土地肥沃，但沒有人播種也實在可惜了，彝雲松感慨一番，回營休息。

午夜過後，士兵們熟睡的聲音四起，站崗放哨的人也比較疲倦，無精打采，抱著刀槍打盹，遠處監視的人趴在草叢中，忍受著蟲兒的叮咬。月亮西下，星輝已經沒有上半夜那麼燦爛，雲朵時隱時現，不停地在空中遊動。

這時，維戈命令一千名藍翎衛悄悄地向前靠近，在寬兩公里的地段搜索著敵人明暗哨，發現目標幾人同時撲上，割斷敵人的喉嚨，後排跟進的人立時把弩弓上弦，三人一組，組成交叉的箭網，不讓一個敵人漏掉。

在維戈的藍翎衛裏，有五千名最早出藍鳥谷的人，經過八年的戰爭，他們鍛煉成爲最精銳部隊。如今他們最大的已經三十歲，最小的也有二十六歲了，嫺熟的武藝使他們一個個成爲超一流的殺手，像這樣的摸進戰法是他們的拿手好戲，幾乎不會出現絲毫差錯，維戈領著兩萬騎兵偷襲，他們打前鋒，後軍牽著戰馬，悄悄地跟在後面，從他們清除的道路中向敵人摸去。

距離敵人的中軍還有五百米遠，維戈看著一千人消失在敵人的大營裏，揮手命令士兵上馬，訓練有素的藍翎衛翻身跨上坐騎，抬手摘下騎槍，默默地排好方陣，維戈大手一揮，騎兵發出轟然的馬蹄上，如旋風般地殺入敵人大營，這時候，一千名先期進入的人已經在大帳裏展開了屠殺，他們用最快的速度，最兇狠的手法把敵人殺死在夢中，然後立即竄入下一個大帳篷並開始放火。

這次襲擊，彝雲松中軍主要是儘量消耗敵軍並拖延敵人推進的速度，在敵人既沒有穩定的防禦措施又沒有準備的情況下進行偷襲。

維戈率領約五百人的衛隊四處衝殺，凡是遇見的人沒有一合之將，殺得整個大營亂成一團，血流成河，從南殺到北，再從北往回殺，衝擊敵人一次次組織起的反擊，把整個中軍大營化爲火海。

彝雲松被帳外的殺聲驚醒，衛隊慌忙跑進來彙報，心想大事不好，但還是非常的沉穩，他身經百戰，什麼樣的場面沒有見過，彝雲松立即起身，穿好衣服，組織人反擊，但是外面已經是亂成一團，大火已經漸漸地生起，南彝士兵在藍鳥軍騎兵的衝擊之下，剛剛組織起來的一點反擊力就被沖散，而騎兵對於宿營的步兵來說就是一場惡夢，常常是還在睡夢中就已經失去了生命，而升騰而起的大火讓所有的士兵都跑出了帳外，接受敵人的屠殺。

儘管彝雲松組織了無數次的反衝擊，但對於喪失士氣的士兵來說還是不夠的，藍翎衛也是殺得興起，把個人的潛力全部發揮出來，戰馬也是比平日裏興奮了許多，在大營中縱橫馳騁，斬殺著四散的步兵。

天漸漸地發白，十餘里的大營內已經清晰可見，維戈見已經差不多了，這才命令吹號角撤退，騎兵發揮出快速的特點，迅速消失在敵人的視野裏。

維戈率領藍翎衛在南百里外停住戰馬，整個騎兵都被鮮血染成了血紅色，無論是士兵還是戰馬，一夜的拼殺都很疲倦，幾乎都走不動了，好在前方就是早準備好的營地，可以休息了。維戈傳令清點人數，各個隊長早就在行進中統計了出來，只損失了幾百人，但負傷的倒不少，對於這樣的結果，維戈非常滿意。

彝雲松經過惡夢般的一夜，收攏士兵，整頓營地，檢查損失，清點人數。這時候，他已經離大營有十餘里，在西方大營的配合下總算穩住陣腳，但面對一片狼藉的營地卻欲哭無淚，士兵損失高達五萬餘人，傷者無數，而戰略物質幾乎損失殆盡，要不是他分成左中右三方紮營，可能一夜之間士兵就沒有可用的物資了，就是如此，也是他承擔不了的。

東、西兩大營昨夜裏並不是不想支援中軍大營，一來是夜裏，敵人偷襲的人馬不知道有多少，怕受埋伏，二來是由於偷襲的敵人都是騎兵，行動速度快，雖然是在夜裏，但藍翎騎兵強大的力量對他們這些在黑暗中不明情況的人來說，最好的辦法就是按兵不動，嚴密監視各方面的動靜，以防不測。彝雲松沒有責備東西兩方的主將，他們這也是正確的選擇，一旦東西方向都被敵人擊潰，大軍就很可能崩潰。

但是，通過這一戰，使彝雲松深刻地認識到了藍鳥軍騎兵強大的機動性和戰鬥力，一旦給予敵人一點可趁之機，就會造成可怕的後果。南彝人沒有多少騎兵部隊，對於中原作戰的軍隊來說，幾乎等於零，而敵人騎兵的強大衝擊力是任何名將都很忌諱的力量，南彝人所依靠的並不是騎兵，這雖不是他們所擅長，但也是致命的。

彝雲松下令全軍休整，加強戒備，整頓部隊，雖然昨夜損失很大，但也未嘗不是好事，如果敵人全軍出動，彝雲松只有敗走一途，但他們沒有，自己手中並沒有喪失全部主力，受點損失他負得起，也就是教訓而已，但彝雲松沒有想到，通過昨夜一戰，南彝軍已經失去了士氣，對藍鳥騎兵的恐懼達到了頂點，如想重新找回士氣，他還需要時間。

南彝帝國是大陸上南部叢林國家，少數民族眾多，民族矛盾不斷，並且居住比較分散，各有自己的土司洞主，勢力範圍，近三十年來，彝雲松兄弟以雄才大略統一南疆，並帶領南彝人出叢林進入中原，威望已經達到了頂點，現在中原各族將士面臨與國內失去聯繫的危險，各部族也沒有話說，盡全力出兵，挽救在中原的利益及士兵的生命。

彝雲龍親提四十萬大軍向邊境城市靠彝城而來，一路上翻山越嶺，穿越叢林，出彝嶺而進入中原地區，歷時近月。

靠彝城爲聖寧河南較大的一個城市，人口過三十萬人，由於戰亂，人大都跑掉了，彝嶺連綿起伏，長達數千里，大小山峰無數，說其隱藏十萬大山一點也不過份，其間幽谷曲折，大小河流不斷，是南彝人生活的樂園、天堂。

但南彝人想通過彝嶺進入中原也不是件容易的事情，靠彝城就發揮了阻擋的作用，並且在靠彝城的南部地區，還有一座要塞勒住嶺南通往中原道路的咽喉，這座要塞就是嶺南要塞，把守住彝嶺九回谷通往中原道路的出口。

九回谷長數十里，輾轉起伏達九個曲線，形成九處小谷，在彝嶺的斷峰處彙聚在一起，形成一個通往中原的天然出口，但九回谷的出口並不大，只有一公里長短，嶺南要塞就建築在九回谷的出口上。

藍翎副帥溫嘉率軍出兵聖寧河南部地區，最重要的一個任務就是搶佔嶺南要塞，攻佔靠彝城，要實現這兩個目標難度非常大，好在第六騎兵軍團忽突部出奇兵一路迅速前進，在短人族的配合下，搶在南彝人知道消息前拿下了嶺南要塞，並攻佔了靠彝城，實現了先期的優越性，保證了大軍在河南展開行動。

隨後，溫嘉在迅速平定河南地區後立即率軍前往靠彝城，命令第九軍團留守，第十軍團前往嶺南要塞，接管防務，而騎兵軍團和短人戰斧團爲機動部隊。

他親自坐陣嶺南要塞，派出斥候探聽南彝軍的動靜。

南彝國主彝雲龍率領軍隊進駐九回谷，四十萬人把九回谷占得滿滿的，漫山遍野的營寨，怪異的旗幟，嘈雜的聲音，把彝嶺染映得活了起來。彝雲龍望著前方不遠處的嶺南要塞，心中憂苦，想攻下這座軍事要塞，又不知要犧牲多少南彝優秀士兵。

休息了一天，彝雲龍開始了試探性攻擊，以一個軍團五萬人爲攻擊主力，配合攻城車、攻城梯、弓箭部隊，南彝人身穿藤甲，頭戴獸皮戰帽，冒著箭雨向要塞發起了兩次衝擊，溫嘉利用地形上的優勢，把石塊、滾木、弓箭成批的扔下，造成南彝攻擊部隊大量傷亡，損失達三萬人，彝雲龍見要塞防禦堅固，傷亡較大，傳令停止攻擊。

晚間，彝雲龍召集各部土司洞主開會，商議對策，各部提出了許多方案，彝雲龍都沒有採納，最後一個土司憤憤地說：「我南彝人個個都是叢林的好手，難道非這一條路不成，我就不信翻不過山去！」

彝雲龍聽後大喜過望，笑著說道：「好兄弟，你這個辦法好極了，你想如果我們派出人手從兩側翻山越關，從敵人的後方偷襲，我們再從正面牽制，一定可以拿下要塞。」

第二天，兩支部隊從九回谷悄悄出發，分左右兩部越山，彝雲龍親自率領部隊在正面發起詐攻，牽制敵人，為了不使敵人懷疑，彝雲龍不惜消耗大量的攻城設施，不計代價的向要塞靠近，每天都有上千人傷亡，第六天午後，彝雲龍停止了進攻，下令全軍休息，晚間發起全面的攻擊。

溫嘉見敵人早早就停止了攻擊，忙命令士兵休息，以防意外，這幾天，五萬兄弟輪番上陣，休息一直都不好，敵人不知道什麼時候就衝擊一次，防守極其艱難，在這一地區，騎兵是一點也使不上勁，全靠步兵防守，不能發揮騎兵的作用，但能把敵人擋在要塞外，贏得時間，這就算完成了任務，就是因為嶺南要塞關係重大，所以他才親自坐陣指揮。

就在這天夜裏，彝雲龍發起了最大一次攻擊，火把把整個要塞內外照得通明，全部的士兵都動了起來，攻擊的猛烈程度是嶺南要塞戰役發起以來最激烈的一次，溫嘉第十軍團傷亡很大，至後半夜，從要塞的後方出現了兩支敵人，人數有四萬餘人，他們悄悄地靠近要塞，不動聲色地展開廝殺，溫嘉被打了個措手不及，在前後敵人的夾擊之下，溫嘉漸漸有些挺不住了，眼開著如再繼續下去，整個第十軍團有被敵人殲滅的危險，溫嘉斷然下令放棄要塞，向靠彝城撤退，全軍立即突圍，同時在要塞放起大火，阻擋正面敵人的攻擊。

三萬餘人開始突圍，與要塞內的敵人展開了殊死搏鬥，被溫嘉衝破一個缺口，溫嘉親自斷後，率領部隊向北撤退，行進三十餘里，與前來接應的騎兵第六軍團和短人族戰斧團相遇，雙方再次展開較量，殺退追擊的敵人，但這時候，嶺南要塞已經失守，被彝雲龍大軍佔領，溫嘉見事已至此，命令部隊撤回靠彝城。

嶺南要塞戰役，溫嘉由於經驗不足，以失敗而告終，第十軍團損失三萬餘人，幾乎被打殘，而南彝彝雲龍部全面佔領嶺南要塞，打通了北出中原的出口，但損失也是極重，大軍經過十天的搏鬥，傷亡近十萬人馬，攻城物資損失無數。

但所有的南彝人對這次戰役都感到非常滿意，近五十年來，南彝國還是第一次透過真正的戰鬥及計謀取下嶺南要塞，這份榮譽是無數南彝人的夢想，同時，也爲南彝北出中原創造了先例，尋找出另外的管道。

彝雲龍躊躇滿志，在破損的要塞裏接受了各位土司洞主的道賀，同時下令全軍修復要塞，抓緊時間休息，爲參戰的各族部隊的將領及士兵慶功，整個南彝軍士氣大振，信心倍增。

溫嘉淒慘地回到了靠彝城，立即召開了統領級以上官員會議，深刻檢討了自己的錯誤，研究今後作戰的方案，鼓勵各部振奮士氣，安排第十軍團休整等等，同時，向河北方面軍主帥維戈彙報嶺南要塞失守的消息。

南方面軍主帥維戈接到溫嘉的飛鴿傳書，瞭解到嶺南要塞失守的前後經過，沒有責備溫嘉，他立即回信，溫嘉接到主帥的回信，打開一看，只有短短的幾個字：

「振奮士氣，誘敵深入，發揮騎兵優勢，各個擊破。」

溫嘉熱淚盈眶，主帥維戈並沒有責備自己，反而指出了自己的缺點，引導部隊發揮優勢，極大地鼓舞了他的信心。溫嘉把主帥維戈的回信給各位軍團長、統領看，傳令把主帥的意思傳達到每一個士兵的手中，振奮精神，給予敵人有力的回擊。

四位軍團長及短人族少族長卡萊等人恢復了信心，同時，也把嶺南要塞失守的恥辱牢記在心頭，溫嘉在恥辱中奮起了鬥志，時刻銘記在心，他是驕傲的人，聖王對他信任有加，把聖寧河南地區交給他，這是多麼的信任，但他沒有把事情辦好，幾乎累及全局，對不起聖王的信任，如果不能殺退彝雲龍的進攻，溫嘉就不想回去了，他自己已經下了必死的決心。

彝雲龍引三十萬大軍出嶺南要塞向前推進，把部分人員及傷兵、後勤人員留守在要塞內，全軍向北推進，一路浩浩蕩蕩殺向靠彝城。

溫嘉牢記主帥維戈的教導，充分發揮騎兵的優勢。他把第六軍團安排在南方，短人族戰斧團安排在北側，自己帶領第五軍團及第十九軍團殘部、第七騎兵軍團固守靠彝城。在彝雲龍向靠彝城推進的過程中，溫嘉親自率領第七騎兵軍團迎頭痛擊，牽制敵人正面主力，而南、北兩騎兵軍團迅速通過彝雲龍的側翼，從兩個方向向敵人的後部發起了攻擊。

第六騎兵軍團和短人族戰斧團十萬騎兵強大的陣容，讓南彝後軍驚慌失措，那鋪天蓋地的騎兵和隆隆的馬蹄聲敲在士兵們的心上，他們把自己圍在簡易的防禦車周圍，以各個部落爲單位組織起抵抗，但溫嘉這次顯然要一雪丟失要塞的恥辱，兩支騎兵從後部包操，中間採取對接割斷的方式，迅速把後軍近十萬人圍在中間，騎兵幾個人一組，揮舞著騎槍戰斧，迅速向前攻殺，斬下一個又一個敵人的頭顱，並快速實施分割包圍，戰圈快速縮小。

彝雲龍聽見後部轟響的馬蹄聲就知道不好，對於藍鳥軍騎兵，他很瞭解，西南郡與大草原接壤，騎兵占藍鳥軍的主力部分，在幾百里寬闊的土地上，如果藍鳥軍充分發揮騎兵的優勢，自己早晚有被殲滅的危險。如今自己前軍被溫嘉第七軍團牽制，只有所在的中軍可以對後部進行支援，但如組織起步兵支援隊形還需要些時間，並且步兵行動慢，等趕到時，後軍被消滅得已經差不多了。

藍鳥騎兵來得迅速，退得果斷，在消滅敵人後軍後迅速脫離，趕在中軍支援前脫離戰場，這時候，溫嘉帶領第七騎兵軍團也呼哨而去，戰馬在三個方向蹚起漫天的塵土，嘶鳴的馬聲震顫著每一個南彝士兵的心。

彝雲龍看著後軍淒慘的樣子，心陣陣發痛，這一陣交戰，藍鳥騎兵損失幾千人馬，但後軍近十萬人幾乎被全部殲滅，受傷沒死的士兵眼裏充滿了驚恐，傷兵發出的聲聲慘叫聲使整個大軍士氣低落，沒想到一出嶺南要塞，自己就失去了三分之一的人馬，剩餘的二十萬軍隊如何能殺到聖寧河邊。

溫嘉對這次出擊的效果深表滿意，在他的意料中，能消滅敵人五萬人就不錯了，只要再進行幾次作戰，削弱敵人兵力上的優勢，擊潰彝雲龍還是可能的，但他沒有想到第一次出擊就殲滅敵人三分之一的人馬。

維戈接到溫嘉再次轉來的消息，大喜過望，僅僅相隔十天的時間，河南戰場又出現了轉機，溫嘉果然理解了自己的戰略意圖，運用騎兵的優勢，有效地打擊敵人，削弱敵人的力量，如今在河南地區，彝雲龍的軍隊與藍翎河南兵團幾乎相當，且溫嘉佔有騎兵的優勢，河南地區他暫時可以放心了。

前方彝雲松的部隊經過前幾天的偷襲，沒有再向前推進，整個大軍都在原地休整，調整部署，這給維戈贏得了時間，在原城方向，防禦體系已經完成，各種物資裝備已經到位，新月兵團在兀沙爾的率領下已經到達了原城東百里地區，正在隱蔽休息，而在原城的後方，民團也已經開始了更換裝備，加緊訓練，隨時投入對自己的支援。

目前，彝雲松部兵力幾乎也與自己相等，沒有什麼優勢，但自己有民團作爲預備隊，隨時可以支援，擔心的只是預備軍團沒有大戰的經驗，缺少對大場面的認識，怕影響戰鬥力。

但新兵也有新兵的好處，就是衝勁足，勁頭高，年輕的小夥子見維戈大將軍並不比自己大幾歲，但聲名威望卻已經達到足以影響整個大陸的地步，自己還怕什麼，一個個士氣高昂，摩拳擦掌，準備大戰的來臨。

藍翎兵團是很困難，但是，經過一段時間的調整及幾次小規模的作戰，漸漸地扭轉了被動的局面。雖然聖寧河兩岸要承受住南彝南北兩個方面的夾擊，但是，在維戈及溫嘉的主持下及在騰越的全力支持下，西南郡和藍翎發揮出了全部的潛力，抵抗住了南彝的南北合擊，呈現出勢均力敵的對峙局面，如今雙方兵力都在五十餘萬左右，並且藍翎和南彝都注入了新的力量。

維戈把聖寧河兩岸戰役的細節一個個地傳到聖王天雷的手中，聖王深表滿意，命令維戈及溫嘉穩步作戰，不要主動出擊，目前還不是最好的時機，只要抵抗住南彝的兩面夾擊就行，等待著藍羽的消息。維戈深表同意，傳令溫嘉小心，不要急躁，目前形勢已經在悄悄發生變化，只要堅持到藍羽傳來消息的時候，兩河戰役就是勝定了。

南彝主帥彝雲松不是不想再次發動攻擊，目前距離原城只有百十里的路程，三兩天就可以到達，但是，經過藍翎衛的偷襲，中軍損失極重，需要時間休整，同時，他也要研究對付藍翎騎兵的方案，如果不能拿出一個有效的辦法，一旦發現藍羽騎兵兵團，他就有被全殲的危險，他不得不考慮後果。另外，他也接到了國主彝雲龍傳來的消息，從國內出發的部隊雖然順利取下嶺南要塞，但被藍鳥騎兵從三面突擊，損失重大，目前兵力已經損失近半，想要攻擊到達聖寧河邊，十分困難，希望他自己想好辦法，同時密切注意敵人騎兵的攻擊。

彝雲松接到國主的信，心就開始發涼，如今藍羽沒有出現在河南，那麼，藍羽一定是在等待時機，給予自己致命一擊，使中原戰局迅速發生變化，如解決了南彝問題，然後才能對付東海聯盟，自己一個不小心，就有被殲滅的危險，雪無痕顯然是對自己下了大的本錢。

彝雲松不敢輕舉妄動，在原地休整了十天時間。在這十天裏，他抽調了東西兩部的部分兵力，重新組建起中軍，加強軍隊各部的調整訓練，加強戒備，派出三倍的斥候監視藍翎的動靜，研究對付騎兵的方法，同時，他還把自己對全局的想法對各部土司洞主進行了必要的說明，告訴他們危險之所在，面前敵人的強大，所面臨的困難等等，使各部洞主土司大驚失色，對他的信任依賴大了許多，調動上也協調了許多。

半個月後，彝雲松率軍再次向前推進，到達原城前三十里紮下大營，並利用兩天的時間休整大寨，挖掘防護設施，防止敵人騎兵的偷襲，等一切都做得穩妥了，他這才著手攻擊原城的事宜。

原城前，三條寬大的戰壕映入彝雲松的眼簾，士兵在戰壕裏活動的情況歷歷在目，騎兵、弩車隊不時地在各個陣地間穿梭，士兵密切注意監視的哨樓高高豎起，手中的旗語不時地向四方傳遞著情況，而幾員將領對著南彝的大營正在指指點點，策劃著什麼，彝雲松見維戈在原城擺出防禦的架勢，感到一陣的疑惑。

按說南方藍鳥軍主力比南彝強大許多，藍羽、藍翎都在，同時又增調了新月兵團十餘萬人，主力部隊幾乎是南彝的一倍，特別是騎兵更是佔有絕對的優勢，雖然目前新月兵團、藍羽兵團沒有發現其蹤跡，但彝雲松相信絕對不會離開聖寧河地區，如果是在南部，那麼，溫嘉就絕對不會丟失嶺南要塞，藍鳥軍到底要幹什麼？

帶著一個又一個疑惑，彝雲松更加的小心了，敵人不動則已，一動必然驚天動地，讓自己沒有還手的餘地，藍鳥軍在原城擺出防禦的姿態，一定是醞釀著更大的陰謀。

百花公主與彝雲松詳細說過雪無痕在東部戰區時的事情，正是雪無痕的詭計，使東海六公子被他耍得團團轉，東方闊海還主動送給逃跑的敵人糧食，貽笑天下。如今，雪無痕出兵聖寧河兩岸，部隊絕對是夠用的，但如今沒有看到其蹤跡，顯然雪無痕又在耍什麼奸計，被人恥笑事小，使南彝三十餘萬將士陷入絕境事大，必須小心謹慎。

彝雲松自己又調整了兩天，見原城實在沒有什麼動靜，感到有必要進行一次試探式攻擊，摸摸情況。於是，第二天，他出動十萬軍隊爲前鋒，分左右兩個方向發起了試探性攻擊。

彝雲松站在高處，見四個軍團分成左右四個方陣向敵人陣地發起了衝擊，在軍團長官的帶領下，南彝士兵發揮出了天生的野性，冒著箭雨向前衝鋒，但是，藍鳥軍強大的弩車把衝在最前面的士兵連人帶盾牌射穿在地，隨後的弓箭手、弩弓手把進入百米的人全部射倒在陣前，其交叉的反擊網使一切想衝過的敵人卻步。

如果按照這樣的戰法，也許不用藍鳥軍出擊，只要自己被當成靶子射就行了，彝雲松忽然有一種想法，是否藍鳥軍爲了保持實力，決定用防禦先消滅自己一部，減少自身的傷亡，力求用最小的傷亡取得最大的勝利，然後把保存下來的兵力投入到對東海聯盟的進攻中呢？他這種想法雖然不成熟，但彝雲松沒有找出藍鳥軍佈置成防禦姿態的原因，只好做這樣的假設，但這種假設極其有可行性。

彝雲松想到此處，下令停止攻擊，第二天，他組織起藤排手發起了第二次衝擊，但是，由於藍鳥軍弩車威力極大，迅速撕開口子，致使第二次進攻無效，彝雲松這才真正認識到藍鳥軍裝備上的優勢，下命令停止進攻，另想他法。

既然彝雲松認識到藍鳥軍在於消耗其兵力，那麼保存實力就成爲當前的首要。爲了減少損失，他忍痛出動了五百名戰象隊，後部由藤排手組成藤排陣形，保護中間的士兵突破，以減少傷亡，並集中兩個軍團隨後跟進，以爭取突破一點，帶動全局。

第十六章　原城會戰

經過三天的激戰，維戈認識到了彝雲松試探性攻擊的目的，以後將進入實質性的交戰，所以命令新月兵團在右翼靠近，騎兵藍翎衛在左翼保持攻擊性，中路由步兵第五、第八兩個軍團及全部的弩車弩機支撐，預備軍團在二線保持戒備，隨時投入。

果然，彝雲松再次出動了，並且比前兩次規模大許多，總兵力保持在十萬人左右，後援軍團在密切注視前方動靜，只要一聲令下，立即就能投入支援。

維戈集中起手中所有的弩車，共計四百輛，中弩手二萬人，弓箭手三萬餘人，在第一道防線上部署防禦網，當彝雲松的攻擊部隊距離三百米距離時，弩車開始對戰象發起衝擊，巨大的弩箭帶著厲哨聲衝出弩機，如閃電般把長一米五十公分的利箭送入戰象的體內，其巨大的衝擊力洞穿了防護的藤甲，從戰象的頂門或前胸穿入，使戰象暴跳而起，重重地摔倒在地，再也不能起身，而坐在戰象背上的士兵有的被摔出很遠，有的被戰象壓倒在身下。

南彝戰象體積巨大，目標明顯，其行動緩慢，護甲在弩車面前起不了什麼作用。

在一百五十米的距離內，弩車完成了三次齊射，把五百隻戰象放倒在地，跟隨在戰象後面的藤排手頓時一陣大亂，但是，他們在長官的口令聲中，迅速組織起陣形，保持攻擊的勢態，繼續向前推進。

陣地上的軍官迅速傳出口令，第四次弩車齊射已經準備完畢。

「目標前方敵人盾牌陣形，瞄準，放！」

「拉弓手上弦，上箭手上箭，弩車復位，調整方位，瞄準目標，準備！」

宏亮的口令聲不斷地傳出，弩車手快速地重複著熟練的動作，巨大的弩箭不斷地飛出，穿越藤排手的陣形，撕開缺口，而中弩手在軍官的口令聲中把弩箭成批地射進缺口內，把南彝士兵成片地射倒在地上。

「中弩手準備，目標前方敵人陣形缺口，預備，放！」

「第二排準備，目標前方敵人，放！」

「弓箭手準備，弓上弦，注意前方目標，等待口令！」

陣地上口令聲聲聲不斷，軍官用最大的聲音重複著同樣的口令，指揮著士兵機械地做著同樣簡單的動作，但其流露出的殺氣卻是令人心寒。

維戈立在後方的指揮樓車上，注意著戰場上每一個瞬間的變化，見敵人戰象隊開始出動時，也是心中無底，不知道弩車對戰象的殺傷力有多大，嚴肅的臉上沒有絲毫的笑意。

但是，隨著弩車的反擊，他看見戰象轟然倒下，一塊大石落下心頭，戰象畢竟也是血肉之軀，對於能穿透三層盔甲的弩機來說，牠只是紙老虎，嚇唬人的玩意。

隨著弩車弩箭撕開藤排陣的口子，中弩的反擊，維戈就知道自己勝了，他精神大振，傳令道：

「擊鼓，命令兩翼出擊！」

轟隆隆的鼓聲震天響起，傳出老遠，陣地上的士兵精神大振，同時，從戰場的西側，首先傳出戰馬馬蹄的轟鳴聲，一萬五千名騎兵高舉著騎槍從西方遠遠殺來，速度之快，令人咋舌，很快就開始衝擊敵人的左翼，而在東方，戰車的轟鳴聲把戰場推向了高潮，一百五十輛鐵甲戰車以最快的速度衝入右翼，而緊隨其後的是新月兵團的兩個方形大陣，高挑的帥旗明顯地告訴敵人他是什麼部隊，而旗幟下的士兵前排爲盾牌手，後排明顯地安插著弓箭手、中弩手，後面士兵高舉著手中的戰刀，邁著整齊的步伐向敵人衝來，那種沖天的豪氣壓倒了敵人的氣勢，敵我雙方立即絞在一起。

「第五、第八軍團準備出擊！」維戈迅速傳達了命令。

鼓聲如暴雨一般響起，陣地上的第五、第八軍團士兵迅速衝出戰壕，在陣地前排好陣形，只一瞬間就完成了佈陣，軍團長高舉著戰刀，率先踏出了攻擊的第一步。

從三面出擊的藍鳥軍人數已經達到了二十二萬人，其中有騎兵一萬餘人，在寬十里的戰場上，雙方軍隊殺得血肉橫飛，屍橫遍野，藍鳥軍嚴密的陣形像絞肉的機器一般，把敵人成群地送入地獄。

彝雲松從鼓聲響起時，就感到大事不妙，聽見戰馬的轟鳴聲立即傳令撤退，但是，戰場上可不是你說走就可以了，那要求敵人配合才行，但敵人就是敵人，他怎麼能聽你的指揮，在東方飄揚起新月戰旗的時候，彝雲松已經命令後軍出擊，佈下防禦陣形，接應撤下來的軍隊，同時命令餘下的一千五百隻戰象全部出擊，在混亂的戰場中，敵人的弩機不能發揮作用，戰象反倒是最好的武器，他告訴戰象隊的指揮，絕對不可超出戰場的範圍，防止被敵人弩車攻擊。

南彝人占了戰象的優勢，但是戰象數量畢竟較少，又不是主力部隊，維戈見在混戰中士兵對戰象實在沒有什麼辦法，而在戰象背上的士兵卻是真正的殺手，如今彝雲松大部已經進入營內，再攻擊已經失去意義，忙傳令收兵。

原城戰役，雙方軍隊都沒有進行主力決戰的思想準備，致使戰役在發展到後期階段都鳴鑼收兵，但就雙方投入的兵力來看，都達到了一半以上，由於藍鳥軍藍翎部和新月部制定了較爲合適的作戰計畫，並帶有一定的突然性，南彝軍隊準備不足，損失較大，由於戰場距離大營比較近，撤退比較順利，沒有形成潰退的趨勢。

就雙方兵力損失而言，南彝損失達到七萬餘人，藍鳥軍損失達三萬餘人，使藍鳥軍取得了戰役的初步勝利，使戰役由被動轉入了主動階段，迫使南彝由戰略進攻轉入了一定的防禦，促使其南北對接計畫暫時擱淺。

南彝主帥彝雲松儘管沒有出動全部的兵力，還是把手中的王牌全部投入了戰場，最後也沒有撼動藍鳥軍原城防線，使他認識到了藍鳥軍的強大，而新月兵團的投入，更堅定了藍鳥軍想殲滅他，從而在戰略上犯了錯誤，在沒有發現藍羽騎兵軍團以前，他再也不敢輕舉妄動，整天只縮在大營裏，派出大量的斥候偵察情況，與國主彝雲龍溝通消息，聯絡不落城的百花公主彝凝香，綜合各個方面的消息，尋找著可行之策。

主帥維戈則利用這一有利時機，抓緊時間調整部隊，訓練新兵，更換、補充裝備，休整、完善防禦體系。他與兀沙爾一起，把原城防線佈置成為堅固的堡壘。

維戈的虛心求教使兀沙爾很高興，他再一次認識到為什麼藍鳥軍的青年將領會戰無不勝，像維戈這樣的大將軍，面對著自己的不足，時刻學習補充，充實完善自我，與映月年輕貴族們是天壤之別，而到處呈現出的學習、練兵氣氛，使他再一次感到自己的決定是多麼的正確，而剛剛得到了聖王身懷天王印絕技的消息，使他想起了那個古老的傳說，展現他眼前的是藍鳥王朝輝煌的未來。

百花公主彝凝香困守在錦陽城外東海聯盟大營內，周圍有無數的東海聯盟士兵、密探監視著她，雖然她並沒有失去行動的自由，但想要走出大營自由行動，還是要受到一定的限制，東海六公子自從被聖王天雷戰敗後，情緒低落，士兵士氣跌到谷地，雖然漁于飛雲極力鼓舞士氣，但藍鳥軍鋼鐵般的鐵騎卻活生生地擺在眼前，這個不爭的事實，讓所有的說法化為灰燼，而聖王天雷身懷天王絕技，更讓無數將士心中打顫。

東海六公子是高傲的人，在他們原先的想法裏，雖佩服天雷的才華，但仍有與天雷一戰的實力，如今事實卻粉碎了他們的夢想，他們整天在一起喝酒，醉了之後就睡，醒了再喝，無事的時候到百花公主帳篷裏坐坐，消除一些苦悶，在他們的眼裏，百花公主與他們一樣，都是天雷的手下敗將，被天雷耍得團團轉的一類人，他們有些共同的語言。

目前東海聯盟的形勢不錯，大軍整個佔領不落城，在不落城西一線，四十萬大軍已經形成防線，抗擊住藍鳥軍前進的步伐，兩軍沒有交戰，形成對峙的局面，雖東海六公子情緒低落，但並不能說明大局不利，而南彝不斷傳來的消息，卻使百花公主憂心如焚。

雖然百花公主彝凝香行動受到了限制，但情報工作卻仍然保持暢通，東海聯盟並沒有限制這一點，彝凝香對聖寧河兩岸的情況可以用瞭若指掌來形容，彝雲松畢竟還是惦記著自己的侄女，考慮不落城一帶的利益，所以向彝凝香通報消息、溝通情況是必要的，百花公主也不時地把不落城一帶的情況向彝雲松傳遞，但對於南彝來說，每一個消息都是不利的。

百花公主彝凝香絕頂聰明，從小受到的教育使她眼光極高，對當前大陸的形勢有自己獨特的見解，在她的心裏，如今大陸形勢已經被藍鳥王朝所左右，聖王天雷翻起風浪無不是爲了今後戰略意義上的考慮，中原兩河之間雖然被南彝和東海聯盟所佔領，但南彝本身的情況已經出現了不妙，在聖寧河兩岸，藍鳥軍已經抵抗住了南北對接，並消滅了近半的力量，南彝已經進入最困難的時期，目前，藍鳥軍藍羽騎兵兵團、平原兵團毫無消息，去向不明，極有可能是進行什麼戰略性的部署，而聖寧河北地區，彝雲松部已經陷入到危險的境地，雖然現在表面上還看不出來，但藍鳥軍一旦行動，必將是風雲變色，奠定大局的一戰。

儘管百花公主彝凝香心中焦急萬分，其實是一點辦法也沒有，如果聖王天雷願意，她甚至可以說服父王和叔叔放棄中原利益，率領軍隊回轉國內，但是，戰爭和仇恨是用血築成，並不是她想怎樣化解都可以，況且她如今還困在東海聯盟的大營內。

百花公主愁腸百轉，每天在帳篷裏自己想辦法，消磨時間，她把每一種可能出現的情況都考慮在內，準備了許多應變措施，對於東海六公子則好言安慰，拖延時間，保護自己。

時間的腳步在悄悄地向前邁進，轉眼間三個月，對於剛剛大戰過後的各國來說，都需要一段時間休整，東海聯盟在穩定不落城內的形勢，修復被破壞的城牆及部署防禦措施，並盡一切努力補充後勤補給，積累力量；北蠻人經過不落城的敗退後，全面在河北穩定局勢，調整佔領區的政策，分配兵力鞏固城防，爲永久佔領做準備。

如今北蠻人能作戰的男人不多了，只有四十餘萬人，在佔領區從事生產勞動的主要是婦女和被奴役的聖瑪百姓，日子過得比以前不知道好上多少倍，經過八年的佔領，北蠻人再也沒有失去土地的勇氣，他們已經適應了中原的生活，把北平原當成自己的家。

南彝人在聖寧河南北陷入了困境，南部在靠彝城附近止住了腳步，二十幾萬人馬想攻破溫嘉防守的大軍談何容易，況且溫嘉第六、七騎兵軍團不時地出擊，打擊南彝從嶺南要塞到靠彝城之間的運輸補給，消滅小規模的運輸隊，消耗著其有生力量，彝雲龍雖然心急如焚，但實力上的不足解決不了問題，只有乾著急。

而在聖寧河北部原城一帶，彝雲松時刻保持著警惕，不敢有一絲一毫的差錯，以防被藍鳥軍藍翎部殲滅，同時，藍翎衛騎兵不時地出來騷擾，斥候間作戰時有發生，偷襲、反偷襲戰不斷，藍翎派出了強大的反斥候隊伍，每天都在消滅著南彝人。

北海國把北蠻人支援的兩個軍團送走，賠了無數的珍寶物資，勉強平息了北蠻人的無賴舉動，但是，西星卻借助從北海借道支援聖靜河以北的軍隊爲由賴著不走，雖然是實情，但北海人心中卻頗不痛快，西星軍隊在北海國製造事端，引起民怨，使兩國關係日益緊張，北海明與帕爾沙特深明大義，多次要求兩國克制，才沒有發生大的動亂，但北海士兵已經從心裏對西星人產生了不滿，帕爾沙特盡全力修復良好的關係，勉強維持現狀。

如今在西星國主、丞相、帕爾沙特之間，在北海問題上也產生了矛盾，國主星晨和丞相有吞併北海的意思，並且也在逐步實施，但帕爾沙特縱觀全局，認爲當前最大的強敵是藍鳥軍，在沒有消滅藍鳥軍之前，必須保持與北海人的良好關係，維持穩定局面，防止一切影響大局的事情，如果一旦在北海出現問題，北平原動亂，西星就必須首先平定北海問題，那麼無論從時間上還是從力量上，都對藍鳥王朝雪無痕有好處，這是絕對不允許發生的事。國主與丞相考慮了帕爾沙特的建議，雖心有不甘，但還是勉強同意了帕爾沙特的說法。

從西星經過北海運送物質到北平原的帕爾沙特部，走了半圈，距離相差二千餘里，費時三月，但也必須運送，帕爾沙特軍隊需要這些東西，不然前線士兵就沒有辦法作戰，而其中大部分裝備物資是北海國所沒有的，所以儘管帕爾沙特不願意，但也必須等待，這就是失去堰門關的代價。

西星星沙兵團經過兩次對堰門關的攻擊，情緒大大低落，再也沒有初時那種狂妄勁頭了，主將沙博爾接受帕爾沙特的建議，穩軍駐守，等待時機，而星雲、星天的日子更是不好過，眼見著帕爾沙特被迫回軍河北，心如刀割，恨不得立即進攻，就是死也不願意再遭活罪。

但帕爾沙特王子殿下就好像要折磨他們一樣，始終沒有下達攻擊的命令，一直在等待國內的物資支援，他們不敢私自用兵，只有繼續受罪。

映月帝國埋頭恢復國力，訓練士兵，武裝部隊。近一段時間以來，映月與銀月洲之間關係緊張，銀月洲主帥驚雲大有進攻的架勢，每日在河邊訓練水軍，演習登陸作戰，形勢趨於嚴重，大戰一觸即發。

而藍鳥王朝聖王天雷在錦陽城全力休整，沒有任何動靜，在各國緊張的時候，他卻穩如泰山，靜觀其變。

聖拉瑪大陸悄悄地進入十月。

帕爾沙特經過三個多月的休整養息及認真思考，終於決定採取行動了。

十月四日，帕爾沙特召開了軍事會議，就即將拉開的堰門關戰役進行了部署。參加軍事會議的全部爲軍團長以上將領，人數達七十餘人，坐滿了他的大帳篷。

「各位，我軍自從退軍河北至今已三月，武器裝備、人員補充基本就緒，士兵已經調整到最佳狀態，實沒有繼續等待下去的必要，不久之後，我們將展開堰門關戰役，相信各位已經心中有數，早就有所準備了。」他頓了一頓，見大家都在仔細聆聽，接著道：「如今我們的總兵力接近百萬之數，重裝步兵得到進一步加強，戰車千輛，各種攻擊防護裝備精良。三個月來，我仔細的思考，認爲如果我軍從正面突擊，必將面臨著敵人四道防線的阻擊，傷亡必重，並且要受到敵人南北兩面夾擊，十分困難。」

「諸位，你們看！」帕爾沙特起身指著掛在牆上的地圖說道：「堰關城內駐守著敵人十萬步兵，防守裝備齊全；在臨河地區，敵人修建了防護城，準備充分，駐兵達二十萬人馬，完全擺出了永久性防守的陣勢，而在正面的中央地區，藍鳥軍第一軍團和騎兵軍團隨時採取措施，對我軍的突擊部隊給予反突擊。」

帕爾沙特坐下，看了在座的眾人一眼：

「敵人的南面，有聖靜河爲天塹，且水軍時刻在河上游弋，對臨河城隨時進行支援，我們沒有水軍，不能夠從南面進行突破，而在敵人的北面，從堰關城到堰門關地區，地勢狹小，面積比較狹窄，寬只有十餘里，不利於我軍使用大量的軍隊攻擊，但是，如果我們有效地牽制住堰門關的敵人，就造成了敵人不能夠與堰關城左右夾擊的勢態，同時威脅堰門關地區！」

「以上就是我們對面的敵人全部佈局，如果我們兵力使用得當，戰術運用巧妙，突破敵人的防線是可能的，諸位有什麼好的想法，都可以提出來，供大家參考！」

星智首先說道：「既然南面爲聖靜河天塹，敵人又有水軍，我們就不考慮南面的問題，那麼餘下的就只有正面與北面，我認爲最好是兩面同時用兵，重點突破一方！」

星慧道：「關鍵是我們選擇在那一個方向爲重點，正面寬闊，有利於大軍選擇，而北面狹窄，不利於大軍作戰，但可以減少受到兩面夾擊的威脅，我個人是偏重於重點突破北面防線，只要用最精銳部隊重點攻擊就行！」

「我贊成慧元帥的觀點，第一軍團願意爲前鋒，全力突破北部防線，直取堰門關！」

帕爾沙特讓第一軍團長坐下，然後對著北海明說道：「明帥有何高見？」

北海明立即說道：「高見不敢！不過從北線突破我認爲是上策，第一，有關外星沙兵團牽制敵人堰門關方向，使敵人不敢兩線夾擊；第二，北線地勢狹窄，突破點小，只要我們集中全力是可以突破的；第三，如果我們在正面之上實行詐、實相結合的方法，有可能給敵人造成假象，如敵人全力防守，我們再從北突破，如敵人有所保留，我們就實行實攻，最終必然會把敵人的主力吸引到正面上來，這時候再從北線突破，直取堰門，造成兩面夾擊之勢，只要我們攻破堰門，我們就勝利了。」

帕爾沙特連連點頭：「明帥果然高見，帕爾沙特深有同感，我想也是這樣，我們以第一、三、七、十一四個軍團爲北線主力攻擊部隊，暫緩攻擊，首先由正面開始，以戰車爲前部，攻城車、投石車爲掩護，盾牌手、弓箭手、重步兵爲攻擊主力，實施重點方向突擊，兩翼牽制，從正中間突破，啃住一點，不間斷攻擊，等敵人全部吸引過來後，再由北線實施重點突破，如何？」

北海明笑道：「殿下已經胸有成竹，你佈置就是，北海明無不從命！」

「好！明帥果然爽快，帕爾沙特謝了，我可以給明帥一個保證：只要我們拿下堰門關，西星軍隊立即撤出北海！」

「好，殿下也果然明斷，我們就這麼說定了！」

「各部！」帕爾沙特嚴肅地喝道。

「在，殿下！」

「各部回去準備，後天天亮後發起攻擊。星智你主持南面牽制，以四個軍團二十萬人牽制臨河城凱武部，不得讓他向中間靠近；北海明元帥率領本部人馬牽制堰關城之敵，不得讓文謹向中間靠近，同時盡可能地吸引文謹，爲北線突破創造條件；中路由我親自統領，以三十萬人馬爲主攻部隊；北線由星慧爲主帥，率領突擊部隊發起攻擊，星慧，你部要注意隱藏行蹤，力求達到突擊性！」

「是！」眾人轟然應諾。

「通知沙博爾後天發起攻擊，告訴星雲和星天，如果他們這次不能拿下堰門關，就不用回去了，如果完成了任務，我免其死罪！」

「是，殿下！」中軍參謀官立即出去發戰訊。

「各位請坐！」

見大家都坐下，帕爾沙特更加嚴肅地說：「這次我們出動了全部的部隊發起全線的攻擊，我不希望看到那個人貽誤戰機，話我先說在前面，如果誰敢裹步不前，影響全局，我定軍法從事，決不寬恕，同樣，無論是誰如果立下戰功，我必褒獎，決不會讓他埋沒！」

「好了，各位，會後各部到參謀處領取任務，仔細研究，各自研究自己的攻擊方案，我要求達到最佳效果！」

「是，殿下！」

「散會！」

帕爾沙特部署已畢，全軍立即行動了起來，按照自己的單位向方面軍主將報到，準備攻擊事宜，調整士氣，準備各種武器裝備、物資等，近百萬大軍行動，連配備的後勤人員，忙成一團，大戰的氣氛驟然緊張。

藍鳥軍黑爪和藍爪立即發現了帕爾沙特部的異常情況，各部調動頻繁，士兵忙碌準備，斥候加強偵察等等情況，立即報告給方面軍主帥啇秀，啇秀感到帕爾沙特有行動的跡象了，忙派人通知文謹、文嘉、凱武三人，各部也積極行動起來，準備開戰。

聖靜河北部堰門關地區近二百萬軍隊同時行動，立即吸引了各個方面的注意力，在河南赤河城內的雅星立即召集額部人員準備，考慮各種可能發生的情況，加緊軍用物資的補充等等，同時立即將消息飛鴿傳書給錦陽城內的聖王天雷，彙報河北的情況。

聖王天雷接到軍師雅星的傳信，稍微考慮了一下，沒有說什麼，只是告訴軍師要注意堰門關與堰關城之間的情況，因爲這一地區距離堰門關最近，容易出現直接威脅堰門關的危險。軍師雅星當晚接到聖王的傳書，連夜派人過河，警告啇秀注意北線地區。

商秀接到聖王及軍師的警告信，立即派人分別通知堰門關的文嘉和堰關城的文謹，同時命令騎兵第十五軍團嚴密注視北線地區的情況，一旦發現異常，立即支援前線的防禦部隊。

堰門關守將文嘉元帥接到主帥商秀的通知，仔細研究了北線地區的情況，感到情況不妙。目前從整個戰場局勢上看，文嘉部最有利，佔據險要地形，十二萬軍隊駐守堰門關，武器裝備充足，但是，從實質上來說，文嘉的情況又是最嚴重的，他一方面要抗擊關外四十萬敵軍的攻擊，同時還要注意自己的側後方，顯然兵力就不足了，如今在堰門關與堰關城地區，只有守軍一個軍團，五萬人馬，一百輛戰車，雖然只有二十餘里的距離，但是敵人如果把進攻的重點放在這一地區，堰門關立即就會受到危險，有承受敵人兩面夾擊的危險，自己手中的部隊有限，不能給予有效的支援，一旦出現最壞的情況，堰門關就危險了。

文嘉焦急萬分，立即派人與文謹協調，同時召集神武營的越和與海東先生，商議對策，好在主帥商秀已經命令第十五騎兵軍團注意這一地區的情況了，最後，越和笑著說道：

「文嘉將軍，這樣吧，留五千神武營的人在堰門關，其餘一萬五千餘人注意北部地方的情況，一旦發現不妙，立即支援，如果北線無事，堰門吃緊，我們再回頭支援你，如何？」

文嘉笑道：「越和老先生所說極是，這樣吧，海東先生留下幫助我防守堰門，越和老先生帶人注意北線地區，如何？」

海東先生笑著說道：「就這樣吧！」

越和點頭同意，事情就這樣決定了下了，文嘉稍微放下心事，把心放在堰門關防務上。

文謹接到商秀和文嘉的傳書，經過仔細研究，也對北線地區開始重視起來，但他手中也沒有多餘的部隊，全城只有十萬人馬，有力使用不上勁，但文謹同時也採取了一定的措施。由於堰關城屬於防守的重點，攻城裝備比較多，所以文謹就命令一個大隊的投石車支援給北線防禦，在主陣地的後面，部署了一個防禦陣地，在文謹的想法中，堰關城防守有餘，大量的投石車留在城內狹小地區容易受打擊，反不如放在城外，一旦城內不夠用，再調入不遲，並且還能爲北線加強防禦力量，這是個兩全其美的辦法。

防守北線的第九預備軍團軍團長豪格，原是文謹中央兵團出身，手下五萬人馬是原東、南和中原兵團混編而成，經過訓練，士兵素質大大提高，再裝備藍鳥軍的弩車、戰車、中弩，戰鬥力得到了空前的提高。

豪格也是一員虎將，多年的征戰經驗豐富，得到文嘉、文謹的警告和支援，立即提高了警惕，把防線仔細檢查了一遍，並把投石車安排妥當，信心十足，如果這次真如元帥所說：敵人從自己的陣地突破，也未嘗不是自己的機會，他召集了各大隊的隊長開會，臨陣動員，個個磨擦拳掌，勁頭十足。

第十七章　堰關戰役

經過兩天的準備，帕爾沙特完成了戰前的部署，各部全部到位，在聖拉瑪大陸通曆二千三百九十三年、藍鳥王朝元年十月六日，凌晨，河北三國聯軍拉開了第二次堰門關戰役。

西星帝國星沙兵團在主帥沙博爾的率領下，經過三個月的休整、補充，士兵們已經從前兩次試探性攻擊的陰影中走了出來，在接到帕爾沙特王子殿下的命令後，於十月六日凌晨首先對堰門關發起了總攻。

在攻擊開始前，沙博爾和星雲組成了前鋒營攻擊敢死隊，所部成員三萬人全部由星天從上次堰門關戰役帶回的士兵，配合人員爲西星帝國派來的射星團五百名高手，前鋒營敢死隊隊長星天。

作爲西星帝國的一員大將，星天丟失堰門關，致使中原大軍被動，帕爾沙特王子殿下被迫回軍河北，論其罪，星天當被斬首示眾，國主星晨考慮到如今中原大戰正酣，缺少人才，給予他戴罪立功的機會，帕爾沙特王子殿下三天前傳來指令，如果這次星天不能奪回堰門關，就不用回來了。星天知道自己的罪行，所以親自要求擔任敢死隊長，在他的帶領下，手下三萬人全部要求參加敢死隊，星天感動不已。

星雲作爲關外支援中原的主將，因丟失堰門關所累，受到同樣的處罰，但星雲畢竟是主將，手下有近二十萬軍隊，所以這次沒有參加敢死隊，但他親自擔任全軍的督戰官，位置也比較靠前線，把縱覽全局的重任交給了沙博爾，自己亦想戴罪立功。

沙博爾儘管是一軍的主將，但與星雲相比，仍然差了一點，但星雲身上有罪，所以在星雲一再堅持下，也只好接下擔子，但他也被星天、星雲的豪氣所感染，親自激勵自己的手下士兵、將領，希望大家不惜一切代價，拿下堰門關，挽回帝國的面子。

出發前，星天什麼也沒有說，只是用眼看了下星雲，星雲懂得他的意思，如果拿不下堰門，他真的就不會回來了，作爲帝國從小培養起來的年輕將領，星天是高傲的人，這次丟失堰門關，他早就想死了，但既然是驕傲的人，就是死也要死在戰場上，所以他也有心理準備。

沙博爾見各部準備就緒，傳令擊鼓開始，星天一身戰甲，手提長大騎槍，肋懸寶劍，聽見隆隆的鼓聲，把手一揮，領先向堰門關靠去。

西星這次攻擊，準備得十分充分，巨大而笨重的投石車首先把巨大石塊投向關上，高大的攻擊車是特別加高的，幾達二十米，車樓內幾名弓箭手隱藏在內，通過射擊箭空發射箭枝，掩護攻城步兵，而雲梯手在盾牌手和弓箭手的掩護下把雲梯靠在牆上，攻擊士兵順著關牆往上爬，力求用最快的速度達到關上，而星天的敢死隊就是第一批衝上關牆的人。

攻城車在百名壯漢的推動下，緩緩地向前靠去。

看著投石車、攻擊車、雲梯手已經發起了進攻，掩護部隊拼著性命保護著雲梯，弓箭手把成批的箭羽射向關上，星天一時間熱血沸騰，斷喝一聲：「上關！」首先登上雲梯。

三萬名敢死隊員拼了命一般往上爬去，把堰門關外掩映得如瓜籐一般，雪亮的長刀、大槍在陽光的照耀下閃著寒光，飛石、箭羽如雨點一樣向關上落去，而第二批敢死隊中包括射星團的高手在內，已經準備就緒，時刻準備登關。

堰門關上，前排的盾牌手在關上豎起了高大的盾牌，阻擋著敵人的箭雨、石塊，保護著弩車等裝備，後排士兵弓箭手、中弩手準備已畢，士兵抬著巨大的滾木、石頭時刻等待著長官的命令，把敵人打下關牆。

文嘉和海東先生立在堰門關的高處，觀察著關內外的所有動靜，注意戰場上每一個細小的變化。在星沙兵團開始行動前，文嘉就已經得到消息，關外的敵人行動異常，作出了攻擊姿態，他立即就命令士兵準備，把一個軍團的人馬派上關駐守，另外七萬人馬在關下隨時準備支援，替換受損失的部隊，保持戰鬥力，在危險的時刻參加反突擊，而五千名神武營的好手，有兩千人上關，每一個人守護在一個小隊長身邊，保護著他們的安全，並參與反擊，另外三千人則留在後面，對隨時可能出現的異常情況加以反擊。

文嘉手中有兩個攻城大隊，投石車一百六十輛，但並不能都放在關上，所以在關內佈置了投石車陣，對敵人的投石車、攻城車進行有效地打擊，並支援關上的步兵反擊。在敵人第一輪投石車攻擊後，關內八十輛投石車已經調整好方位，摧毀敵人的投石車裝備，而另外八十輛車則針對敵人的攻城給予致命打擊。

文嘉看敵人已經爬上了關牆有十餘米高，接近一半的距離，命令部隊道：「開始！」

投石車發出了呼嘯聲越關而過，重重地砸著敵人的投石車陣地上，如雨點一般的巨石把敵人投石車砸得粉碎，而攻城車在巨石的砸擊下發出吱吱的聲響，慢慢地倒塌，車內的弓箭手發出呼叫聲跳出車樓，尋找著生路。

聖拉瑪大陸的攻城作戰，主要的重型攻擊武器就是攻城投石車輛，它對於防禦方的士兵威脅極大，往往投石車的威力就能決定一場攻防戰的最後結果，藍鳥軍當然少不了投石車這樣的攻擊裝備，況且在短人族的改良下，品質大大提高，攻擊威力極大極遠，本身的重量大大減低，說是大陸上一流的攻擊裝備當之無愧。

堰門關上，如雨般的箭、石塊、滾木成群而下，把攻城雲梯砸成兩段，士兵從雲梯上摔了下來，摔斷了筋骨、手腳等等，而石塊把他們落在地上的身體砸成肉餅，血肉橫飛，到處都是喊殺聲。

星天雙眼通紅，渾身肌肉繃成肉塊，凝聚的力量隨時就會爆發，他雙腳用力，穩定雲梯，每前進一步，都要受到巨石的轟擊，箭羽更是在身旁落下，他揮舞著手中的槍、寶劍，撥打著飛石、箭枝，快速地向上移動。而在星天的兩側，五百名射星團的高手也如星天一般，快速向上攻擊，這五百名高手呈現出獨特的場面。

沙博爾在後觀戰，見星天等取得了預想的效果，馬上傳令星沙團進行第二批攻擊，這是一批精銳的部隊，目的顯然是支援星天等人取得戰果，擴大攻擊面。

如潮水一般的西星軍隊發起了一波又一波的衝擊，沒有人因爲戰友的倒下而卻步，他們置生死於度外，如螞蟻般蜂擁而上。

海東老先生見敵人果然派出了武林中的好手，對著文嘉說道：「交給我們了！」

文嘉點頭。海東老先生立即對著海雲燕說道：「告訴你師兄們準備，兩個人一組，把敵人斬殺在關前頭！」

「是，伯父！」海雲燕立即轉身下去，不一會兒，一千餘神武營的好手已經等候在雲梯的前面，抽出腰間的武器準備著。

星天起步得早，向上衝擊的速度也快，而他進攻的方位距離文嘉和海東老先生立身處不遠。文嘉和海東先生顯然也注意到了這是敵人的一員主將，海東老先生向文嘉點了下頭說：「看來這是一員戰將，極可能是前鋒的靈魂人物，就交給我了！」

海東老先生說完，就起身到關牆前方，把垛牆前的士兵叫開，等待著星天上來。

星天忽然感到周圍的壓力減小，行動立即加快，在距離垛前二三米處騰身而起，右手中大槍劃出一道圓弧，左手寶劍護住胸前，雙腳穩穩地踏在了關牆上。他舉目打量，就見在自己的身前，一名老者背雙手而立，腰間懸掛著寶劍，雙眼如寒星般地盯著他，從渾身上下發出的強大氣勢上可以看出不是一般高手。

老者向星天點了下頭，嘴裏說道：「很好，請！」

星天穩了穩心神，看著老者忽然問道：「小子星天，請問老先生大名？」

「神武營副將，海東！」

星天倒吸了口冷氣，他知道神武營，這是雪無痕以中原各派武林高手組建的一支特殊部隊，可以與西星的射星團相比美，內中幾乎全是好手，而眼前的這位老者自稱是神武營副將，那已經是一代宗師的身分，看來自己的運氣實在不是一般的背，堰門關就是自己永遠的家，永遠的長眠之家。

「多謝老先生相告，星天能得遇海東老先生也是一生的榮幸，請！」

「好漢子，請吧！」

星天知道如海東先生這般的身分，是不會先出手的，他把寶劍歸入鞘中，雙手舉槍，運起全身的功力，槍尖不斷顫動，幻起一圈槍花，同時緩緩地攻出一槍。這一槍，是星天一身所學的最高境界，他面對海東這位宗師，實在不敢有所隱藏。

「好！」海東老先生喝聲好字，身形一動，如旋風般從星天的視野裏消失，同時一道劍光如閃電一般從星天的頸間掠過，海東老先生身形已經落在了五尺開外，劍已經歸入鞘中。這時候，從星天的頸間噴出一股鮮血，把他的頭顱衝起一尺高後，落在地上，星天屍體才轟然倒下。

「是條好漢，不要侮辱他，戰後厚葬！」海東吩咐著周圍的士兵。

「是！」一個小隊長模樣的人回答道，然後命人把星天的屍體拉過一旁。

海東老先生邁步回到文嘉身旁。

「先生果然好身手，辛苦了！」

「元帥客氣！」

文嘉元帥和海東先生縱目全局，指揮著第九預備軍團反擊。由於敵人第一次攻擊十分猛烈，第九預備軍團損失較大，並隨著戰鬥的進行逐漸增加，特別是在射星團的好手登關後敵人更加的瘋狂，大戰的激烈程度達到白熱化，文嘉只好把後續兵力逐步投入，在神武營的幫助下逐步穩定了局面，但大戰仍然在繼續。

這時候，負責通訊中軍官上來報告：「報告元帥，商秀主帥已經知道我們的情況，並感到滿意，命令我部堅決守住堰門關；另外，在中部地區，敵人主帥帕爾沙特出動大約六十萬兵力，正在攻擊我方第一道防線，目前情況良好。」

「北線有什麼動靜？」

「回元帥，目前北線仍然比較平靜，不過據藍爪報告，敵人軍隊有向北線運動的跡象，敵人星輝兵團第一軍團未動。」

「繼續監視，告訴越和老將軍，敵人第一軍團有可能是攻擊北線，嚴密監視第一軍團的動向，不得有絲毫的差錯！」

「是，元帥！」

海動老先生在旁聽完，說道：「看來帕爾沙特是出動了所有的主力，準備一舉拿下堰門地區，從其東西攻擊的強度和出兵的數量上看，他仍有保留，如果北線作爲攻擊的重點，必是第一軍團無疑！」

「正是，我很擔心北線！咳，就不知道中路戰局怎麼樣了，文謹和凱武能否頂住帕爾沙特的首輪攻擊，一旦擊潰其第一次進攻，往後就好辦多了。」

「元帥不必擔心，我想文謹和凱武元帥會頂住的，不是還有藍鳥第一軍團嗎！」

「說的也是，呵呵！」

帕爾沙特王子殿下出動七十萬大軍，分左中右三路向藍鳥軍堰關城與臨河防護城之間的陣地殺來，右路星智二十萬人馬，以凱武部防護城爲重點攻擊對象，左路北海明以堰關城爲重點，二十萬北海、映月軍隊呈攻擊姿態向前推進，中路帕爾沙特親提三十萬軍隊，以防線的中心爲攻擊重點，殺氣騰騰地向第一道陣地殺來。

堰關城與臨河防護城外修建了四道防線，距離兩城最遠的第一道防線有二十里，最近的在兩城之間，連接著兩城。

目前，駐守在第一道防線上的有預備第五、六、七、八軍團，二十萬人，凱武元帥把防守防護城的軍隊拿出一半十萬人，配合防守第一道防線，藍鳥第一軍團的戰車營幾乎全部派到了第一線上。

在第一道防線戰壕的後方五十米遠處，一千三百輛弩車一字排開，連綿十餘里，在弩車的一線上，道路都被石碾壓平，方便弩車左右移動，互相支援，弩車手等人立在弩車的兩側及後部，弩車已經全部調試完畢，而在更遠些的後方，兩個大隊的投石車攻擊隊陣地嚴陣以待。

第一和第二道戰壕間有三里的距離，第二道戰壕裏有民團等組成的預備隊，隨時支援第一線，接收傷患、運送物資，在情況發生變化時，協助一線撤退回防，而藍鳥第一軍團的重步兵營就駐紮在這裏，騎兵第十七軍團稍後一些。

主帥商秀站在指揮樓上，注意著前方敵人的動向，在北邊，文謹元帥也是親臨第一線，指揮堰關城前的防禦，在南部，凱武也是親自坐陣一線，指揮戰鬥。

藍鳥王朝堰門關第二次戰役，三位主將全部親臨第一線，極大地鼓舞了士兵的士氣，按照事先約定的作戰計畫，各部做好了防禦戰鬥準備。

商秀站在高處，見遠方帕爾沙特的帥旗在自己的正前方，整個大軍明顯地分成三部，在漸漸加緊的鼓聲中，三支隊伍突出於各軍之前，首先發起了攻擊，而中間的一路，方向正是自己的前方。

在攻擊部隊的最前面，約五百輛戰車一字排列，緩緩地推進，跟隨在戰車後面的是一個軍團的重步兵，一個軍團的長槍兵，再後面是整個大軍的跟進部隊。

重步兵一手提著長刀，一手拿著巨大的盾牌，行動遲緩，但鋼鐵般的防護卻使他們形成了一堵堅固的防線，他們隊形整齊，動作如一，沉重的腳步聲踏得地面咚咚作響，震顫心弦，而士兵用刀敲擊著盾牌發出的聲響，形成一種節奏，隨著士兵步伐的邁動，更增添了威武的氣勢。

帕爾沙特站在中軍的戰車樓上，這是一部能夠移動的戰車，除八匹馬的拉動外，五十名大漢在左右及後部推動，作爲行動的補充動力，平時站在兩側。他目不轉睛地看著推進的部隊，在距離敵人陣地前四百米的地方停住腳步，重整隊形，這時候，帕爾沙特傳令：

「擊鼓，攻擊！」

如雨般的鼓點頃刻間響徹雲霄，一陣緊似一陣，戰車在車手的催動下，轟然起動，戰馬發出如雷的轟響，快速向前衝去，五萬名重步兵加快了腳步，殺聲響成一片。

商秀威嚴的臉上沒有任何表情，雙眼裏露出寒光，他見敵人發起了衝擊，冷冷地道：「鳴號，反擊！」

旗手擺動手中的旗幟，號手見後立即吹起號角，長鳴聲劃破長空，響徹整個戰場。

這時，在陣地上弩車營的軍官開始發口令：「目標，正前方，預備，放！」

巨大的弩箭從戰壕的上空飛過，把正在向前奔馳的戰馬射倒在地，一千三百支弩箭撕裂長空的聲響格外的刺耳兒，在震天響的鼓聲、喊殺聲、號角聲中別具一格，另有特色。而敵人約三百輛戰車就在這刺耳的聲中轟然倒地，向前滑出約十餘米，停止不動。

「拉弓手，上箭，弩射手瞄準！」

「預備，放！」

在軍官口令聲中，拉弓手迅速把弓弦拉開，填充手把箭裝在弩機的弦上，固定，後面的射擊手在尋找目標，然後瞄準，在軍官的口令聲中，第二批箭雨帶著呼嘯，破空而出，大部撕開跟進的重步兵陣形，少部射擊著戰車。

帕爾沙特見狀，忙傳令到：「命令各部加快速度，減少損失！」

鼓手立即加緊擂鼓，催動著步兵加快前進的步伐。

在寬三百米的陣地前，躺著無數的戰馬、戰車、士兵的屍體、殘骸，後續的士兵踏過他們的屍體，用最大的速度向前衝刺，這時，在藍鳥軍的戰壕裏，嘹亮的口令聲響徹戰場：「中弩手，準備，放！」

無數的弩箭傾盆而下，把突進的士兵成片射倒在陣地的前方，而西星士兵沒有被眼前的情景嚇倒，繼續衝鋒。

「弓箭手，準備，瞄準，放！」

「拉弓手上弦，弩箭，放！」

軍官、士兵在機械地重複著簡單的動作，在這簡單的動作裏，無數的生命被奪走。藍鳥軍強大的弩車、弩箭和箭羽，使敵人每前進一步都要付出血的代價，在雙方軍隊進入百十米後，投石車開始發出了巨大的威力，巨石從天而降，使雙方士兵開始有重大傷亡。

雙方的投石車陣地都安在距離較遠的地方，使互相之間不能攻擊，但在戰壕之間地帶就成爲投石車打擊的目標。在戰壕裏的弓箭手、中弩手被巨石砸成肉餅，影響了反擊，但藍鳥軍陣地上的投石車卻發揮出巨大的威力，給予敵人以重創，傷亡成片增加，但對於西星軍隊來說，這已經在意料之中，這分代價帕爾沙特付得起。

帕爾沙特進攻採取的仍然是在錦陽城防線時攻擊的戰略，全線展開，重點進攻，打擊一點，突破全線。前鋒以損失戰車裝備爲代價，牽制敵人的弩車，重步兵在盾牌的掩護下重點突破，效果果然如意料之中一樣，但是帕爾沙特沒有想到的是藍鳥軍的弩車會這樣的多，中弩手的弩箭更是這樣，雖然重步兵頑強前進，但代價也是太大了。

事實已經擺在面前，想後退已經不行了，只有全力突破才是唯一的選擇，重步兵拼死前進，很快就接近防禦陣地，在陷阱陣地上雖耽誤些時間，但仍然在前進。

商秀在高處看得真切，見中間已經形成一點突破的局面，敵人在付出重大傷亡代價後，仍然頑強的向前推進，如果不把敵人尖鋒上的重步兵擊潰，形勢就不利了，他馬上傳令：

「重步兵營，準備！」

旗手揮舞著旗幟，打出旗語，站在遠處的重步兵營主將威爾看得真切，大手一擺，高聲喝道：「重步兵，準備，前進！」

鼓聲隨著威爾鏗鏘有力的腳步開始響起，一陣陣加緊，威爾一手高舉著鐵棍，嘴裏喝著口令：「注意保持隊形，保持隊形，前進！」

藍鳥第一軍團重步兵營的戰旗在塵灰中飄揚，旗幟中央車輪大的藍鳥披著重甲，展翅翱翔，而重步兵前進中所帶起的塵土，瀰漫在空中，而整齊的隊形像鋼鐵鑄在了一起一般，向著敵人前鋒重步兵方向迎去。

幾乎在威爾到達的同時，西星星輝第一波攻擊的重步兵已經接近了防線的前沿，雙方立即就撞在了一起，巨大的衝擊力發出叮噹的聲響，重劍劃著寒光閃爍在空中，雙方都是重步兵，歷史的腳步讓他們撞在了一起，書寫著燦爛的篇章。

藍鳥第一軍團重步兵營是生力軍，隊形嚴正，訓練有素，而星輝軍團重步兵經過了三百米的血肉搏殺，損失較重，已經失去銳氣，且隊形較亂，並不嚴正，而威爾站在隊形的最前端，就如同一支鐵錐子一般，向敵人的中間慢慢滲透，而在他前進的過

程中，無數敵人被大鐵棍掃飛出去，形成一條血線

在威爾的周圍，近五百名親衛保護著主將，他們都是特別選出的人員，個個力大無窮，武藝精湛，作爲親衛，他們主要的任務就是保護好主將，在血火的戰場上，他們就是主將的眼睛、身上的盔甲、手中的武器，保護著主將的安全。但是，威爾與別人不同，他本身就武功高強，作戰身先士卒，殺法兇猛，在他的帶動下，第一軍團重步兵營到如今無往不勝，屢立戰功，其強大的攻殺力是藍鳥軍中最凌厲的。

但星輝軍團的重步兵也不是個軟角色，其成爲西星中央兵團的主要力量，也全是挑選出來的精銳中的精銳，個個訓練有素，悍不懼死，與藍鳥第一軍團的重步兵相遇，可以說是遇上了對手，在後續步兵的支援下，雙方絞在了一起。

在重步兵展開搏殺的同時，藍鳥軍的弩車陣開始後退至二線，投石車把所有的石塊都投出後，也緩緩地撤出戰鬥，重新在第二道防線的後方部署陣地，而在戰壕裏的士兵，早已經立在戰壕的後面，在中弩手的掩護下，保護著重步兵的側翼，雙方展開生死的拼殺。

主帥商秀在指揮樓上見弩車及投石車安排就緒，傳令道：「騎兵準備出擊！」號角聲劃破長空，海天率領第十七騎兵軍團如旋風一般縱馬而出，從重步兵的兩側開始包超，而步兵在中弩手、弓箭手的掩護下，緩緩地向第二道防線撤退。

帕爾沙特雙目圓睜，眼角欲裂，這次的衝擊，西星損失重大，如今啇秀有退軍二線的跡象，如真使其完成，必將重新進行突破，再受一次打擊，他立即命令全軍出擊，纏住敵人，抓住後撤的敵人，同時命令北線的第一軍團發起攻擊。

南部星智率領的人馬也不好受，幾經攻擊無果，損失不小，爲了配合中路突破，星智也發狠了，不惜犠牲地命令士兵突擊，在聽見主帥發出的全軍出擊的命令後，親自督促部隊攻擊。

而北部的北海明，也沒有吝嗇自己的部隊，爲了使帕爾沙特兌現其諾言，他不惜用士兵的生命來交換，衝擊一次接一次，藍鳥軍北部主帥文謹元帥親自指揮，擊潰北海明的屢次衝擊。

西星軍隊發瘋般全線出擊，造成藍鳥軍的重大壓力，啇秀果斷地命令全軍後撤，在熊熊大火中，藍鳥軍把敵人阻隔在第一道戰壕外，迅速脫離。

但第一軍團的重步兵和騎兵第十七軍團後撤就不是那麼順利了，他們主要的任務是掩護全軍後撤，接應軍隊撤至第二道防線，牽制敵人，儘管後撤難度較大，但好在第十七軍團爲騎兵部隊，速度快，而重步兵營在威爾的組織下，組成防禦陣形，緩步後撤，騎兵在左右掩護，但每後撤一步，都必須流血五步。

整個堰關城和防護城間，風煙四起，流血遍地，而中間的重步兵和騎兵仍然與敵人相咬在一起，血戰不斷。

西星第一軍團等二十萬人在元帥星慧的率領下，從北部地方迂迴，越過堰關城向西，在接到主帥帕爾沙特殿下的攻擊命令後，在北線發起了強攻。

前鋒第一軍團在二百輛戰車的掩護下，首先開始了攻擊，五萬名重步兵組成鋼鐵一般的陣形，以排山倒海的氣勢，向藍鳥軍的陣地殺來，後方，三個軍團組成梯形，成密集隊形依此攻擊。

藍鳥軍北線守將豪格率領一個軍團防守十餘里寬的陣地，果然如元帥所說，敵人從他這一方向開始突破，豪格雖然很驕傲，作戰也是很有經驗，但是，面對著西星第一軍團鋼鐵般的重步兵，也是心裏打顫，好在他先前有所準備，文謹元帥又撥給他一個投石車大隊，在作戰初期以一百輛弩車對敵戰車，占了大大的便宜，不至於很快被敵人突破，所以才安定下心來，但他仍然不敢有一點的疏忽，敵人四個軍團的旗號明顯地告訴他有二十萬人，豪格趕緊令人通知神武營的主將越和老將軍，同時向喬秀主帥、文嘉元帥、文謹元帥彙報情況。

在弩車、投石車的掩護下，豪格打擊著敵人，士兵們瘋狂一般地把弩箭射向敵軍，投石車不斷地把一塊又一塊的石頭投向敵人，根本就不用瞄準，只要是裝上就放，就能殺死一批的敵軍，因爲敵人太多，隊形嚴密，厚度極大，一石下去，至少造成幾名敵人傷亡，一支弩箭射出，幾乎可以穿透三個敵人的重步兵，敵人的戰車淹沒在士兵的方陣中，成群的敵軍瘋狂地向前推進，他們不懼怕死亡，沒有恐懼，他們是死神。

請續看《風月帝國 5》

龍人，以一部《亂世獵人》奠定其奇幻小說宗師的地位，其作品深受全球華人眾所矚目。

其新著《滅秦》、《軒轅・絕》在美、日、韓、港上市後，興起了一股全球東方奇幻小說的風暴，引發網路爭先連載，網路由此而刮起一股爭先閱讀奇幻小說的熱潮。新浪讀書頻道、搜狐讀書頻道、騰訊讀書頻道、網易文化頻道、黃金書屋、起點中文網、龍的天堂等幾大門戶網站和「天下書盟」等原創奇幻文學網站瀏覽人數的總點閱率達到億兆。